William Shakespeare

Wiilliam Shakespeares Schauspiele

Siebenter Band

William Shakespeare

William Shakespeares Schauspiele
Siebenter Band

ISBN/EAN: 9783743643482

Hergestellt in Europa, USA, Kanada, Australien, Japan

Cover: Foto ©Andreas Hilbeck / pixelio.de

Weitere Bücher finden Sie auf **www.hansebooks.com**

Willhelm Shakespears
Schauspiele.

Neue verbesserte Auflage.

Siebenter Band.

Mit Allerhöchstem kaiserlichem Privilegio,
und
Hoher obrigkeitlicher Erlaubniß.

Straßburg, bey Franz Levrault, der königlichen
Intendanz und bischöfl. Universit. Buchdr.

1779.

Die Kunst
eine Widerbellerinn
zu zähmen.

(Sechster Band.)   A

Personen der Einleitung und Zwischenspiele.

Ein Lord, vor welchem das Stück gespielt wird.
Christoffer Sley, ein betrunkner Kesselflicker.
Die Wirthinn.
Ein Edelknabe.
Komödianten.
Bediente des Lords.

Personen des Stücks.

Baptista, Katharinens und Bianca's Vater.
Vincentio, ein alter Edelmann aus Pisa.
Lucentio, dessen Sohn.
Petruchio, ein Edelmann aus Verona
Gremio, und
Hortensio, Bianca's Liebhaber.
Tranio, und
Biondello, Lucentio's Bediente.
Grumio, Petruchio's Bedienter.
Pedant.
Katharine, und
Bianca, Batista's Töchter.
Eine Wittwe.
Ein Schneider, Galanteriekrämer, und Bediente.

Der Schauplatz ist zuweilen in Padua, zuweilen in Petruchio's Hause auf dem Lande.

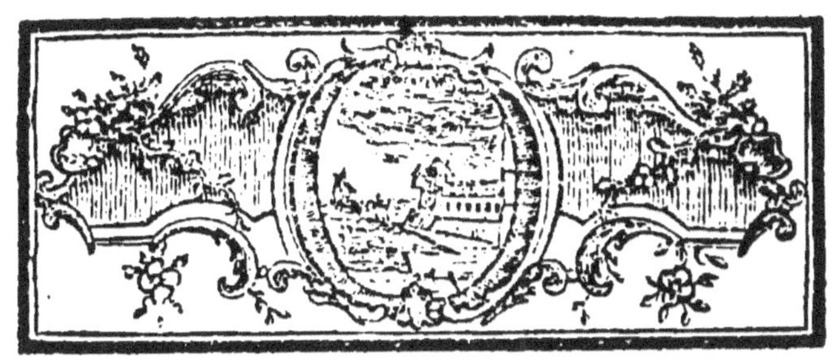

Einleitung.

Erster Auftritt.

Vor einer Bierschenke auf einer Haide.

Die Wirthinn. Sley.

Sley. Ich will euch pisaken! wahrhaftig!

Wirthinn. Ins Block gehörst du, du schlechter Kerl! *)

Sley. Ihr seyd Lumpengesindel; die Sleys
sind keine schlechte Kerle. Seht nur nach in
der Chronik; wir kamen mit Richard dem Er-

*) *A pair of Stocks &c.* Sind die zwey Balken
worinnen man die Füsse eines Verbrechers sperrt,
hiemit drohet sie ihm.

oberer ins Land. Also paucas pallabris; laßt
der Welt ihren Lauf; sessa. *)

Wirthinn. Ihr wollt mir nicht die Gläser
bezahlen, die Ihr zerbrochen habt?

Sley. Nein, keinen Heller. Laß ab, Jero-
nimo! **) .. Geh in dein kaltes Bett, und
wärme dich!

Wirthinn. Ich weiß schon ein Mittel; ich
muß hingehen und einen Gerichtsdiener holen.

---

*) Sley, als ein unwissender Kerl, radebricht die
Worte einer fremden Sprache, die er nicht versteht.
Die Spanier sagen: pocas palabras, d. i. wenig Wor-
te! und Cessa! sey ruhig -- Theobald.

Stevens zeigt durch Anführung einiger Beyspiele,
daß die erstern beyden Spanischen Worte in mehrern
Lustspielen aus der damaligen Zeit vorkommen; aber
allezeit in dem Munde der niedrigsten Personen.

**) Dieß zielt auf ein altes Englisches Schauspiel,
betitelt, *Hieronymo, or the Spanish Tragedy,* welches
fast alle Dichter der damaligen Zeit zum Ziel ihres
Spottes machten. Dieß bemerkt Theobald, und führt
zugleich eine Stelle dieses alten Schauspiels an, worauf
hier offenbar ange spielt wird.

Sley. Einen, oder zwey, oder zehn Gerichtsdiener! *) „„Ich will mich schon den Rechten nach dargegen verantworten. Ich weiche keinen Zollbreit, Bursche. Laß ihn kommen, und in der Güte. (Er schläft ein.)

Jagdhörner. Ein Lord, der von der Jagd kömmt, mit Gefolge.

Lord. Jäger, ich sage dirs, verpflege meine Hunde ja recht gut; den Lustig hier „„ „„ der arme Hund ist ganz aufgeschwollen! „„und Wachteln kupple mit dem laut bellenden Windspiele da. Hast du's wohl gesehen, Bursche, wie gut sich Silber hielt, an des Zauns Ecke, wo keine Spur mehr zu sehen war? Ich wollte den Hund nicht um zwanzig Pfund verlieren.

Jäger. O! Waldmann ist eben so gut, als er, Mylord. Er bellte noch immer drauf los, da schon alles verloren schien, und machte heute zweymal die schwerste Spur ausfündig. Glauben Sie mir, ich halte ihn für den besten Hund von beyden.

---

*) Im Englischen braucht die Wirthinn das Wort *thirdborough*, und Sley antwortet: Third, or fourth, or fifth borough, &c.

Lord. Du bist nicht gescheidt. Wenn Echo nur so behände wäre, so würd' ich ihn eben so hoch halten, als ein Dutzend solcher Hunde. Aber gieb ihnen ein gutes Abendfutter, und nimm sie alle wohl in Acht; morgen denk' ich wieder zu jagen.

Jäger. Sehr wohl, Mylord.

Lord. Wer ist denn das? .. Ein Todter, oder ein Betrunkner? Sieh doch einmal zu; holt er noch Athem?

Zweyter Jäger. Er holt noch Athem, My-lord. Wär' er nicht mit Bier durchgewärmt, so würde dieß Bette hier zu kalt seyn, um so fest zu schlafen.

Lord. Das schändliche Vieh! .. Wie eine Sau liegt er da! .. Grauser Tod, wie häß-lich und eckelhaft ist dein Bild! .. Hört, Leute, ich will mir mit diesem betrunknen Menschen ei-ne Lust machen. Was meynt ihr, wenn man ihn zu Bette brächte, ihm weiche, feinere Klei-der anlegte, Ringe an seine Finger steckte, ein köstliches Mahl neben seinem Bette und stattli-che Bediente ihm zur Seite stellte? wenn er dann erwachte, würde da der Bettler nicht sich selbst vergessen?

Erster Jäger. Das denk' ich ganz gewiß, Mylord.

Zweyter Jäger. Es müßte ihm sehr sonderbar vorkommen, wenn er aufwachte.

Lord. Gerade, wie ein schmeichlerischer Traum, oder irgend eine eitle Phantasie.   Nehmt ihn also auf, und richtet den Spaß gut ein; tragt ihn ganz sanft in mein bestes Zimmer, und behängt es rund umher mit allen meinen muntern Gemählden; balsamirt seinen schmutzigen Kopf mit warmen abgezognen Wassern, und brennt wohlriechendes Holz, um dem Zimmer einen Wohlgeruch zu geben! Bestellt, daß gleich Musik bey der Hand sey, sobald er aufwacht, um sanfte und angenehme Töne erschallen zu lassen; und sollt' er etwa sprechen, so seyd gleich bey der Hand, macht eine tiefe, ehrerbietige Verbeugung, und sagt: Was steht Ihrer Herrlichkeit zu Befehl? Laßt ihm Einen Bedienten ein silbernes Becken, voller Rosenwasser, und mit Blumen bestreut, darreichen, einen andern die

Gießkanne, einen dritten die Serviette halten;
laß sie sagen: Wollen Ihre Herrlichkeit geruhen, sich die Hände abzukühlen? . . Irgend ein
andrer halte ein köstliches Kleid in der Hand
und frage ihn, was ihm heute anzuziehen beliebt; ein andrer sage ihm was von seinen
Pferden und Hunden, und daß seine Gemahlinn sich seine Krankheit sehr zu Herzen nimmt;
er mache ihm weiß, er sey Mondsüchtig gewesen, und wenn er spricht, er sey Sley, so sag'
er ihm, er träume; denn er sey nichts anders,
als ein sehr mächtiger Lord.   Das thut, und
thut es mit guter Art, ihr lieben Leute; es wird
uns einen herrlichen Zeitvertreib geben, wenn
man dabey klug zu Werke geht.

Erster Jäger. Mylord ich gebe Ihnen mein
Wort, wir wollen unsre Rolle mit solchem Flei-
ße und mit solcher Wahrscheinlichkeit spielen,
daß er glauben soll, er sey nicht weniger, als
das, was wir ihm sagen, daß er sey.

Lord. Nehmt ihn sachte auf, und bringt ihn
zu Bette, und ein jeder nehme seine Pflicht in
Acht, wenn er aufwacht. (Einige Bediente tragen
ihn hinaus, es erschallen Trompeten.) Geh doch hin,

guter Freund, und sieh zu, was das für eine Trompete ist, die da geblasen wird. *(Ein Bedienter geht ab.)* Vermuthlich irgend ein adlicher Herr, der auf der Reise ist, und sich hier auszuruhen denkt. *(Der Bediente kömmt zurück.)* Nun? wer ist es?

Bedienter. Mit Ihrer Gnaden Erlaubniß, es sind Komödianten, die Ihnen, Mylord, Ihre Dienste antragen.

Lord. Laß sie näher kommen. *(Die Schauspieler treten auf.)* Nun, Leute, ihr seyd willkommen.

Schauspieler. Wir danken Ihrer Gnaden.

Lord. Denkt ihr, diesen Abend bey mir zu bleiben?

Zweyter Schauspieler. Wenns Ihnen gefällt, Mylord, unsre Dienste anzunehmen.

Lord. Von Herzen gern. Dieses Menschen hier erinnre ich mich noch; er spielte einmal eines Pächters ältesten Sohn — — weiß Er noch, mein Freund, als Er sich so artig um das Frauenzimmer bewarb? — — ich habe seinen Namen vergessen; aber wirklich, die Rolle schickte sich recht für ihn, und Er machte sie ganz natürlich.

Sinklo. Ich glaube, es war Soto, den Ihre Gnaden meynen. *)

Lord. Ganz recht; du machtest die Rolle vortrefflich — Nun, ihr kommt eben zu recht gelegner Zeit zu mir; ich habe eben einen Spaß vor, wobey mir eure Kunst sehr gute Dienste thun kann. Es ist ein Lord hier, der diesen Abend euer Spiel mit ansehen wird; aber mir ist nur bange, daß ihr euch nicht werdet halten können, wenn ihr seht, wie wunderlich er sich anstellt — denn Seine Herrlichkeit haben noch niemals eine Komödie angesehn — und daß ihr dann in lautes Gelächter ausbrecht, und ihn dadurch beleidigt; denn ich muß euch sagen, ihr Leute, wenn ihr auch nur lächelt, so wird er gleich böse.

Schauspieler. Seyn Sie unbesorgt, Mylord; wir können uns schon halten, wär' er auch die possirlichste Figur von der Welt.

---

*) *Soto* ist der Name eines Pächtersohns in *Beaumont's* und *Fletcher's* *Women pleas'd* -- Sinklo hieß vielleicht ein Schauspieler, der diese Rolle mit Beyfall gespielt hatte; er kömmt auch sonst beym Shakespear, in dem Trauerspiele, Heinrich *VI*, vor.

Zweyter Schauspieler. (Zum ersten) Geh, hole du einen Lumpen, deine Schuhe zu reinigen; ich will die Nothwendigkeiten zur Vorstellung besorgen. (Der erste geht ab.) Ihr Gnaden, wir brauchen einen Hammelsbraten, und ein wenig Essig, um unsern Teufel brüllen zu machen.

Lord. Geh, Freund, führe sie in das Eßzimmer, und bewillkomme sie nach der Reihe aufs freundlichste; laß ihnen nichts abgehen, was das Haus giebt. (Es geht einer mit den Schauspielern ab.) Du da, geh zu meinem Edelknaben Bartolomäus, und laß ihn sich völlig wie eine Dame ankleiden. Wenn das geschehen ist, so bring' ihn in des betrunknen Kerls Zimmer, nenn ihn Madam, und wart' ihm auf. Sag ihm in meinem Namen, wenn ihm meine Gunst lieb ist, so soll er sich einen edeln und vornehmen Anstand zu geben suchen, ein Betragen, wie er es an adlichen Damen gegen ihre Männer bemerkt hat; so laß sich der Edelknabe gegen den Betrunknen betragen, sanft und demüthig reden, auf eine ehrerbietige Art gegen ihn höflich seyn, und sagen : Worinn kann Ihnen, Ihre Gemahlinn und Ihre ganz ergebne Dienerinn ih-

re Ergebenheit und Liebe bezeugen? Hernach laß
ihn unter freundlichen Umarmungen, auffodern.
den Küssen, und mit auf die Brust gesenktem
Haupte, Thränen vergiessen, als ob seine Ge.
mahlinn vor Freuden ausser sich wäre, ihren
edeln Gemahl wieder gesund zu sehen, der vier.
zehn Jahr hindurch sich für nichts besser als für
einen armen und beschwerlichen Bettler angese.
hen habe. Und wenn der Knabe nicht die Frauen.
zimmergabe hat, sobald er will, einen ganzen
Guß von Thränen zu regnen, so wird eine Zwie.
bel zu dieser Absicht ganz dienlich seyn, die er
fest in ein Tuch wickeln muß, und die, trotz al.
ler Hindernisse, sein Auge wässericht machen
wird. Besorge dieß so schleunig, als du kannst;
hernach will ich dir noch andre Dinge zu besor.
gen geben. *(Der Bediente geht ab.)* Ich weiß, der
Knabe wird sehr gut Anstand, Stimme, Gang
und Gebehrdung einer adelichen Dame anzu.
nehmen wissen. Mich soll verlangen, wie es
aussehen wird, wenn er den Betrunknen, Ge.
mahl nennt, und ob meine Leute sich des La.
chens enthalten werden, wenn sie diesem schlech.
ten Bauerkerl ordentlich aufwarten müssen. Ich

will hinein gehen, um ihnen weiter guten Rath zu geben; vielleicht hält meine Gegenwart den Ausbruch ihrer Lustigkeit zurück, der sonst leicht gar zu weit gehen könnte.

(Er geht ab)

Zweyter Auftritt.
Ein Zimmer in des Lord's Hause.

Sley, von Bedienten umgeben, wovon einige Geräthe, Becken, Gießkanne, und andre Dinge in Händen haben.
Der Lord tritt ins Zimmer.

Sley. Um Gottes willen, einen Krug Dünnbier!

1. Bedienter. Befehlen Ihre Herrlichkeit ein Schälchen Seckt zu trinken?

2. Bedienter. Befehlen Ihre Herrlichkeit, diese eingemachten Früchte zu kosten?

3. Bedienter. Was für ein Kleid wollen Ihre Gnaden heute anziehen?

Sley. Ich bin Christoffer Sley, heißt mich nicht Herrlichkeit noch Gnaden. Ich hab in meinem Leben noch keinen Seckt getrunken; und wenn ihr mir was eingemachtes geben wollt, so

gebt mir eingemachtes Rindfleisch. Fragt mich
auch nicht, was für ein Kleid ich tragen will;
denn ich habe nicht mehr Wämser, als Rücken,
nicht mehr Strümpfe als Beine, und nicht
mehr Schuhe als Füsse; ja, zuweilen mehr Füsse als Schuhe, oder doch solche Schuhe, wo
meine Zähen durchs Oberleder herdurch gucken.

Lord. Der Himmel befreye Ihre Gnaden von
diesem traurigen Gemüthszustande! .. Sehr
traurig, daß ein angesehner Mann, von solcher
Abkunft, solchem Vermögen, und so großer
Achtung, von einem so niedrigen Geiste besessen
seyn muß!

Sley. Was? wollt ihr mich unsinnig machen? Bin ich nicht Christoffer Sley, des alten
Sley's Sohn aus Bartonheide; meiner Geburt
nach ein Hausirer, meiner Erziehung nach ein
Kartenmacher, meiner Verwandlung nach ein
Bärenzieher, und meiner itzigen Profeßion nach
ein Kesselflicker? Fragt nur Marie Hacket, das
fette Bierweib von Winkot, ob sie mich nicht
kennt. Wenn sie sagt, daß ich nicht vierzehn
Pfenning für klar Bier bey ihr in der Kreide
habe, so erkennt mich für den verlogensten Schur-

ken in der ganzen Christenheit. „Was? „ ich
bin nicht unklug! „ Hier ist „

1. Bedienter. O! eben darum ist Ihre Frau
Gemahlinn so betrübt.

2. Bedienter. O! eben darüber grämen sich
Ihre Bedienten so sehr.

Lord. Daher kömmt es, daß Ihre Verwandten Ihr Haus meiden, und durch Ihre seltsame
Verrückung gleichsam weggetrieben sind. O!
edler Lord, gedenk' an deine Geburt; rufe
deine alten Gedanken aus ihrer Verbannung
wieder nach Hause; und verbanne dagegen
diese niedrigen, schlechten Träume. Sieh,
wie deine Bedienten zu deinen Diensten bereit stehen. Jeder erwartet nur deinen
Wink, um seine Pflicht zu erfüllen. Willst
du Musik haben? höre! Apollo spielt, und
zwanzig im Käficht eingesperrte Nachtigal-
len singen. (Man hört Musik) Oder willst du schlafen? Wir wollen dich auf ein Lager bringen,
daß sanfter und weicher seyn soll, als jenes
wollüstige Bette, das mit allem Fleiß für Se-
miramis aufgeschmückt war. Sprich, du wollest spatzieren gehen; so wollen wir den Fußbo-

den bestreuen; oder willst du reiten? so sollen
deine Pferde gleich geputzt, und ihr Geschirr
mit lauter Gold und Perlen geziert werden.
Liebst du die Falkenjagd? Du hast Falken, die
sich höher zu schwingen vermögen, als die Mor-
genlerche. Oder willst du jagen? Deine Hunde
sollen machen, daß ihnen die Wolken antworten, und laute Wiederhalle aus der hohlen Erde hervorrufen.

1. Bedienter. Sprich, du wollest ein Wett-
rennen halten; deine Windhunde sind so schnell,
als geübte Hirsche, ja schneller, als das Reh.

2. Bedienter. Bist du ein Liebhaber von Gemählden? Wir wollen dir gleich den Adonis
holen, an einem laufenden Bache gemahlt, und
Cytherea, ganz im Schilfe versteckt, welches
sich zu bewegen, und mit ihrem Athem eben so
zu scherzen scheint, wie sonst das wallende Schilf
mit dem Winde spielt.

Lord. Wir wollen dir Jo zeigen, wie sie, als
ein noch unschuldiges Mädchen, betrogen und
überrascht wurde, so natürlich gemahlt, wie es
wirklich aussah,

3. Bedien.

3. Bedienter. Oder Daphnen, die durch ein dornichtes Gebüsche läuft, ihre Füsse so natürlich zerritzt, daß man schwören sollte, sie blute; und bey diesem Anblicke weint dann Apoll; so meisterhaft sind Blut und Thränen gemahlt.

Lord. Du bist ein Lord, und nichts anders, als ein Lord; du hast eine Gemahlinn, die weit schöner ist, als irgend eine dieser schlimmern Zeit.

1. Bedienter. Und ehe die Thränen, die sie um dich vergossen hat, gleich neidischen Fluthen ihr liebevolles Antlitz überströmten, war sie das schönste Geschöpf von der Welt; und darf noch itzt keiner andern nachstehen.

Sley. Bin ich ein Lord? und hab ich solch eine Gemahlinn? oder träum' ich? oder hab' ich bis itzt geträumt? Ich schlafe nicht; ich seh, ich höre, ich spreche, ich rieche angenehme Gerüche, und fühle sanfte Sachen; bey meinem Leben! ich bin wirklich ein Lord, und nicht ein Kesselflicker, nicht Christoffer Sley. Wohlan denn, bringt unsre Gemahlinn hieher vor unsre Augen; und noch einmal, einen Krug Dünnbier!

2. Bedienter. Befehlen Ihre Herrlichkeit, sich die Hände zu waschen? „O! wie freuen wir

uns, Sie wieder bey Verſtande zu ſehen! O!
daß Sie nur erſt einmal wieder eingeſehen haben, wer Sie ſind! Ganzer fünfzehn Jahr ſind
Sie in einem Traume geweſen, oder wenn
Sie wachten, ſo wachten Sie ſo, als ob Sie
ſchliefen.

Sley. Ganzer fünfzehn Jahre! mein Treu!
ein ganz artiger Mittagsſchlummer! .. Aber
hab' ich denn in der ganzen Zeit kein Wort ge-
ſprochen?

1. Bedienter. O ja, Mylord; aber ſehr unnützes Zeug. Denn ob Sie gleich hier in dieſem hübſchen Zimmer lagen, ſo ſagten Sie
doch, man habe Sie aus dem Hauſe hinaus
geprügelt, und ſchimpften auf die Wirthinn vom
Hauſe, und ſagten, Sie wollten ſie beym Land-
gericht angeben, weil ſie aus Steinkrügen und
ungeſtempelten Maaſſen verkaufe. Zuweilen rie-
fen Sie, Cäcilie Hacket ſollte kommen.

Sley. Freylich, die Magd von der Frau im
Hauſe.

3. Bedienter. Ey, Mylord, Sie kennen kein
ſolches Haus, keine ſolche Magd, keine ſolche
Bediente, wie Sie herzunennen pflegten, als,

Steffen Sley, der alte John Naps, Peter Torf, und Hein Pimpernell, und zwanzig andere solche Namen und Leute, die nie gelebt haben, die Niemand je gesehen hat.

Sley. Nun, dem Himmel sey Dank für meine gute Besserung!

Alle. Amen.

Sley. Beym Himmel! ich glaube, ich bin ein Lord. Wie ist dein Name?

Bedienter. Sim, zu Dero Befehl.

Sley. Sim? Das ist so viel als Simeon oder Simon; strecke deine Hand aus, und fülle den Krug. (Der Bediente reicht ihm zu trinken.)

(Es kömmt die Lady mit Gefolge.)

Sley. Ich danke dir - - - es soll dein Schade nicht seyn.

Lady. Wie befinden sich Mylord?

Sley. Ey, ganz gut befind' ich mich; denn hier giebts genug zu leben. Wo ist meine Frau?

Lady. Hier, theuerster Lord; was befiehlst du von ihr?

Sley. Bist du meine Frau, und willst mich nicht Mann nennen? Meine Bediente mögen mich Lord heissen; ich bin dein guter Mann.

Lady. Mein Mann und mein Lord; mein Lord und mein Mann; ich bin deine Frau mit aller Ergebenheit.

Sley. Das weiß ich wohl. Wie muß ich sie nennen?

Lord. Madam.

Sley. Ilse Madam, oder Hanne Madam?

Lord. Madam, und nichts weiter; so heissen Lords ihre Ladies.

Sley. Frau Madam, man sagt, ich habe geträumt und geschlafen, funfzehn Jahr ungefähr, und noch länger.

Lady. Ja freylich; und mir scheinens dreyßig Jahr zu seyn; die ganze Zeit hindurch bin ich von deinem Bette getrennt gewesen.

Sley. Das ist viel •-•• Bediente, laßt mich mit ihr allein •- •• Madam kleide dich aus, und komm itzt zu Bette.

Lady. Drehmal edler Lord, laß mich dich ersuchen, mich noch ein oder zwey Nächte zu verschonen, oder doch wenigstens, bis die Sonne untergegangen ist. Denn deine Aerzte haben ausdrücklich verordnet, bey Gefahr, aufs neue in deine vorige Krankheit zu verfallen, daß ich mich noch von deinem Bette entfernen soll. Ich hoffe, diese Ursache wird mir zur Entschuldigung dienen.

Sley. Ja, ja; sie dienet dazu; aber es wird mir doch schwer, so lange zu warten. Und doch wäre mirs gar nicht gelegen, von neuen ins Träumen zu gerathen; ich will also warten, trotz dem Fleisch und Blute.

(Es kömmt ein Bedienter.)

Bedienter. Ihrer Herrlichkeit Schauspieler haben Ihre Besserung vernommen, und wollen eine anmuthige Komödie aufführen; denn das halten Ihre Aerzte für sehr dienlich, da sie wohl einsehen, daß zu viel Traurigkeit Ihr Blut ganz verdickt hat, und daß Schwermuth eine Säugamme des Wahnsinns ist; deswegen hielten sie es für gut, wenn Sie eine Komödie ansähen, damit Sie lustigen und fröhlichen Muths werden mögen, wodurch tausend Kümmernissen der Zugang versperrt, und das Leben verlängert wird.

Sley. Zum Henker, das will ich thun. Laß sie spielen. Ist eine Kumedje nicht ein Christmarkstanz, oder eine Luftspringerey?

Lord. Nein, mein werther Lord, es ist viel
lustigers Zeug.

Sley. Was? Zeug zum Wams?

Lady. Es ist eine Art von Historie.

Sley. Gut, wir wollens ansehen. Komm,
Madam Frau, setz dich neben mir, und laß
der Welt ihren Lauf; wir werden doch nie wieder jung.

Erster Aufzug.

Erster Auftritt.

Eine Straße in Padua.

Lucentio. Tranio.

Lucentio. Tranio, du we[ ] mein großes Verlangen, das schöne Padua, diese Verpflegerinn
der Künste, zu sehen, zog mich hieher in die
fruchtbare Lombardey, den anmuthvollen Garten des großen Italiens; mein Vater, der mich
liebt, schenkte mir dazu seine gutwillige Erlaubniß, und zugleich deine gute Gesellschaft. Laß

uns also, mein treuster Diener, dessen Redlich-
keit in allen Stücken bewährt ist, laß uns hier
leben, und mit gutem Glücke die Laufbahn der
Wissenschaften und freyen Künste antreten. Pisa, durch angesehne Bürger berühmt, gab mir
mein Daseyn, und mein Vater, weißt du, ist
ein durch die ganze Welt wegen seines Handels
berühmter Kaufmann, Vincentio, aus dem Geschlecht der Bentivoli. Dem Sohn Vincentio's,
der in Florenz erzogen ist, wird es geziemen,
alle von ihm gefaßte Hoffnungen zu erfüllen,
und seinem Vermögen durch edle Handlungen
größern Glanz zu geben. Und deswegen, Tranio, will ich, während der Zeit meines Studi-
rens, besonders meinen Fleiß auf die Tugend
richten, und auf denjenigen Theil der Philosophie, der die Glückseligkeit lehrt, welche man
durch Tugend fürnehmlich erreicht. Sage mir,
was du dazu denkst; denn ich habe Pisa verlassen, und bin nach Padua gekommen, gleich
einem, der ein seichtes, stillstehendes Gewässer
verläßt, um sich in die Tiefe zu tauchen, und
seinen Durst mit Sättigung zu löschen sucht.

Tranio. Mi perdonata, mein lieber Herr, ich bin in allen Stücken völlig Ihrer Meynung. Mich freut es daß Sie so Ihren Entschluß in Erfüllung bringen, die Süßigkeiten der anmuthigen Philosophie einzusaugen. Nur das einzige, lieber Herr, bitt' ich Sie, indem wir diese Tugend und diesen moralischen Unterricht bewundern, lassen Sie uns nicht zu Stoikern oder zu Stöken werden, noch den strengen Gesetzen des Aristoteles so sehr ergeben, daß Ovid für uns Ausschuß und ganz abgeschworen sey. Reden Sie Logik mit Ihren Bekannten, und üben die Rhetorik in Ihrem täglichen Gespräche, brauchen Sie Musik und Poesie, um sich aufzuheitern, nehmen Sie die Mathematik und Metaphysik vor, nachdem Sie finden, daß Sie Lust dazu haben. Wo keine Lust ist, da läßt sich auch kein Vortheil erwarten. Kurz, Herr, studiren Sie das, woran Sie den meisten Geschmack finden.

Lucentio. Ich danke dir, Tranio; dein Rath ist sehr gut. Wäre nur Biondello erst angelangt, so könnten wir sogleich unsre Einrichtungen machen, und eine Wohnung wählen, die zur Aufnahme der Freunde bequem wäre, die ich mir mit der Zeit in Padua zu erwerben denke. Aber wart doch; was sind denn das für Leute?

Tranio. Ein Aufzug, Herr, um uns in dieser Stadt zu bewillkommen.

Zweyter Auftritt.

Baptista. Katharine. Bianca. Gremio. Hortensio. Lucentio und Tranio beyseite.

Baptista. Meine Herren, dringen Sie nicht weiter in mich; denn Sie wissen, was ich einmal feste beschlossen habe; nämlich meine jüngste Tochter nicht eher wegzugeben, eh ich einen Mann für die älteste habe. Wenn einer von Ihnen beyden Katharine liebt, so geb ich Ihnen, aus alter Bekanntschaft und Liebe, die Erlaubniß, sich nach Gefallen um sie zu bewerben.

Gremio. Lieber thät' ich sonst was; sie ist zu rauh für mich. He! Hier, Hortensio, wollen Sie eine Frau haben?

Katharine. Sagen Sie mir doch, Herr Vater, sind Sie denn Willens, mich hier unter diesen beyden Kunden zum Kauf auszubieten?

Hortensio. Kunden, Mamsell? Wie meynen Sie das? .. Wir sind keine Kunden für Sie; da müssen Sie weit sanfter, weit geschmeidiger seyn!　•

Katharine. Wahrhaftig, mein Herr, Sie dürfen sich keine Sorge machen. Ich weiß, es kömmt Katharinen damit noch nicht halb ans Herz; aber wenns auch wäre, So zweifeln Sie nicht, Sie wird dafür sorgen, Ihnen mit einem dreybeinichten Stuhl den Kopf zu bürsten, Ihr Gesicht zu bemahlen, und Ihnen wie einem Narren zu begegnen.

Hortensio. Vor allen solchen Teufeln behüt uns, lieber Herre Gott!

Gremio. Und mich auch, lieber Herre Gott!

Tranio. (Beyseite) Stille doch Herr, hier giebts artigen Zeitvertreib; das Frauenzimmer da ist rasend toll, oder doch gewaltig übermüthig.

Lucentio. (Beyseite) Aber in dem Stillschweigen der andern seh ich ein jungfräuliches sanftes Betragen und Sittsamkeit. Stille, Tranio.

Tranio. (Beyseite) Gut gesagt, mein Herr; sachte! .. Gaffen sie sich einmal recht satt.

Baptista. Meine Herren, was ich gesagt habe, darüber kann ich mich sogleich gegen Sie rechtfertigen . . . . Bianca, geh hinein; und laß dir das nicht leid seyn, gute Bianca; denn ich werde dich darum nicht minder lieb haben, mein Kind.

Katharine. Ein allerliebstes Dingelchen! . . Es wäre am besten, sie heulte, wenn sie nur wüßte, warum.

Bianca. Schwester, vergnüge dich nur über mein Mißvergnügen . . Herr Vater, ich unterwerfe mich Ihrem Willen in aller Demuth; meine Bücher und meine Instrumente sollen meine Gesellschaft seyn; sie will ich ansehen, und mich für mich allein mit ihnen üben.

Lucenzio. Höre, Tranio; hier kannst du Minerva reden hören.

Gremio. Signor Baptista, wollen Sie denn so wunderlich seyn? Es dauert mich, daß Bianca wegen unsers guten Willens Verdruß haben muß.

Hortensio. Was? wollen Sie denn, Signor Baptista, das arme Mädchen wegen dieses höllischen Feindes einsperren, und die Schuld ihrer Zunge dieß unschuldige Kind entgelten lassen?

Baptiſta. Ihr Herren, beruhiget euch; mein Entſchluß iſt gefaßt -- Geh hinein Bianca. *(Bianca geht ab.)* Und da ich weiß, daß ſie ihr meiſtes Vergnügen an Muſik, Inſtrumenten, und Poëſie hat, ſo will ich Lehrmeiſter in meinem Hauſe halten, die im Stande ſind, ihr Unterricht zu geben. Wenn Sie, Hortenſio, oder Sie, Signor Gremio, ſo Jemand kennen, ſo laſſen Sie ſie zu mir kommen; denn gegen geſchickte Leute werd' ich mich ſehr gefällig finden laſſen, und werde nichts an meinen Kindern ſpären, um Sie gut zu erziehen. Für itzt leben Sie wohl. Katharine, du kannſt hier bleiben; denn ich habe mit Bianca noch mehr zu reden.

(Er geht ab.)

Katharine. Ey! und ich denke doch wahrhaftig, ich kann auch gehen; kann ich das nicht? -- Was? ſoll ich mir alles befehlen und vorſagen laſſen, gerade als ob ich nicht ſchon ſelbſt wüßte, was ich thun und laſſen ſollte! -- Ha!

(Geht ab.)

Gremio. Du magſt zum Teufel und ſeiner Großmutter gehen! -- Deine Talente ſind ſo herrlich, daß hier keiner iſt, der dich zu halten begehrt. Unsre Liebe ist nicht so groß, Hortensio, daß wir nicht dabey noch frieren, und sie gar bald aushungern könnten.   Es ist damit bey uns beyden noch in weitem Felde. Gehab dich wohl! -- Aber aus Liebe zu meiner süssen Bianca, will ich doch alles thun, einen geschickten Menschen ausfündig zu machen, der ihr das beybringen soll, wozu sie Lust hat, und ihn ihrem Vater zuschicken.

Hortensio. Das will ich auch Signor Gremio; aber noch Ein Wort.   Obgleich unsre Mißhelligkeit bisher niemals eine Verabredung unter uns vertragen hat, so müssen Sie doch wissen, daß uns beyden daran gelegen ist, um wieder zu unsrer schönen Gebieterinn Zugang zu erhalten, und glückliche Nebenbuhler um Bianca's Liebe zu seyn, daß wir fürnehmlich Eine Sache zu Stande zu bringen suchen.

Gremio. Und welche denn, wenn ich bitten darf?

Hortensio. Was anders, als ihrer Schwester einen Mann zu verschaffen?

Gremio. Einen Mann! -- einen Teufel!
Hortensio. Ich sage, einen Mann,

Gremio. Und ich ſage einen Teufel. Glaubſt du denn, Hortenſio, obgleich ihr Vater ſehr reich iſt, daß irgend ein Menſch ſo unſinnig ſeyn werde, ſich mit der Hölle zu verheyrathen?

Hortenſio. Sachte, Gremio! Wenn gleich Ihre und meine Geduld nicht hinreicht, ihr lautes Toben zu ertragen, ſo giebt es doch, mein lieber Freund, noch immer gutherzige Leu=te in der Welt, wenn man ſie nur aufzutreiben wüßte, die ſie mit allen ihren Fehlern und mit ihrem Gelde gerne nehmen würden.

Gremio. Das mag wohl ſeyn; aber ich mei=nes Theils möchte eben ſo gern ihre Ausſteuer mit der Bedingung nehmen, alle Morgen am Pranger gepeitſcht zu werden.

Hortenſio. Ja wohl; unter verfaulten Aepfeln hat man nicht lange zu wählen. Aber wohlan, da dieſer ſchwierige Umſtand uns zu guten Freun=den macht, ſo wollen wir auch ſo lange freund=ſchaftlich verfahren, bis wir Baptiſta's älteſte Tochter zu einem Manne verholfen haben, und dadurch der jüngſten die Freyheit verſchaffen, ſich auch zu verheyrathen; alsdenn wieder von friſchem darauf los! Theure Bianca! Wer das

Glück hat führt die Braut heim! Wer am schnell-
sten läuft, erhält den Preiß! -- Was sagen
Sie dazu, Signor Gremio?

Gremio. Ich bin damit zufrieden, und möchte dem das beste Pferd in ganz Padua geben,
um damit auf die Freywerberey auszureiten, der
sich im Ernst um sie bewerben, sie zum Trau-
altar und ins Bette führen, und dieß Haus von
ihr befreyen wollte.   Kommen Sie nur.

(Gremio und Hortensio gehen ab.)

Dritter Auftritt.

Tranio. Lucentio.

Tranio. Aber sagen Sie mir, Herr, ist es
möglich, daß die Liebe auf einmal so mächtig
werden kann?

Lucentio. O! Tranio, eh ich fand, daß es
wirklich sey, hielt ichs auch nie für möglich oder
wahrscheinlich. Aber sieh, indem ich hier müßig
stand, und sie anschaute, erfuhr ich die Wür-
kung der Liebe im Müßiggang. Und itzt gesteh
ich dir aufrichtig, -- dir, der du so sehr mir
vertraut und theuer bist, als es Anna der Königinn von Karthago war -- Tranio, ich bren-

ne, ich ſchmachte, ich ſterbe, Tranio, wenn mir dieß junge ſittſame Mädchen nicht zu Theil wird. Rathe mir, Tranio, denn ich weiß, du kannſt es; ſtehe mir bey, Tranio, denn ich weiß, du willſt es.

Tranio. Mein Herr, es iſt itzt nicht Zeit, Ihnen Vorwürfe zu machen; Liebe läßt ſich nicht aus dem Herzen heraus ſchmählen. Hat die Liebe Sie gerührt, ſo bleibt weiter nichts übrig, als, redime te captum quam queas minimo. *)

Lucentio. Habe Dank, lieber Tranio; nur weiter; dieß befriedigt ſchon; das übrige wird völlig beruhigen, denn dein Rath iſt vernünftig.

Tranio. Herr, Sie ſahen mit ſo ſchmachtenden Augen auf das Mädchen, und bemerkten vielleicht doch nicht die Hauptſache von allem.

Lucentio.

---

*) Dieſe Stelle aus dem Eunuch des Terenz hatte Shakeſpear nicht aus dem Dichter ſelbſt, ſondern aus Lilly's lateiniſcher Grammatick, wie Johnſons bemerkt, und Farmer (Eſſay, p. 66.) dadurch beſtätigt, daß die Stelle, ſo in einen Vers zuſammengezogen, in der Grammatick, und nicht im Terenz ſteht.

Lucentio. O ja! ich sah anmuthsvolle Schönheit in ihrem Gesichte, wie sie die Tochter Age-
nors hatte, die den großen Jupiter dazu brachte, sich vor ihr zu demüthigen, als er mit seinen Knien das Kretische Ufer küßte.

Tranio. Sahen Sie nicht mehr? Bemerkten
Sie nicht, wie ihre Schwester anfieng zu schelten,
und solch einen Sturm zu erheben, daß mensch-
liche Ohren das Getöse kaum aushalten konnten?

Lucentio. Tranio, ich sah ihre korallnen Lippen sich bewegen, und mit ihrem Athem hauch-
te sie Wohlgeruch in die Luft, geweiht und an-
muthvoll war alles, was ich an ihr erblickte.

Tranio. Nun wahrhaftig, es ist Zeit, ihn
aus seiner Entzückung heraus zu reißen. Erwachen Sie doch, Herr; wenn Sie in das Mädchen verliebt sind, so richten Sie Witz und Gedanken darauf, daß sie Ihnen zu Theil werde.
Die Sache steht so: Ihre ältere Schwester ist
ein so verwünschtes, zanksüchtiges Geschöpf,
daß so lange, bis der Vater ihrer los geworden ist, Ihre Geliebte, H**, unverheyrathet
zu Hause leben muß; und deswegen hat er sie

enge eingesperrt, damit sie von keinen Liebhabern belästigt werde.

Lucentio. Ach, Tranio, was das für ein grausamer Vater ist! Aber hast du nicht gemerkt, daß er sich einige Mühe gab, geschickte Lehrmeister zu ihrem Unterricht zu erhalten?

Tranio. Ja freylich merkt' ich das, Herr; und nun ist der Anschlag gemacht.

Lucentio. Ich hab' ihn, Tranio.

Tranio. Halb Part, Herr! ∙∙ Unsre beyden Erfindungen stossen zusammen, und springen zugleich zu.

Lucentio. Sage mir erst die deinige.

Tranio. Sie wollen einen Lehrmeister vorstellen, und den Unterricht des Mädchens übernehmen. Das ist Ihr Anschlag.

Lucentio. Das ist er. Geht denn das an?

Tranio. Unmöglich. Denn wer soll Ihre Rolle spielen, und in Padua Vincenti'os Sohn seyn? eine Haushaltung führen, sich über den Büchern liegen, seine Freunde bewillkommen, seine Landsleute besuchen, und ihnen Schmäuse geben?

Lucentio. Schon genug; sey darüber nur ruhig, denn ich weiß auch dafür ein Mittel. Wir haben uns noch in keinem Hause sehen lassen, und man kann uns nicht an unsern Gesichtern unterscheiden, wer Herr oder Bedienter ist. Wir wollens also so machen: Du, Tranio, sollst an meiner Statt der Herr seyn, die Haushaltung führen, Figur machen, und Bediente halten, wie ich billig thun sollte. Ich will einen andern vorstellen, einen Florentiner, einen Neapolitaner, oder einen geringen Menschen aus Pisa. So ist es beschlossen, und so soll es seyn. Tranio, kleide dich völlig um; lege meinen bunten Rock und Hut an; wenn Biondello kömmt, so wartet er dir auf; aber vorher will ich ihm es einbinden, reinen Mund zu halten.

(Sie wechseln die Kleider.)

Tranio. So wirds gut seyn -- -- Kurz, Herr, da Sie es so verlangen, und ich verbunden bin, zu gehorchen -- denn das befahl mir Ihr Herr Vater bey unsrer Abreise; sey meinem Sohne treu und folgsam, sagte er, wiewohl ich glaube, es war anders gemeynt -- so bin ich es zufrieden, Lucentio zu seyn, weil Lucentio mir so lieb ist.

Lucentio. Thu das, Tranio, weil Lucentio verliebt ist, und laß mich einen Sklaven werden, um das Mädchen zu erhalten, deren plötzlicher Anblick mein verwundetes Auge in Dienstbarkeit gesetzt hat. (Blondello kömmt) Da kömmt der Schurke .. .. Kerl, wo hast du gesteckt?

Blondello. Wo ich gesteckt habe? .. .. Ey wahrhaftig, wo stecken Sie denn? .. Herr, hat mein Kamerad Tranio Ihre Kleider gestohlen? oder haben Sie die seinigen gestohlen? oder einer des andern? .. Sagen Sie mir doch, was giebts denn hier?

Lucentio. Höre nur, guter Freund, itzt ists nicht Zeit zu spassen; schicke dich also in die Zeit. Dein Kamerad Tranio hat hier, um mein Leben zu retten, meine Kleider und meine Gestalt angelegt, und ich die seinige, um glücklich durchzukommen. Denn seit der Zeit, daß ich am Ufer bin, hab' ich in einem Gezänke Jemand umgebracht, und fürchte, man wird mich entdecken. Warte du ihm auf, wie sichs gehört, ich befehl' es dir; ich werde unterdeß von hier gehen, um mein Leben zu retten. Du verstehst mich doch?

Biondello. O ja, mein Herr, nicht einen Pfifferling . . . .

Lucentio. Und daß du mir keinen Buchstaben von Tranio im Munde führest! Tranio ist in Lucentio verwandelt.

Biondello. Desto besser für ihn; ich möcht' es auch wohl seyn.

Tranio. So möcht' ich auch gleich noch einen Wunsch erfüllt haben, Bursche, nämlich daß Lucentio Baptista's jüngste Tochter bekommen möch=te. Aber guter Freund, nicht um meinetwillen, sondern um meines Herren willen, rath ich dir, führe dich in jeder Art von Gesellschaften klug und vorsichtig auf. Wenn ich allein bin, nun freylich, dann bin ich Tranio; aber sonst bin ich aller Orten dein Herr, Lucentio.

Lucentio. Tranio, laß uns gehen. Es ist noch Eins übrig, und das mußt du selbst ausführen; du mußt einer mit von jenen Freyern seyn. Fragst du mich warum, so begnüge dich damit, daß meine Gründe beydes gut und wichtig sind. *)

C 3

---

*) Die Abtheilung des zweyten Aufzugs ist weder in den Folio= noch Quartausgaben dieses Stücks be=

Vierter Auftritt.

Vor Hortenſio's Hauſe in Padua.

Petruchio. Grumio.

Petruchio. Verona, ich nehme auf eine Zeit= lang Abſchied von dir, um meine Freunde in Padua zu beſuchen; aber vor allen meinen ge= liebteſten und treueſten Freund Hortenſio; und hier, glaub ich, iſt ſein Haus. He guter Freund, Grumio, klopf hier, ſag' ich.

Grumio. Klopfen, Herr? ·· Wen ſoll ich klopfen? ·· Iſt hier Jemand, der Ihre Gnaden beleidigt hat?

Petruchio. Schurke, ſag ich, klopfe mir *) hier tüchtig.

---

merkt. Shakeſpear ſcheint hier den erſten Aufzug geſchloſſen zu haben; denn hier ſtanden ſonſt die Re= den des Keſſelflickers, u. ſ. f. die nun weiter hinten, am Schluß des Aufzugs, vorkommen. Steevens.

*) Der Mißverſtand iſt im Engliſchen auffallender, da *me* beydes mir und mich ausdrückt. Um ihn im Deutſchen einiger maſſen beyzubehalten, muß man an= nehmen, daß der Bediente dieſe beyden Kaſus nicht zu unterſcheiden weiß; ein Fehler, der auch Leuten von beſſerm Stande nur gar zu gewöhnlich iſt.

Grumio. Sie hier klopfen, Herr? -- Lieber Gott, Herr, wer bin ich, Herr, daß ich Sie hier klopfen sollte, Herr?

Petruchio. Schurke, sag ich, klopf mir an diese Thür, und schlage mir tüchtig; oder ich will dich auf deinen schurkischen Kopf schlagen.

Grumio. Mein Herr sucht Händel. Ich sollte Sie nur einmal zuerst klopfen; da wüßt' ich schon, wer am schlimmsten dabey weg käme.

Petruchio. Nun, wirds bald? Wahrhaftig, Kerl, willst du nicht klopfen, so will ich schellen, will einmal sehen, ob du Ut Re Mi Fa Sol La singen kannst. *(Er zaust ihn bey den Ohren.)*

Grumio. Zu Hülfe, Leute, zu Hülfe! mein Herr ist toll geworden.

Petruchio. Nun klopf ein andermal, wenn ich dirs heisse, du Kerl, du Schurke!

Hortensio. *(der dazu kömmt.)* Wie nun? was giebts hier? -- Mein alter Freund Grumio! -- und mein liebster Freund Petruchio! -- Was macht ihr alle in Verona?

Petruchio. Signor Hortensio, kommen Sie, den Streit zu schlichten? -- Con tutto il core, ben trovato, kann ich wohl sagen.

Hortensio. Alla postra casa ben venuto, molto onorato Signor mio Petruchio. " Steh auf Grumio, steh auf; wir wollen diesen Zwist beylegen.

Grumio. Ey von dem ist gar nicht die Rede, was er da Lateinisch herschwatzt. Wenn das keine rechtmäßige Ursache für mich ist, aus seinen Diensten zu gehen " " Sehen Sie nur, Herr, er hieß mich ihn klopfen, und tüchtig schlagen, Herr. Schickte sichs nun wohl für einen Bedienten, seinem Herrn so zu begegnen? " Wollte Gott, ich hätt' ihn zuerst tüchtig geklopft, so wäre Grumio nicht am schlimmsten dabey weggekommen.

Petruchio. Ein unvernünftiger Kerl " Lieber Hortensio, ich hieß den Schlingel, an Ihre Thür klopfen, und konnt' ihn mit aller Gewalt nicht dahin bringen es zu thun.

Grumio. An die Thür zu klopfen? " O Himmel! haben Sie nicht ganz deutlich gesagt: Kerl, klopf mich hier, schlag mich hier, schlag mich tüchtig! " Und nun kommen Sie damit angestiegen, an die Thür zu klopfen!

Petruchio. Kerl, pack dich fort, oder schweig, das rath' ich dir.

Hortensio. Geduld, Petruchio; ich nehme mich Grumi'os an.   Das ist ja ein trauriger Vorfall zwischen Ihnen und ihm, Ihrem alten, treuen, gefälligen Bedienten Grumio! Itzt sagen Sie mir doch, liebster Freund, welch ein günstiger Wind Sie von Verona hieher nach Padua führt?

Petruchio. Der Wind, der junge Leute durch die Welt umher treibt, ihr Glück weiter, als zu Hause, zu suchen, wo nur wenig Erfahrung einzuholen ist.   Aber kurz, Signor Hortensio, hören Sie, wie meine Sachen stehen. Antonio, mein Vater, ist gestorben, und ich habe mir auf gut Glück einmal vorgenommen, so gut ich nur kann, mir fortzuhelfen, und eine Frau zu nehmen. Ich habe Geld in meinem Beutel, und Güter zu Hause, und bin deswegen fortgereist, mich in der Welt umzusehen.

Hortensio. Petruchio, soll ich denn einmal ohne Umschweife dir eine zanksüchtige, garstige Frau vorschlagen? Du würdest mir nicht sehr für meinen Rath danken; und doch, versichre ich dir, sie ist reich, und sehr reich. Aber du bist zu sehr mein Freund, und ich will sie dir nicht vorschlagen.

Petruchio. Signor Hortensio, unter solchen Freunden, wie wir sind, brauchts wenig Worte; wenn Sie also ein Frauenzimmer kennen, das reich genug ist, um Petruchio's Frau zu werden -- denn Reichthum ist bey meiner Freyerey das Ende vom Liede -- so mag sie so häßlich seyn, wie die Frau des Florentiners, *) so alt, wie eine Sibylle, und so böse und zanksüchtig, wie des Sokrates Xantippe, oder noch ärger, so schreckt mich das alles nicht ab, und hindert mich nicht, sie zu lieben. Wäre sie so

---

*) Ich vermuthe, daß dieß eine Anspielung auf die Geschichte eines Florentiners ist, die sich in einem alten Buche, genannt, *A thousand notable Things*, und vielleicht auch in andern Sammlungen, befindet. "Er wurde in der Nacht vom Glanze der Juwelen in Erstaunen gesetzt, und verlor den Verstand, bis die Hochzeit vollzogen war; den andern Morgen aber sah er seine Frau, ehe sie so prächtig aufgeschmückt war, und fand ein so häßliches, gelbes, eingeschrumpftes, garstiges Geschöpf, daß er nicht weiter mit ihr leben mochte.„

rauh, wie das aufschwellende Adriatische Meer; ich komme nach Padua, um eine reiche Heyrath zu thun; thu ich eine reiche, so thu ich auch eine glückliche Heyrath.

Grumio. Nun, sehen Sie, Herr, er sagt Ihnen klar und deutlich, was er denkt. Geben Sie ihm nur Gold genug, und verheyrathen ihn an eine Docke oder Dratpüppchen, oder an eine alte Vettel, die keinen Zahn mehr im Munde hat, wenn sie auch so viele Krankheiten hätte, als zwey und fünfzig Pferde; das macht alles nichts, so bald nur Geld dabey ist.

Hortensio. Petruchio, da wir einmal so weit gekommen sind, so will ich dir nur sagen, daß ich nur gespaßt habe. Ich kann dir, Petruchio, zu einer Frau verhelfen, die reich genug, und jung, und schön ist, so wohl erzogen, als sichs für ein Mädchen vom Stande nur immer gehört. Ihr einziger Fehler -- und das ist Fehlers genug -- besteht darinn, daß sie unausstehlich böse ist, und zanksüchtig, und übermüthig. Das geht bey ihr so weit, daß ich, wären auch meine Umstände weit schlimmer als sie sind, sie nicht um eine ganze Goldmine heyrathen möchte.

Petruchio. Halt, Hortensio; du weißt noch nicht, was Gold vermag. Sage mir nur, wie ihr Vater heißt, so weiß ich genug; denn ich will mich an sie machen, tobte sie auch so laut, wie der Donner, wenn das Gewölk im Herbste kracht,

Hortensio. Ihr Vater ist Baptista Minola, ein ungänglicher und höflicher Mann; ihr Name ist Katharina Minola; in Padua ist sie wegen ihrer scheltenden Zunge berühmt genug.

Petruchio. Ich kenn' ihren Vater, ob ich gleich sie nicht kenne; und er war mit meinem verstorbenen Vater sehr gut bekannt. Ich will nicht eher schlafen, Hortensio, bis ich sie gesehen habe; lassen Sie mich daher so dreiste gegen Sie seyn, Sie gleich nach dieser ersten Unterredung zu verlassen, wenn Sie mich anders nicht dorthin begleiten wollen,

Grumio. Lassen Sie ihn ja gehen, Herr, so lange noch seine erste Hitze währt. Auf mein Wort, wenn sie ihn so gut kennte, wie ich, sie würde denken, daß sie mit Keifen und Schelten nicht viel bey ihm ausrichten werde. Sie kann ihn vielleicht zehn oder zwölfmal Schurke, oder

Flegel nennen; das ist noch nichts; wenn er einmal anfängt, da wirds aus Schmählen gehen! „ Glauben Sie mirs, mein Herr, wenn sie ihn in seinen Seiltänzereyen nur ein wenig hindern will, so wird er eine Figur in ihr Gesicht zeichnen, und sie so damit disfigurtren, daß sie nicht mehr Augen zum Sehen haben wird, als eine Katze. *) Sie kennen Ihn noch nicht, mein Herr.

Hortensio. Warte, Petruchio, ich muß mit dir gehen; denn in Baptista's Hause wird mein Kleinod verwahrt, der Edelstein meines Lebens, seine jüngste Tochter, die schöne Bianca. Ihr Vater entzieht sie mir und mehrern andern, die sich um sie bewerben, und Nebenbuhler meiner Liebe sind, weil er es, der gedachten Fehler wegen, für unmöglich hält, daß jemals einer um Katharinen anhalten werde. Baptista hat daher die Einrichtung gemacht, daß keiner zur

---

*) Vielleicht soll dieß so viel heissen, er werde ihr die Augen durch Schläge so aufschwellend machen, daß sie mit zusammengezognen Augenliedern blinzen wird, wie eine Katze gegen das Licht. Johnson.

Bianca Zutritt haben soll, bis die böse Katharine einen Mann hat.

Grumio. Die böse Katharine! das ärgste Beywort, das man einem Mädchen nur immer geben kann!

Hortensio. Itzt muß mein Freund Petruchio mir eine Gefälligkeit erzeigen, und mich, in ganz ehrbarer Kleidung, dem alten Baptista als einen Lehrmeister vorstellen, der in der Musik sehr erfahren ist, um Bianca zu unterrichten, damit ich wenigstens durch diese List Gelegenheit und Freyheit erhalte, ihr meine Liebe anzutragen, und, ohne allen Verdacht, mich bey ihr selbst um sie bewerben könne.

Fünfter Auftritt.
Die Vorigen. Gremio und Lucentio, verkleidet.

Grumio. Das Ding ist gar keine Schelmerey. Man sehe nur, wie die jungen Leute, um alte Leute zu betrügen, ihre Köpfe zusammen stecken! -- Herr, sehen Sie sich doch einmal um; wer geht da? -- he? --

Hortensio. Stille, Grumio; es ist mein Nebenbuhler. Petruchio, warte doch hier ein wenig.

Grumio. Ein artiger und verliebter junger Bursche!

Gremio. Recht sehr gut; ich habe die Liste durchgelesen. Hör' Er, mein Freund, ich will sie recht schön eingebunden haben; es sind lauter Liebesbücher; das nehm Er in Acht, und les' Er ihr ja nichts anders vor. Er versteht mich. Ausser dem, was Ihm Signor Baptista geben wird, will ich gleichfalls freygebig gegen ihn seyn. Nehm Er auch seine Papiere, und laß Er sie brav parfumiren; denn sie, der sie bestimmt sind, ist angenehmer, als der Wohlgeruch selbst. Was will Er ihr vorlesen?

Lucentio. Bey allem, was ich ihr vorlese, werd' ich für Sie reden, als für meinen Gönner, davon seyn Sie versichert, und das so angelegentlich, als ob Sie selbst gegenwärtig wären; und vielleicht noch mit eindringendern Worten, als Sie selbst, mein Herr, wenn Sie nicht etwa selbst ein Gelehrter sind.

Gremio. O! über die Gelehrsamkeit! was für eine herrliche Sache sie ist!

Grumio. O! über den Gecken! was für ein dummer Esel er ist!

Petruchio. Schweig, Kerl!

Hortensio. Still, Grumio! .. Gott grüsse Sie, Signor Gremio.

Gremio. Ey willkommen, Signor Hortensio. Rathen Sie, wohin ich gehe? .. Zu Baptista Minola. Ich versprach ihm, mich sorgfältig nach einem Lehrmeister für die schöne Bianca umzusehen, und, zum guten Glücke bin ich an diesen jungen Menschen gerathen, der sich wegen seiner Gelehrsamkeit und Lebensart recht gut für sie schickt; er ist in der Poesie und andern Büchern sehr belesen, in recht guten Büchern, das versichre ich Ihnen.

Hortensio. Recht gut; und ich habe Jemand gefunden, der mir versprochen hat, mir zu einem geschickten Tonkünstler zu verhelfen, um unsre Geliebte zu unterweisen. Ich werde also an Diensteifer gegen die schöne Bianca, die ich so sehr liebe, Ihnen im geringsten nicht nachstehen dürfen.

Gremio. Die ich so sehr liebe .. das sollen meine Handlungen beweisen.

Grumio. Und das sollen seine Goldbörsen beweisen.

Hortensio.

Hortensio. Gremio, es ist itzt nicht Zeit, unsre Liebeserklärungen vorzubringen. Hören Sie mich an; und wenn Sie aufrichtig gegen mich seyn wollen, so will ich Ihnen etwas Neues sagen, das für uns beyde erwünscht seyn muß. Hier ist ein Herr, den ich von ungefähr angetroffen habe, der nach unsrer Verabredung es mit gutem Willen unternehmen will, um die zankſüchtige Katharine anzuhalten, und sie zu heyrathen, wenn ihm ihre Ausſteuer gefällt.

Gremio. Das wäre ja vortreflich. Aber Hortensio, haben Sie ihm alle ihre Fehler gesagt?

Petruchio. Ich weiß, sie ist eine unverträgliche, lärmende Zänkerinn; wenns das alles ist, ihr Herren, so seh ich noch kein großes Unglück darinn.

Gremio. Im ganzen Ernste, mein Freund? - Was sind Sie für ein Landsmann?

Petruchio. Aus Verona gebürtig, des alten Antonio Sohn. Mein Vater ist gestorben; nur mein Vermögen ist mir noch am Leben, und ich hoffe lange und gute Tage zu sehen.

Gremio. Ach lieber Herr, solch ein Leben und solch eine Frau wär' ein Widerspruch. Aber wenn

Sie nun einmal Luſt dazu haben; in Gottes
Namen! ich werde Ihnen in allem beyzuſtehen
ſuchen. Wollen Sie denn aber um dieſe wilde
Meerkatze anhalten?

Petruchio. Wenn ich das Leben behalte.

Grumio. Will er nicht um ſie anhalten, ſo
will ich ſie aufhängen.

Petruchio. Warum kam ich anders hieher,
als in dieſer Abſicht? Meynen Sie denn, ein
kleines Getöſe könne meine Ohren betäuben?
Hab' ich nicht zu Zeiten Löwen brüllen gehört?
Hab' ich nicht die See, vom Sturm aufge-
bläſen, gleich einem wilden Eber wüten, und
vor Wuth ſchwitzen geſehen? Hab' ich nicht
grobes Geſchütz im Felde, und die Artillerie
des Himmels in den Wolken donnern gehört?
Hab' ich nicht in einer geordneten Schlacht lautes Feldgeſchrey, wiehernde Roſſe, und Trom-
petenklang gehört? Und ihr ſagt mir noch lange von einer weiblichen Zunge, die dem Ohr
nicht halb ſo ſtarke Stöße giebt, als eine Ka-
ſtanie im Feuer? Pfui! Pfui! geht hin und
macht Kindern mit Popanzen zu fürchten.

Grumio. Denn er fürchtet keine.

Gremio. Hören Sie, Hortensio; dieser Herr ist zu unserm Glücke hieher gekommen. Mein Herz sagt mir, daß es ihm und uns wohl gehen werde.

Hortensio. Ich versprach ihm, daß wir das unsrige dazu thun, und auf allen Fall für ihn anhalten wollten.

Gremio. Das wollen wir thun; wenn er nur sie zu gewinnen weiß.

Grumio. Ich wollte, mir wäre eine gute Mahlzeit so gewiß, als das!

Sechster Auftritt.

Die Vorigen. Tranio, stattlich gekleidet und Blondello.

Tranio. Ihr Diener, meine Herren. Darf ich Sie bitten mir zu sagen, wo geh ich am nächsten nach dem Hause des Signor Baptista Minola?

Blondello. Der die zwey schönen Töchter hat? Meynen Sie den?

Tranio. Eben der, Blondello.

Gremio. Hören Sie, mein Herr, Sie denken doch nicht um die = = **•**

Tranio. Vielleicht um die und um den; was kümmert Sie das?

Petruchio. Nur um die Zänkische halten Sie nicht an, mein Herr, das bitt' ich mir aus.

Tranio. Ich bin kein Liebhaber von Zänkern, mein Herr. Biondello, laß uns gehen.

Lucentio. Der Anfang war gut, Tranio.

Hortensio. Ein Wort, mein Herr, eh Sie gehen. Sind Sie ein Freywerber um das Mädchen, wovon Sie reden, oder nicht?

Tranio. Wenn ichs nun wäre, mein Herr, wäre das ein Verbrechen?

Gremio. Nein, wenn Sie, ohne mehr Worte zu machen, sich wegbegeben wollen.

Tranio. Ey mein Herr, wenn ich bitten darf, steht mir die Strasse nicht eben so gut frey, wie Ihnen?

Gremio. Die Strasse wohl, aber sie nicht.

Tranio. Und warum das, wenn ich bitten darf?

Gremio. Darum, wenn Sie's denn ja wissen wollen, weil sie Signor Gremio zu seiner Geliebten gewählt hat.

Hortensio. Weil sie Signor Hortensio dazu gewählt hat.

Tranio. Sachte, meine Herren! Wenn Sie brave Kavaliere sind, so geruhen Sie wenigstens, mich ruhig anzuhören. Baptista ist ein würdiger Edelmann, dem mein Vater nicht ganz unbekannt ist; und wäre seine Tochter noch schöner, als sie wirklich ist, so kann sie immer mehrere Liebhaber haben, und unter ihnen auch mich. Der schönen Leda Tochter hatte tausend Freyer; so kann auch wohl die schöne Bianca noch Einen mehr haben; und den soll sie haben. Lucentio soll einer davon seyn, und käme auch Paris selbst, in der Hoffnung, allein seinen Zweck zu erreichen.

Gremio. Wahrhaftig! der Mensch wird uns alle niederschwatzen.

Lucentio. Ach Herr, lassen Sie ihn nur gehen; es läuft gewiß schlecht mit ihm ab.

Petruchio. Hortensio, wozu sollen alle diese Reden?

Hortensio. Mein Herr, lassen Sie mich wenigstens so dreiste seyn, Sie zu fragen, haben Sie schon jemals Baptista's Tochter gesehen?

Tranio. Nein, mein Herr; aber ich höre, er hat ihrer zwey; die eine ist eben so berühmt wegen ihrer scheltenden Zunge, als die andre wegen ihrer Schönheit und Sittsamkeit.

Petruchio. Herr, Herr, die erste ist für mich; die lassen Sie nur gehen.

Gremio. Freylich; überlassen Sie diese Arbeit dem großen Herkules; sie wird ihm nicht zu schaffen machen, als die bekannten zwölfe.

Petruchio. Lassen Sie sich das von mir sagen, mein Herr; die jüngste Tochter, nach welcher Sie trachten, versperrt ihr Vater vor allem Zugange von Liebhabern, und will sie an Niemand eher versprechen, bis vorher die älteste Tochter verheyrathet ist; alsdann erst soll die jüngste Tochter frey seyn, und nicht eher.

Tranio. Wenns denn so ist, mein Herr, daß Sie der Mann sind, der uns allen, und mir unter den übrigen, beförderlich seyn muß, wenn Sie das Eis brechen, diese That ausführen, die älteste heyrathen, und die jüngste frey machen, daß wir Zugang zu ihr finden können; so wird derjenige, der so glücklich ist, sie zu erhalten, gewiß nicht unerkenntlich seyn.

Hortensio. Sie reden und denken sehr gut, mein Herr; und da Sie sich einmal für einen

Mitwerber ausgeben, so müssen Sie, so wie wir thun, diesem Herrn willfährig seyn, dem wir alle viel Verbindlichkeit schuldig sind.

Tranio. Ich werd' es nicht daran fehlen lassen, mein Herr. Um damit den Anfang zu machen, wollen wir, wenns Ihnen beliebt, diesen Nachmittag lustig zubringen, und auf die Gesundheit unsrer Geliebten tüchtig zechen. Wir wollens machen, wie prozessirende Partheyen, die mächtig gegen einander streiten, und doch freundschaftlich zusammen essen und trinken.

Grumio und Blondello. Ein treflicher Vorschlag! -- Kommt, Leute, laßt uns gehen.

Hortensio. Der Vorschlag ist wirklich gut. Es sey darum. Petruchio, ich will Ihr ben venuto seyn.

(Sie gehen ab; es bleiben und reden die obigen Zuschauer.)

„Ein Bedienter. Sie schlafen ein, Mylord; „Sie geben nicht Achtung auf das Schauspiel."

„Sley. Freylich, bey St. Anne! geb ich Ach-„tung drauf. Ein gut Ding, wahrhaftig! -- kömmt „noch mehr davon?"

„Lady. Mylord, es ist eben erst angefangen."

„Sley. Es ist ein schönes Stück Arbeit, Ma-„dam Lady -- Ich wollt's wär' vorbey."

Zweyter Aufzug.

Erster Auftritt.

Baptista's Haus in Padua.

Katharine. Bianca.

Bianca. Liebe Schwester, thu mir und dir selbst nicht die Unehre an, eine Dienstmagd und Sklavinn aus mir zu machen; dazu kann ich mich nicht entschließen; in Ansehung jenes elenden Putzes hingegen kannst du mir nur freye Hand lassen; ich werd ihn von selbst wegwerfen, allen meinen Anzug, bis auf meine Röcke. Befiehl mir auch sonst, was du willst, ich werd' es thun; ich weiß sehr gut, was ich einer ältern Schwester schuldig bin.

Katharine. Ich verlange von dir, mir zu sagen, wen du von allen deinen Liebhabern hier am meisten leiden kannst. Daß du mir ja die Wahrheit sagest!

Bianca. Glaube mir, Schwester, unter allen Männern auf der ganzen Welt hab' ich noch nie dasjenige vorzügliche Gesicht gesehen, dem ich mehr, als allen andern, gut seyn könnte.

Katharine. Du lügst, kleiner Affe. Ist es nicht Hortensio?

Bianca. Wenn du ihm gut bist, Schwester, so schwör' ich dirs, ich will selbst für dich reden, daß du ihn erhaltest.

Katharine. Ha! so versteigen sich vermuthlich deine Grillen etwas höher; du willst gewiß Gremio haben, um recht vornehm leben zu können.

Bianca. Ist es um seinetwillen, daß du mich so beneidest? O! so ist es bloßer Spaß, und itzt merk' ich wohl, du hast diese ganze Zeit hindurch mit mir gespaßt. Ich bitte dich, Schwester Kätchen, binde meine Hände los.

Katharine. (indem sie sie schlägt) Wenn das Spaß ist, so ist auch alles übrige Spaß gewesen.

Baptista. (der dazu kömmt.) Nun? was giebts, Mamsell? woher diese Unverschämtheit? .. Bianca, tritt beyseite .. .. Das arme Mädchen! .. sie weint .. .. Geh an deinen Nährahmen; gieb dich nicht mit ihr ab! .. .. Schäme dich, du niederträchtiges, teuflisch denkendes Geschöpf! Warum beleidigst du sie, da sie dich nie beleibigt hat? Wenn ist sie dir jemals nur mit einem bittern Worte in den Weg getreten?

Katharine. Ihr Stillschweigen verhöhnt mich; und ich will mich rächen. (Sie läuft auf Bianca zu.)

Baptista. Wie? vor meinen Augen? = = Bianca, geh hinein = =

(Bianca geht ab.)

Katharine. Wollen Sie mir das nicht zulassen? = = = = Ha! izt seh ich, sie ist Ihr Augapfel; sie muß einen Mann haben; ich muß baarfuß auf ihrer Hochzeit tanzen, und, wegen Ihrer Liebe zu ihr als eine alte Junfer sterben. Sagen Sie mir nichts mehr; ich will mich hinsetzen und weinen, biß ich Gelegenheit zur Rache finden kann.

(Sie geht ab.)

Baptista. Hatte jemals ein Vater so viel Herzeleid, als ich? = = = = Aber, wer kömmt da?

Zweyter Auftritt.

Gremio. Lucentio, als ein geringer Mensch
gekleidet. Petruchio. Hortensio, als ein
Musikmeister, Tranio und Blondello
die eine Laute und Bücher tragen.

Gremio. Guten Morgen, Nachbar Baptista.

Baptista. Guten Morgen, Nachbar Gremio.
Gott grüß euch, ihr Herren.

Petruchio. Sie auch, mein lieber Herr. Sagen Sie mir doch, haben Sie nicht eine Tochter, die Katharine heißt, und schön und tugend-
haft ist?

Baptista. Ich habe eine Tochter, mein Herr,
die Katharine heißt.

Gremio. Sie sind zu voreilig; gehn Sie nach
der Ordnung.

Petruchio. Sie thun mir unrecht, Signor
Gremio; laßen Sie mich nur. Ich bin ein
Edelmann aus Verona, mein Herr; ich habe
von ihrer Schönheit, ihrem Verstande, ihrer
Umgänglichkeit und sittsamen Bescheidenheit, von
ihren wunderswürdigen Eigenschaften, und ihrem sanften Betragen gehört, und bin nun so

dreiſte, mich ſelbſt in ihrem Hauſe zu Gaſte zu
bitten, um meine Augen ſelbſt Zeugen jener
Nachricht ſeyn zu laſſen, die ich ſo oft gehört
habe. Und zum Anfange meiner Bewerbung
bring' ich Ihnen hier einen von meinen Leuten,
(indem er ihm den Hortenſio vorſtellt) der in der Muſik
und Mathematik ſehr geſchickt iſt, um ſie völlig
in dieſen Wiſſenſchaften zu unterrichten, welche
ihr, wie ich weiß, nicht ganz fremd ſind. Nehmen Sie ihn an; ſonſt beleidigen Sie mich;
er heißt Licio, und iſt aus Mantua gebürtig.

Baptiſta. Sie ſind willkommen, mein Herr,
und auch er, um Ihrentwillen; aber was meine Tochter Katharine betrift, ſo weiß ich ſo
viel, ſie ſchickt ſich nicht für Sie, und das be-
daur' ich recht ſehr.

Petruchio. Ich ſehe, Sie wollen Sie nicht
gerne von ſich laſſen; oder vielleicht können Sie
meine Geſellſchaft nicht vertragen.

Baptiſta. Verſtehen Sie mich nicht unrecht;
ich rede nur ſo, wie ichs finde. Wo ſind Sie
her, mein Herr? und wie heiſſen Sie?

Petruchio. Ich heiſſe Petruchio; mein Vater

war Antonio, ein Mann der durch ganz Italien bekannt war.

Baptista. Ich kenne ihn sehr gut; Sie sind mir auch um seinetwillen willkommen.

Gremio. Ohne Ihnen in die Rede zu fallen, Petruchio, bitt' ich, laſſen Sie uns, die wir ein demüthiges Geſuch vorzubringen haben, auch zu Worten kommen .. Verzweifelt! Sie sind gewaltig voreilig.

Petruchio. O! verzeihen Sie mir, Signor Gremio, ich möchte gerne fertig ſeyn.

Gremio. Das glaub' ich wohl, mein Herr; aber Sie werden Ihren Heyrathsantrag noch einmal verwünſchen ... Herr Nachbar, dieß Geſchenk iſt ſehr angenehm; das weiß ich gewiß. Um auch gegen Sie meine Höflichkeit zu bezeugen, da ich Ihnen mehr Höflichkeit zu verdanken habe, als irgend Jemand, ſo erlauben Sie dieſem jungen Gelehrten freyen Zutritt, (indem er ihm den Lucentio vorſtellt) der lange in Rheims ſtudirt hat, und eben ſo erfahren im Griechiſchen, Lateiniſchen, und andern Sprachen iſt, als der andre in der Muſik und Mathematik; ſein Name iſt Cambio; ich bitte, nehmen Sie ſeine Dienſte an.

Baptista. Tausend Dank, Signor Gremio; willkommen, lieber Cambio. Aber, lieber Herr, (zu Tranio) mich dünkt, Sie gehen wie ein Fremder; darf ich so dreiste seyn, zu fragen, warum Sie hieher gekommen sind?

Tranio. Um Vergebung, mein Herr, die Dreistigkeit ist an meiner Seite, daß ich, als ein Fremder in dieser Stadt, mich für einen Anbeter Ihrer Tochter, der schönen und tugendhaften Bianca, erkläre. Auch ist mir Ihr fester Entschluß, in Ansehung des Vorzugs ihrer ältern Schwester, nicht unbekannt. Diese Freyheit ist alles, was ich verlange, daß ich, wenn man meine Abkunft weiß, unter die übrigen Freywerber mit aufgenommen werde, und eben so wie sie, freyen Zutritt und Empfang erhalte. Für die Erziehung ihrer Tochter bring' ich hier ein schlechtes Instrument, und dieß kleine Paket Griechischer und Lateinischer Bücher; *) wenn Sie dieselben annehmen, so ist ihr Werth sehr groß.

---

*) Zur Zeit der Königinn Elisabeth wurde das junge Frauenzimmer von Stande gewöhnlich in den gelehrten Sprachen unterrichtet, wenn man auf die

Baptista. Lucentio ist Ihr Name? und woher? wenn ich bitten darf.

Tranio. Von Pisa, mein Herr, ein Sohn des Vincentio.

Baptista. Eines ansehnlichen Mannes in Pisa; dem Gerüchte nach kenn' ich ihn sehr wohl. Sie sind mir sehr willkommen, mein Herr. Nehmen Sie Ihre Laute, und ihr da (zu Hortensio und Lucentio.) die Bücher; ihr sollt sogleich eure Schülerinnen zu sehen bekommen. He! holla! (Es kömmt ein Bedienter.) Bringe doch diese Herren zu meinen Töchtern, und sag' ihnen beyden, dieß wären ihre Lehrmeister, und sie sollten ihnen höflich begegnen. (Der Bediente, Hortensio und Lucentio, gehen ab.) Wir wollen ein wenig im Garten spazieren gehen, und hernach zu Tische. Sie sind mir ungemein willkommen; und davon bitt' ich euch alle überzeugt zu seyn.

Petruchio. Signor Baptista, mein Geschäfte ist dringend, und ich kann nicht alle Tage hieher kommen, und meinen Antrag wiederhölen. Sie

---

Ausbildung ihres Verstandes etwas wenden wollte. Lady Jane Gray, und ihre Schwestern, die Königinn Elisabeth, und andre sind bekannte Beyspiele davon.

Percy.

haben meinen Vater recht gut gekannt, und mich in ihm, den er als den einzigen Erben aller seiner Güter und Ländereyen hinterlassen hat. Ich habe dieselben eher verbessert, als verschlimmert. Sagen Sie mir also, wenn ich die Liebe Ihrer Tochter erhalte, was soll ich mit ihr zur Aussteuer bekommen?

Baptista. Nach meinem Tode die eine Hälfte meiner Ländereyen, und an Vermögen zwanzig tausend Kronen.

Petruchio. Und für diese Aussteuer will ich ihr, wenn sie mich überlebt, zum Wittwengehalte alle meine Ländereyen und liegende Gründe ohne Ausnahme versichern. Lassen Sie uns daher unter einander das schriftlich aufsetzen, und von beyden Seiten einen Vergleich darüber treffen.

Baptista. O ja, sobald Sie nur mit ihr über ihre Liebe den Vergleich getroffen haben; denn darauf kömmt alles an.

Petruchio. O! das ist nichts; denn ich muß Ihnen sagen, Herr Vater, ich bin eben so kurz angebunden, als sie stolz und gebietrisch ist; und wenn zwey wütende Feuer zusammen kom-

men,

men, so verzehren sie das, wodurch ihre Wuth
genährt wird.   Ein kleines Feuer wird durch
einen kleinen Wind groß; aber heftige Wind-
stöße blasen Feuer und alles aus.   Ich werde
also ihr, und sie mir nachgeben; denn ich bin
rauh, und bewerbe mich nicht wie ein unbärti-
ger Knabe.

Baptista. Ihre Bewerbung müsse den glück-
lichsten Erfolg haben! Aber machen Sie sich nur
immer auf einige unfreundliche Worte gefaßt.

Petruchio. Ha! ich will den Versuch machen,
will stehen, wie ein Gebirge gegen den Sturm,
das nicht bebt, wenn jener gleich ohne Aufhören wütet.

Dritter Auftritt.

Die Vorigen.   Hortensio, mit zerschlagenem
Kopfe.

Baptista. Was giebts, mein Freund?.. Warum siehst du so blaß aus?

Hortensio. Aus Furcht, das versichre ich Ihnen, wenn ich blaß aussehe.

Baptista. Nun? wird meine Tochter in der
Musik es weit bringen?

(Sechster Band.)   E

Hortensio. Ich glaube, sie bringt es eher im Soldatenstande weit; Eisen kann bey ihr aushalten, aber keine Lauten.

Baptista. Also kannst du ihr zur Laute nicht den Kopf brechen?

Hortensio. Nein, wahrhaftig nicht, denn sie hat mir die Laute in Stücke gebrochen. Ich sagte ihr bloß, ihre Griffe wären nicht recht, und bog ihre Hand, um sie die Fingersetzung zu lehren; auf Einmal fuhr sie mit einer recht teuflischen Heftigkeit auf: Was? schrie sie, Griffe nennst du das? Ich will die Griffe schon recht machen! „Und bey diesen Worten schlug sie mich so auf den Kopf, daß das Instrument entzwey, und mein Kopf hindurch gieng. Ich stand eine Weile erstaunt da, wie am Halßeisen, und sah durch die Laute hindurch; indeß schalt sie mich Schlingel, Fidler, Klimperhans, und noch mit hundert andern niederträchtigen Schimpfwörtern, die sie mit Fleiß schien studirt zu haben, um mich zu mißhandeln.

Petruchio. Nun so wahr ich lebe! das ist ein lustiges Geschöpf! Ich habe sie nun noch zehnmal lieber, als vorher. O! wie verlangt mich, eins mit ihr zu plaudern!

Baptista. Gut, gehn Sie mit mir; und Sie, seyn Sie nicht so niedergeschlagen; setzen Sie Ihre Unterweisung mit meiner jüngsten Tochter fort; sie ist lehrbegierig, und nimmt den Unterricht mit Dank an. Signor Petruchio, wollen Sie mit uns gehen, oder soll ich meine Tochter Käthchen zu Ihnen schicken?

Petruchio. O! thun Sie das; ich will sie hier erwarten; und mich gleich, wenn sie kömmt, mit einer gewissen Lebhaftigkeit ihr antragen. (Baptista, Gremio, Hortensio, und Tranio gehen ab.) Wenn sie schmählt, da werd ich ihr sagen, sie singe so lieblich, wie eine Nachtigall; wenn sie böse aussieht, da werd' ich ihr sagen, sie sehe so heiter aus wie Morgenrosen, die eben erst vom Thau gewaschen sind. Wenn sie stumm ist, und kein Wort sprechen will, da werd' ich ihre Redseligkeit loben, und sagen, sie spreche mit durchbringender Beredsamkeit. Sagt sie mir, ich soll mich packen, so werd' ich ihr danken, als ob sie mir sagte, ich solle eine ganze Woche hindurch bey ihr bleiben. Sagt sie, sie wolle

nicht heyrathen, so werd' ich den Tag des Auf-
gebots und der Hochzeit von ihr zu erfahren
wünschen. . . . . Aber da kömmt sie; und nun,
Petruchio, rede!

Vierter Auftritt.

Petruchio. Katharine.

Petruchio. Guten Morgen, Käthchen; denn
so hör ich, heissen Sie.

Katharine. Sie haben recht gehört, und doch
nicht so ganz recht; wer von mir spricht, nennt
mich Katharine.

Petruchio. Wahrhaftig, Sie lügen; denn
man nennt Sie schlechtweg Käthchen, und das
lustige Käthchen, und zuweilen das böse Käthchen. Aber Käthchen, das hübscheste Käthchen
in der ganzen Christenheit, Käthchen von Käth-
chensheim, mein zuckersüsses Käthchen, ich habe
deine Sanftmuth in jeder Stadt loben, von deinen Tugenden reden, und deine Schönheit rühmen hören, wiewohl nicht so sehr, als du es
verdienst; und dadurch bin ich bewogen worden, dich zu meiner Frau zu begehren.

Katharine. Bewogen! „ Meinetwegen! „
Wer Sie hieher bewogen hat mag Sie auch
wieder wegbewegen; ich sah es Ihnen gleich an,
daß Sie was bewegliches wären.

Petruchio. Was ist denn was bewegliches?

Katharine. Ein Hängesessel. *)

Petruchio. Getroffen; komm, sitz auf mir.

Katharine. Esel sind dazu gemacht, zu tragen; folglich auch Sie.

Petruchio. Frauenzimmer sind dazu gemacht,
zu tragen, folglich auch Sie.

Katharine. Keinen solchen elenden Menschen,
wie Sie, mein Herr; wenn sie mich meynen.

Petruchio. Ach nein, gutes Käthchen, ich will
dich nicht belästigen, denn ich weiß, du bist nur
jung und leicht.

Katharine. Zu leicht, als daß solch ein Tölpel mich haschen könnte, und doch so schwer,
wie sichs gehört **)

------

*) Dieß bezieht sich auf einen sprüchwörtlichen
Ausdruck: Cry you mercy, I took you for a join'd
stool. Steevens.

**) Hier fehlen ein paar unbedeutende und gespiel-
te Scherze.

Petruchio. Sachte, sachte, du Wespe; du bist wahrhaftig zu böse.

Katharine. Wenn ich Wespenartig bin, so hüte dich vor meinem Stachel.

Petruchio. Das beste Mittel wird seyn, ihn auszureissen.

Katharine. O ja! wenn der Narr ihn nur finden könnte, wo er sitzt.

Petruchio. Wer weiß nicht, wo eine Wespe ihren Stachel hat? In ihrem Schweif.

Katharine. In ihrer Zunge.

Petruchio. Wessen Zunge?

Katharine. In deiner, wenn du von Schweifen sprichst; und nun lebe wohl.

Petruchio. Was sollte meine Zunge in Ihrem Schweife? -- Höre nur an, gutes Käthchen, ich bin ein Edelmann. *)

Katharine. Das will ich versuchen. (Sie schlägt ihn.)

Petruchio. Wahrhaftig, es giebt Maulschellen, wenn Sie noch einmal schlagen.

---

*) Im Englischen ein Spiel mit dem Worte *gentleman*, da *gentle* sonst auch leutselig, sanftmüthig, bedeuten kann.

Katharine. So kommen Sie um Ihr Wappen. Schlagen Sie mich, so sind Sie kein Edelmann; und sind Sie kein Edelmann, nun so haben Sie kein Wappen.

Petruchio. Bist du ein Herold, Käthchen? – O! setze mich in deine Bücher.

Katharine. Was ist dein Wappenhelm? – Ein Hahnenkamm?

Petruchio. Ich bin ein Hahn ohne Kamm, wofern Käthchen meine Henne werden will.

Katharine. Kein Hahn für mich; Sie krähen zu sehr gleich einem matten Streithahn.

Petruchio. Ach, lustig Käthchen, lustig, du mußt nicht so sauer aussehen.

Katharine. Das ist meine Weise so, wenn ich einen Holzapfel sehe.

Petruchio. Nun, hier ist ja kein Holzapfel; sieh also nicht sauer aus.

Katharine. Da, da ist einer.

Petruchio. So zeig ihn mir.

Katharine. Das wollt ich, wenn ich nur einen Spiegel hätte.

Petruchio. Wie? Sie meynen mein Gesicht?

Katharine. So jung, und schon so fertig im Treffen! E 4

Petruchio. Ja wahrhaftig! ich bin wohl noch zu jung für Sie!

Katharine. Und doch sind Sie runzlicht.

Petruchio. Das kömmt vom Kummer.

Katharine. Mich kümmerts nicht.

Petruchio. Hören Sie mich doch einmal an, Käthchen; Sie kommen mir wahrhaftig so nicht davon.

Katharine. Ich mache Sie nur böse, wenn ich länger bleibe; lassen Sie mich gehen.

Petruchio. Nein, im geringsten nicht; ich finde Sie ungemein artig. Man sagte mir, Sie wären rauh, und spröde, und verdrießlich; und itzt find' ich, daß das Gerücht sehr gelogen hat. Denn du bist angenehm, spaßhaft, ungemein höflich, von wenig Worten, aber angenehm, wie Frühlingsblumen. Du kannst nicht grämlich thun, du kannst nicht scheel sehen, nicht die Lippe beissen, wie zornige Frauenzimmer pflegen; auch hast du keinen Gefallen daran, einen im Sprechen überzuhauen; sondern du unterhältst deine Liebhaber auf eine sanftmüthige Art, mit höflichen, angenehmen, und gefälligen Gesprächen. Warum sagt die Welt, daß Käthchen hinkt? O verläumdrische Welt! Käthchen ist so gerade und schlank, wie ein Haselzweig, so braun von Farbe, wie Haselnüsse, und süsser noch, als ihre Kerne. O! laß mich dich auf und abgehen sehen; du hinkest nicht!

Katharine. Geh, du Geck, und befiehl denen, die du in Kost und Lohn hast.

Petruchio. Hat jemals Diana so sehr einen Wald geschmückt, als Kätchen dieß Zimmer mit ihrem fürstlichen Gange? O! sey du Diana, und laß sie Käthchen seyn; und dann sey Käthchen keusch, und Diana leichtfertig.

Katharine. Wo haben Sie alle diese artigen Reden studirt?

Petruchio. Sie kommen mir aus dem Stegreif, durch meinen Mutterwitz.

Katharine. Eine witzige Mutter! Ihr Sohn wäre sonst witzlos.

Petruchio. Bin ich nicht witzig?

Katharine. Ja; halten Sie sich nur warm. *)

---

*) Eine sprüchwörtliche Redensart, die sonst noch bey unserm Dichter vorkömmt.

Petruchio. Das denk ich auch in deinem Bette zu thun, Katharine; und darum will ich alles dieß Geschwätz beyseite setzen, und dir mit dürren Worten sagen: Dein Vater hat darein gewilligt, daß du meine Frau werden sollst; über deine Außsteuer sind wir einig; und du magst nun wollen oder nicht, so werd' ich dich heyrathen. Sieh nur, Käthchen, ich bin ein Mann für dich; denn bey diesem Sonnenlichte, bey welchem ich deine Schönheit sehe, die Schönheit, die mich in dich verliebt macht, du mußt keinen andern heyrathen, als mich; denn ich bin dazu geboren, dich zahm zu machen, Käthchen, und dich aus einem wilden Kätzchen zum Käthchen zu machen, so biegsam wie andre fromme Käthchen sind. Da kömmt dein Vater; nur keine Widerrede; ich muß und will Katharine zur Frau haben.

Fünfter Auftritt.

Die Vorigen. Baptista. Gremio, Tranio.

Baptista. Nun Signor Petruchio, wie fahren Sie mit meiner Tochter?

Petruchio. Wie anders, als gut, mein Herr?

wie anders, als gut? Es wäre unmöglich, schlecht mit ihr zu fahren.

Baptista. Nun, wie steht's, Tochter Katharine? Wieder deine Schrullen?

Katharine. Sie nennen mich Tochter? „Nun, wahrhaftig, Sie haben mir ein rechtes Zeichen der väterlichen Liebe gegeben, daß Sie mich mit einem halb verrückten Menschen zu verheyrathen wünschen, mit einem tollen Teufel, einem Fluchhans, der mit lauter Schwören und Fluchen die Sache abzuthun glaubt.

Petruchio. Hören Sie nur, Herr Vater, Sie, und Jedermann, der von ihr gesprochen hat, hat falsch von ihr gesprochen. Wenn sie zänkisch ist, so ist sies aus Höflichkeit; denn sie ist nicht unverschämt, sondern bescheiden, wie die Taube; sie ist nicht hitzig, sondern gemäßigt, wie der Morgen; in der Geduld ist sie eine zwey-te Grissel, *) und eine römische Lukrezia in der

---

*) Grissel, oder Griselda, ist der Name eines Frauenzimmers, welches in einer Erzählung beym Boccaz (Decam. Giorn. X. Nov. X.) als ein ausserordent-liches Muster der Geduld aufgestellt wird, und alle Proben aushält, worauf sie von ihrem Gemahl, dem

Keuſchheit. Kurz, wir ſind mit einander ſo weit einig, daß der Hochzeittag künftigen Sonntag ſeyn wird.

Katharine. Eher will ich dich künftigen Sonntag am Galgen ſehen.

Gremio. Höre doch, Petruchio, ſie ſagt, ſie will dich eher am Galgen ſehen.

Tranio. Iſt es das, was Sie ausgerichtet

Marcheſe Saluzzo geſetzt wird. Man findet dieſe Erzählung auch in der alten deutſchen Sammlung, Scherz mit der Wahrheit (Frankf. 1550. fol.) Bl. XXIII. ff. -- Hans Sachs verfertigte daraus Ein Comedi mit XIII. Perſonen, die gedultig und gehorſam Marggräfin Griſelda, und hat V. Actus. S. ſeine Gedichte (Nürnb. 1590. fol. Th. I. Bl. 90. ff. wo der Ehrnhold im Epilog den Innhalt als aus dem Boccaz genommen angiebt. In Gottſcheds Vorrathe zur Geſch. der deutſchen dram. Dichtk. kömmt S. 160. noch ein neueres Schauſpiel dieſes Innhalts vor: Comödia von Graff Walther von Saluz und Griſelden, geſtellet durch M. Georgium Mauritium den Eltern u. ſ. f. Leipz. 1606. mit 50. Perſonen. Von den Engliſchen Auslegern unſers Dichters hat keiner bey dieſem Namen etwas angemerkt; entweder war ihnen die Anſpielung nicht erinnerlich, oder ſie mußte in England ſehr geläufig ſeyn.

haben? ‚‚ Nun, so sag ich unsrer Hoffnung gute Nacht!

Petruchio. Nur Geduld, ihr Herren, ich wähle sie für mich; wenn sie und ich zufrieden sind, was gehts euch an? Wir beyden sind, als wir allein waren, darüber eins geworden, daß sie noch immer in Gesellschaft zänkisch seyn soll. Glaubt mir, es geht über allen Glauben hinaus, wie sehr sie mich liebt. O! das liebreiche Käthchen! ‚‚ Sie hieng um meinen Hals, und gab mir so inbrünstig Kuß auf Kuß, und Schwur auf Schwur, daß sie sich im Umsehen meine ganze Liebe gewann. O! ihr seyd noch lauter Neulinge! Es verlohnt sich der Mühe zu sehen, wie zahm, wenn Mann und Frau allein sind, ein weichherziger Mensch die böseste Zänkerinn machen kann. Gieb mir deine Hand, Käthchen; ich will nach Venedig, um Kleidung und Geräth für den Hochzeittag einzukaufen. Richte nur das Hochzeitmahl aus, Vater, und lade die Gäste ein; ich weiß gewiß, Katharine wird artig seyn.

Baptista. Ich weiß nicht, was ich dazu sagen soll; aber gebt euch die Hände; Gott schenk ke dir viel Freude, Petruchio; die Heyrath ist geschlossen.

Gremio. Amen, sagen wir; wir wollen Zeugen davon seyn. ·

Petruchio. Vater, und Braut, und ihr Herren, lebt wohl. Ich will nach Venedig; es ist nicht mehr lange mehr bis Sonntag; wir müssen noch Ringe, und vielerley Dinge, und Schmuck haben. Komm küß mich, Käthchen; auf den Sonntag sind wir Mann und Frau.

(Petruchio und Katharine gehen an verschiednen Seiten ab.)

Gremio. Ward jemals eine Heyrath so geschwinde zu Stande gebracht?

Baptista. Wahrhaftig, ihr Herren, ich spiele itzt die Rolle eines Kaufmanns, und wage in den Tag hinein in einer hoffnungslosen Sache.

Tranio. Es war eine Waare, die sich bey Ihnen fast verlegen hatte; sie wird Ihnen Vortheil einbringen, oder auf der See verlohren gehen.

Baptista. Aller Vortheil, den ich wünsche, ist ein ruhiger Eheftand.

Gremio. Ganz gewiß hat er sich recht ruhig gebettet! ·· Aber itzt, Baptista, denken Sie auf Ihre jüngste Tochter. Der Tag ist da, den wir längst gewünscht haben; ich bin Ihr Nachbar; und der erste, der um sie angehalten hat.

Tranio. Und ich liebe Bianca' mehr, als Worte bezeugen, oder Gedanken errathen können.

Gremio. Jüngling, du kannst sie nicht so sehr lieben, als ich.

Tranio. Graubart, deine Liebe friert.

Gremio. Und die deinige braust nur auf. *) Steh zurück, junger Springer, nur das Alter ernährt.

Tranio. Und nur die Jugend gefällt weiblichen Augen.

Baptista. Geduld, ihr Herren, ich will diesen Streit beylegen; durch Thaten muß man den Preiß gewinnen; und derjenige, der meiner Tochter das größte Heyrathsgut versichern kann, soll Bianca's Liebe erhalten. — Sagen Sie, Signor Gremio, wie viel können Sie ihr verschreiben?

Gremio. Erstlich, wie Sie wissen, ist mein Haus in der Stadt mit Silber und Gold reichlich versehen, mit Becken und Gießkannen, ihre

____

*) Ein Spiel mit *to freeze* und *to fry*.

zarten Hände zu waschen. Alles ist mit Tyrischen Tapeten behängt; in elfenbeinern Kasten verwahr' ich meine Thaler, in Kisten aus Cypressenholz meine Teppiche, meine Decken; ich habe köstliches Geräth, Gezelte und Baldachine, feine Leinewand, Türkische Polster mit Perlen besetzt, Bettumhänge mit Venezianischer Goldstickerey, Zinn und Kupfer, und alles, was ins Haus und zum Hausrath gehört. Ferner hab' ich auf meinem Vorwerke hundert milchende Kühe, sechs Stiegen fette Ochsen in meinen Ställen, und alles, was zu dieser Außsteuer sich schickt und gehört. Ich selbst bin freylich schon bey Jahren, das gesteh ich; und wenn ich morgen sterbe, so gehört alles ihr, wenn sie nur, so lang ich noch lebe, die Meinige werden will.

Tranio. Dieß wenn nur war wohl angebracht! -- -- Hören Sie mich itzt an, mein Herr. Ich bin meines Vaters Erbe und einziger Sohn; wenn ich Ihre Tochter zur Frau bekomme, so will ich ihr drey oder vier eben so gute Häuser in der reichen Stadt Pisa vermachen, als der alte Signor Gremio in Padua nur immer haben kann, ausserdem zwey tausend

send Dukaten jährlicher Einkünfte von frucht-
baren Ländereyen; alles das soll ihr Heyrathsgut seyn =. =. Nun? hab' ich Sie in die Enge getrieben, Signor Gremio?

Gremio. Zwey tausend Dukaten jährlicher
Einkünfte an Ländereyen! =. = Meine Ländereyen
belaufen sich überhaupt so hoch nicht; aber sie
soll doch alles haben, was sie einbringen, und
noch oben drein ein Kauffartheyschiff, daß itzt
im Hafen von Marseille liegt =. =. Wie? hab'
ich Sie mit dem Schiffe stumm gemacht?

Tranio. Gremio, es ist bekannt, daß mein
Vater nicht weniger als drey große Kauffarthey-
schiffe hat, ausserdem noch zwey große und
zwölf kleine hübsche Galeeren; diese will ich ihr
außsetzen, und noch zweymal so viel dazu von
allem dem, was du weiter bieten wirst.

Gremio. Nicht doch, ich habe schon alles
gebothen; mehr hab' ich nicht; und mehr kann
ich ihr nicht geben, als alles, was ich habe.
Sind Sie es zufrieden, so soll sie mich und
alles das Meinige haben.

Tranio. Nun, so ist das Mädchen ohne Wi-

derrede die Meinige, kraft Ihres gewissen Ver-
sprechens; Gremio ist überboten.

Baptista. Ich muß gestehen, Ihr Gebot ist
das beste; lassen Sie nur Ihren Vater ihr die
Versicherungen darüber ausstellen; sie ist die Ihrige. Das einzige muß ich mir nur ausbitten;
denn sollten Sie eher sterben, als er, wo blie-
be das Heyrathsgut?

Tranio. Das hat nichts auf sich; er ist alt,
und ich jung.

Gremio. Und können nicht junge Leute eben
so gut sterben, als alte?

Baptista. Wohl denn, ihr Herren, dieß ist
meine Entschliessung. Künftigen Sonntag wird,
wie Sie wissen, meine Tochter Katharine verheyrathet; am folgenden Sonntage soll Bianca
Ihre Braut seyn, wenn Sie die schriftlichen
Versicherungen schaffen; wo nicht, so bekömmt
sie Signor Gremio. Und so empfehl ich mich,
und danke Ihnen beyden.

(Er geht ab.)

Gremio. Leben Sie wohl, lieber Herr Nachbar ... Nun, mir ist eben nicht bange vor
dir, junger Springinsfeld; dein Vater wäre

wohl ein Narr, wenn er dir alles geben, und in seinen alten Tagen bey dir in die Kost gehen wollte. Ha! warum nicht gar? •• So gefällig ist kein alter Italiänischer Fuchs, mein junger Bursche!

(Geht ab.)

Tranio. Der Henker hole dein altes runzlichtes Gesicht; aber ich hab' es doch mit der höchsten Karte zu Schanden gemacht! •• Itzt hab' ichs in Händen, meinem Herrn zu dienen. Ich seh keinen Grund, warum nicht der vorgegebne Lucentio auch einen so genannten, vorgegebnen Vater Vincentio haben könnte. Närrisch genug! Gemeiniglich bekommen die Väter Kinder; aber hier, bey unsrer Freyerey, soll das Kind einen Vater bekommen, wenn mir meine List gelingt!

(Er geht ab.)

„ Sley. Simon, wenn wird denn der Hanswurst kommen?„

„ Simon. Gleich, gleich, Mylord. „

„ Sley. Gieb mir noch was zu trinken. Wo „ ist der Bierzapfer? •• Komm, Simon, iß „ was von dem Zeuge hier. „

„ Simon. Sehr wohl, Mylord. „

„ Sley. He, Simon, ich will dir zutrinken.„

F 2

Dritter Aufzug.
Erster Auftritt.

Baptista's Haus.

Lucentio. Hortensio. Bianca.

Lucentio. Halt ein, Fidler! „ Sie werden zu dreiste, mein Herr. Haben Sie schon so bald die Begegnung vergessen, womit Sie ihre Schwester Katharine bewillkommte?

Hortensio. Ey, zankſüchtiger Schulfuchs, Bianca iſt die Schutzgöttinn der himmliſchen Harmonie; laſſen Sie mich alſo immer den Vorrang behaupten, und wenn wir mit der Muſik eine Stunde zugebracht haben, ſo können Sie ſich zu ihrem Vorleſen gleichfalls eine Stunde nehmen.

Lucentio. Unwiſſender Menſch, der niemals ſo viel geleſen hat, um die Urſache zu wiſſen, warum die Muſik erfunden iſt: Warum anders, als um die menſchliche Seele nach ihrem Studiren oder andrer gewöhnlichen Arbeit zu erquiden? Lassen Sie mich also immer meine philosophischen Vorlesungen halten, und wenn ich damit inne halte, dann kommen Sie mit Ihrer Musik hervor.

Hortensio. Mein Freund, ich werde mir von Ihm dergleichen trotzige Begegnung nicht gefallen lassen.

Bianca. Sie thun mir doppeltes Unrecht, meine Herren, das Sie mit einander über das streiten wollen, was doch bloß auf meine Wahl ankömmt. Ich bin doch wohl kein Schulkind mehr, dem man die Ruthe giebt? Ich will nicht an Stunden und festgesetzte Zeit gebunden seyn, sondern meine Lehrstunden nehmen, wie mirs gefällt. Und, um allem diesem Gezänk ein Ende zu machen, wollen wir uns hieher setzen. Nehmen Sie Ihr Instrument, und spielen indeß darauf; sein Unterricht wird zu Ende seyn, ehe sie gestimmt haben.

Hortensio. Wollen Sie ihn denn aufhören lassen, wenn meine Laute gestimmt ist?

Lucentio. Das wird sie niemals seyn; stimmen Sie nur Ihr Instrument.

(Hortensio entfernt sich.)

Bianca. Wo blieben wir neulich stehen?

Lucentio. Hier, mein Fräulein:

Hac ibat Simois; hic eſt Sigeia tellus;
Hic ſteterat Priami regia celſa ſenis.

Bianca. Erklären Sie mir das.

Lucentio. Hac ibat, wie ich Ihnen vorhin sagte; Simois, ich bin Lucentio; hic eſt, ein Sohn des Vincentio in Piſa; Sigeia tellus, ſo verkleidet, um Ihre Liebe zu erhalten; hic ſteterat, und der Lucentio, der um Sie anhalten wird; Priami, iſt mein Bedienter, Tranio, regia, der meine Kleider trägt, celſa ſenis, damit wir den alten Pantalon anführen mögen.

Hortenſio. (der wiederkömmt) Mein Fräulein, mein Inſtrument iſt geſtimmt.

Bianca. Laſſen Sie hören . . . . O pfui! der Diſcant ſchnarrt.

Lucentio. Ins Loch geſpuckt, guter Freund, und noch einmal geſtimmt!

Bianca. Nun laſſen Sie mich ſehen, ob ich es überſetzen kann. Hac ibat Simois, ich kenne Sie nicht; hic eſt Sigeia tellus, ich trau Ihnen nicht; hic ſteterat Priami, nehmen Sie ſich in Acht, daß er uns nicht hört; regia, seyn Sie nicht zu zuverſichtlich; celſa ſenis, ver, zweifeln Sie nicht.

Hortenſio. Fräulein, itzo ſtimmt es.

Lucentio. Ja, ja, nur der Baß nicht.

Hortenſio. Warum nicht gar? *) „ Wie ſtolz und vorwitzig unſer Schulfuchs iſt! „ Wahr, haftig, der Kerl ſucht ſich bey meiner Geliebs ten einzuſchmeicheln! „ Pedaſcale, ich will Sie ſchon beſſer bewachen.

Bianca. Mit der Zeit, hoff ich; itzt trau ich noch nicht.

Lucentio. Trauen Sie nur ſicher „ „ denn in der That, Aeacides war Ajax und hatte dieſen Namen von ſeinem Großvater.

Bianca. Ich muß meinem Lehrer wohl glau, ben, ſonſt, verſichre ich Ihnen, würd' ich noch immer auf meinem Zweifel beſtehen „ „ Aber es mag darum ſeyn „ „ Nun, Licio, kommen Sie her „ „ Meine lieben Lehrmei,

---

*) Im Engliſchen: The baſe is right; tis the baſe Knave that jars; ein Wortſpiel mit Baſe, das den Baß und niederträchtig bedeutet.

ster, nehmen Sie es ja nicht ungütig, daß ich mit Ihnen beyden gespaßt habe.

Hortensio. Sie können itzt weggehen, und mich ein wenig allein lassen; meine Lehrstücke sind nicht dreystimmig.

Lucentio. Sind Sie so pünktlich, mein Herr? -- Wohlan denn, ich muß freylich wohl so lange beyseite gehen und warten. (für sich) Irr ich mich nicht, so wird unser artiger Herr Musikmeister verliebt.

Hortensio. Mein Fräulein, ehe Sie das Instrument anrühren, so muß ich Ihnen meine Fingersetzung beybringen, und folglich mit den ersten Elementen der Kunst den Anfang machen, um Sie die Tonleiter auf eine kürzere Art zu lehren, auf eine angenehmere, brauchbarere und eindringendere Art, als sie jemals von einem meiner Profeßion gelehrt worden ist. Hier hab ich sie schriftlich und zierlich aufgesetzt.

Blanca. Ey, ich bin lange schon mit der Tonleiter fertig.

Hortensio. Aber lesen Sie doch hier einmal Hortensio's Tonleiter.

Bianca. (liest:) Mich, der Akkorde Grund,
   und Scala sonst genannt,
Hat hier voll Zärtlichkeit.Hortensio geschrieben:
C, D, o Bianca, schenk ihm Herz und Hand;
E, F, er wird dich unaußsprechlich lieben.
G, A, nimm an, was er dir hier erklärt;
H, C, sein treues Herz ist der Erhörung werth.
Dieß nennen Sie die Tonleiter? — Pfui! sie
gefällt mir nicht. Die alte Mode gefällt mir
am besten. Ich bin nicht so ekel, daß ich
gründliche Regeln gegen seltsame Neuerungen
austauschen möchte.

(Es kömmt ein Bedienter.)

Bedienter. Gnädiges Fräulein, Ihr Herr
Vater läßt Sie bitten, Ihre Bücher wegzu-
legen, und Ihrer Schwester Zimmer aufputzen
zu helfen; Sie wissen, morgen ist ihr Hochzeittag.

Bianca. Leben Sie beyde wohl, meine lieben
Lehrmeister; ich muß gehen.

(Sie geht ab.)

Lucentio. Nun wirklich, mein Fräulein, so
hab' auch ich keine Ursache, länger hier zu bleiben.

(Er geht ab.)

Hortensio. Aber ich habe Ursache, diesem

Pedanten auf die Finger zu sehen; mich dünkt, er sieht aus, als ob er verliebt wäre .. .. Aber wenn deine Denkungsart, Bianca, so niedrig ist, daß du deine umher irrenden Augen auf ieden schlechten Kerl wirfst, so mag dich nehmen, wer Lust hat; find' ich dich Einmal flatterhaft, so werd ich dich bald aufgeben, und mir eine andre Geliebte wählen.

(Er geht ab.)

Zweyter Auftritt.

Baptista. Gremio. Tranio. Katharine. Lucentio. Bianca. Bediente.

Baptista. Signor Lucentio, dieß ist der bestimmte Tag, an welchem Katharine und Petruchio sich verheyrathen sollten, und doch hör' ich noch nichts von meinem Schwiegersohn. Was wird man sagen? Was wird es für ein Gespötte geben, daß der Bräutigam fehlt, wenn der Priester schon da ist, und wartet, um die Trauung zu verrichten? .. Was sagt Lucentio zu dieser meiner Beschimpfung?

Katharine. Die Beschimpfung trift mich allein. Will man mich doch zwingen, wider alle meine Neigung meine Hand einem tollen, verrückten Menschen zu geben, der den Kopf voll närrischer Grillen hat; der sich in aller Eil um mich bewarb, und mich nun nach seiner Bequemlichkeit zu heyrathen denkt. Hab' ichs Ihnen nicht gesagt, daß er ein unsinniger Mensch wäre, der seinen bittern Spott hinter einem offenherzigen Betragen versteckte? Um für einen aufgeräumten Kopf zu gelten, hält er vielleicht um tausend Mädchen an, bestimmt den Hochzeittag, macht sich Freunde, ladet ein, läßt das Aufgebot verrichten; aber denkt niemals daran, die zu heyrathen, um die er angehalten hat. Itzt wird die ganze Welt auf die arme Katharine mit Fingern weisen und sagen: Sieh da! dort geht des tollen Petruchio's Frau, wenns ihm nur beliebte, zu kommen, und sie zu heyrathen.

Tranio. Nur Geduld, liebe Katharine, und lieber Herr Baptista; auf meine Ehre, Petruchio meynt es nicht böse, was ihn auch immer daran verhindern mag, Wort zu halten. Ist er gleich geradezu, so weiß ich doch auch, daß er sehr verständig ist; ist er gleich lustig, so ist er doch mit alle dem ein rechtschaffner Mann.

Katharine. Ich wollte, Katharine hätte ihn in ihrem Leben nicht gesehen!

(Sie geht weinend ab.)

Baptista. Geh Mädchen; dießmal kann ich dir über dein Weinen keine Vorwürfe machen; denn solch eine Beleidigung könnte wohl eine Heilige aus der Fassung bringen; wie vielmehr denn eine Zänkerinn von so ungeduldiger Gemüthsart, wie du bist!

Dritter Auftritt.

Die Vorigen. Biondello.

Biondello. Herr, Herr, Neuigkeiten, alte Neuigkeiten, dergleichen Sie noch niemals gehört haben!

Baptista. Neu und alt zugleich? Wie kann das seyn?

Biondello. Nun, ist denn das keine Neuigkeit, zu hören, daß Petruchio kömmt?

Baptista. Ist er gekommen?

Biondello. Nicht doch, Herr.

Baptista. Was denn?

Blondello. Er kömmt.

Baptista. Wann wird er denn hier seyn?

Blondello. Wenn er hier steht, wo ich stehe, und Sie dort vor sich sieht.

Tranio. Aber sage, was sollen denn deine alten Neuigkeiten?

Blondello. Ey, Petruchio kömmt mit einem neuen Hut und alten Wams; mit einem Paar alten dreymal gewandten Beinkleidern, einem Paar Stiefeln, die Lichtkasten gewesen sind, wovon der eine geschnallt, und der andre geschnürt ist; mit einem alten verrosteten Degen, der aus dem Stadtzeughause genommen ist, mit zerbrochnem Gefäß, ohne Ohrband, und mit abgebrochner Spitze. Sein Pferd hat einen alten schäbichten Sattel auf dem Rücken; die Steigbügel gehören nicht zusammen; ausserdem hat das Pferd den Rotz, ist auf dem Rückgrad ganz moosicht, mit der Mundfäule und Räude behaftet, voller Windgallen, hat die Kniesucht und die Gelbsucht, hat einen unheilbaren

Feivel, *) einen gewaltigen Koller, ist vom Wurme ganz zernagt, lendenlahm und verrenkt; gelähmt am linken Vorderbeine, mit einem halbkrummen Gebiß, und einer Halfter von Schafsleder, die durch das öftere Zurückziehen, um es vom Stolpern abzuhalten, schon oft gerissen, und mit lauter Knoten wieder ausgebessert ist; ein Gurt, aus sechs Stücken zusammengeflickt, und ein Frauens=Schwanzriemen von Sammet, worauf zwey Buchstaben ihres Namens zierlich mit Nägeln gesetzt sind, und hie und da mit Bindfaden geflickt.

Baptista. Wer kömmt denn mit ihm?

Biondello. O! Herr, sein Lackey, der eben so außstaffirt ist, wie sein Pferd; einen leinenen Strumpf auf dem einen Beine, und einen groben wollenen Stiefelstrumpf auf dem andern, mit einer rothen und blauen Egge aufgebunden; mit einem alten Hute, worauf der

---

*) Ein entzündetes Geschwülst der Drüsen am Halse eines Pferdes. S. Robertssons Pferde-Arzney=Kunst (Frf. und Leipz. 1772. 8. S.) 205. ff.

Humor der vierzig Phantasien *) statt einer Feder steckt. Es ist ein Ungeheuer, ein wahres Ungeheuer in seinem Anzuge, und sieht keinem christlichen Bedienten, oder dem Lackey eines Edelmannes ähnlich.

Tranio. Es muß irgend eine närrische Grille ihn zu dem Aufzuge gebracht haben; wiewohl er sich zuweilen ganz schlecht zu kleiden pflegt.

Baptista. Ich bin froh, daß er nur kömmt, er mag nun kommen, wie er will.

Biondello. Nicht doch, Herr, er kömmt nicht.

Baptista. Sagtest du nicht, er komme?

Biondello. Wer? Petruchio komme?

Baptista. Nun ja, Petruchio komme.

Biondello. Nein, Herr; ich sage, sein Pferd kömmt, und er sitzt darauf.

Baptista. Nun, das ist alles Eins.

Biondello. Nein, meiner Treu nicht, ich wette was Sie wollen, ein Pferd und ein Mensch sind mehr denn Eins, wenn gleich nicht viele.

---

*) Der Titel einer Ballade oder Posse der damaligen Zeit, die der Dichter lächerlich machen wollte, wie er das mehrmals in seinen übrigen Schauspielen thut.   Warburton.

Vierter Auftritt.

Die Vorigen. Petruchio. Grumio.

Petruchio. Nun, wo sind denn diese artigen Leute? Wer ist hier zu Hause?

Baptista. Gut, daß Sie kommen, mein Herr.

Petruchio. Und doch komm' ich nicht gut.

Baptista. Nun, Sie hinken doch nicht?

Tranio. Nicht so gut gekleidet, als ich wünsch-te, daß Sie seyn möchten.

Petruchio. Und wäre mein Anzug auch bes-ser, so würd' ich doch so hereinstürzen. Aber wo ist Käthchen? wo ist meine liebenswürdige Braut? .. Was macht mein Schwiegervater? Mich dünkt, ihr lieben Leute, ihr seht böse aus; und warum gaft diese werthe Gesellschaft mich an, als ob sie irgend eine ungewöhnliche Erscheinung, einen Kometen, oder sonst ein Wunderzeichen sähe?

Baptista. Sie wissen, mein Herr, es ist heu-te Ihr Hochzeittag. Vorhin waren wir miß-vergnügt, aus Furcht, Sie möchten nicht kom-men; itzt sind wir noch mißvergnügter, daß Sie so unvorbereitet kommen. Pfui! werfen

Sie

Sie dieß Kleid weg; es beschimpft Ihren Stand, und ist unsrer hochzeitlichen Feyerlichkeit ein Dorn im Auge.

Tranio. Und sagen Sie uns doch, welch ein wichtiges Hinderniß hat Sie so lange von Ihrer Braut abgehalten, und gemacht, daß Sie sich itzt bey Ihrer Ankunft selbst nicht mehr ähnlich sehen?

Petruchio. Es würde zu langweilig seyn, es zu erzählen, und zu unangenehm, es anzuhören. Genug, ich bin itzt gekommen, mein Wort zu halten, ob ich gleich in Einem Stücke genöthigt bin, von meinem Versprechen abzugehen. Hierüber werd' ich mich schon, wenn wir mehr Zeit haben, so entschuldigen, daß ihr völlig mit mir zufrieden seyn sollt. Aber, wo ist Käthchen? Ich bleibe zu lauge von ihr entfernt; der Vormittag ist bald vorbey; es ist Zeit, daß wir in die Kirche gehen.

Tranio. Lassen Sie sich doch nicht in dieser unschicklichen Kleidung vor Ihrer Braut sehen; gehn Sie in mein Zimmer, und ziehn Sie eins von meinen Kleidern an.

Petruchio. Das werd' ich wohl bleiben laſ=
ſen; ſo, wie ich hier bin, will ich ſie beſuchen.

Baptiſta. Aber ich hoffe doch nicht, daß
Sie auch ſo mit ihr zur Kirche wollen?

Petruchio. O wahrhaftig, gerade ſo; ſagen
Sie mir alſo nichts weiter; ſie heyrathet mich,
nicht meine Kleider. Könnt' ich das, was ſie
an mir zu tragen hat, ſo leicht ausbeſſern,
als ich dieſen armſeligen Anzug vertauſchen könn=
te, ſo wäre das gut für Käthchen, und noch
beſſer für mich ⸺ Aber, ich bin wohl ein
rechter Narr, daß ich hier mit euch ſchwatze,
indeß ich meiner Braut einen guten Morgen
ſagen, und dieſe Anrede mit einem liebevollen
Kuſſe verſiegeln ſollte.

(Er geht ab.)

Tranio. Er hat mit ſeinem tollen Anzuge
ganz gewiß was im Sinne; wir wollen ihn
doch, wenns irgend möglich iſt, bereden, daß
er ſich beſſer ankleidet, eh er zur Kirche geht.

Baptiſta. Ich will ihm nachgehen, und doch
ſehn, wie das ablaufen wird.

(Er geht ab.)

Tranio. Itzt, mein Herr, müssen wir noch darauf denken, Baptista's Einwilligung zu erhalten; in dieser Absicht will ich, wie ich Ihnen vorhin schon sagte, Jemand aufzutreiben suchen .. es kömmt nicht viel darauf an, wer es ist; wir wollen ihn denn schon abrichten .. der sich für Vincentio aus Pisa ausgeben, und hier in Padua noch größere Summen schriftlich versichern soll, als ich bereits versprochen habe. Auf diese Art werden Sie ungestört zum Genuß Ihrer Hoffnungen gelangen, und die liebenswürdige Bianca mit Einwilligung ihres Vaters heyrathen.

Lucentio. Wenn nur nicht mein Kollege, der Musikmeister, Bianca's Schritte so sorgfältig beobachtete, so würd ich es gut halten, unsre Heyrath heimlich zu vollziehen; wäre das einmal geschehen, so möchte die ganze Welt Nein dazu sagen; ich behielte mein Eigenthum, der ganzen Welt zum Trotze.

Tranio. Wir müssen nach und nach sehen, ob sich das thun läßt, und auf unsern Vortheil in dieser Sache beständig ein wachsames Auge haben. Wir wollen den Graubart Gremio, den kurzsichtigen Knicker Minola, und den gezierten Musikmeister Licio schon übertölpeln, alles um meines Herrn, Lucentio, willen!

Fünfter Auftritt.

Die Vorigen. Gremio.

Tranio. Signor Gremio, kommen Sie aus der Kirche?

Gremio. Mit solchen Freuden, als ich jemals aus der Schule kam.

Tranio. Und kommen denn Braut und Bräutigam auch nach Hause?

Gremio. Das ist mir ein Bräutigam! ein toller Kopf! das Mädchen wird noch was mit ihm erleben.

Tranio. Wär' er toller, als sie? – O! das ist nicht möglich.

Gremio. O! er ist ein Teufel, ein wahrer Teufel, der leibhafte böse Feind.

Tranio. O! sie ist ein Teufel, ein wahrer Teufel, des Teufels leibhafte Großmutter.

Gremio. Ach! sie ist ein Lamm, eine Daube, ein frommes Närrchen gegen ihn. Hören Sie nur, Signor Lucentio; als ihn der Priester fragte, ob er Katharine zur Frau begehre, rief er: Ja, beym tausend Element! und fluchte so laut, daß der Priester vor lauter Erstaunen das Buch fallen ließ; und als er sich niederbückte es wieder aufzunehmen, versetzte ihm dieser tollköpfige Bräutigam solch einen Schlag, daß Priester und Buch, und Buch und Priester zur Erde fiel. Nun hebt sie auf, sagte er, wenn Jemand Lust hat.

Tranio. Was sagte denn die Braut, als er wieder aufstand?

Gremio. Sie zitterte und bebte; denn er stampfte und fluchte, als ob der Priester ihn habe betriegen wollen. Allein nach vielen Cärimonien föderte er Wein; eine Gesundheit! schrie er, als ob er auf einem Schiffe wäre, und mit seinem Kameraden nach einem Sturm zechte. Er soff den Muskateller aus *) und schmiß das eingetunkte Brod dem Küster ins Gesicht, aus keiner andern Ursache, als, weil sein Bart dünn und gierig aussähe, und ihm beym Trin-

____

*) Es war eine alte Gewohnheit, sogleich nach der Trauung Wein zu trinken, wie Steevens auch durch andre Stellen bestätigt.

ken um das eingetunkte zu bitten schiene. Hernach faßte er die Braut um den Hals, und gab ihr einen so lauten Schmatz auf die Lippen, daß die ganze Kirche davon wiederhallte. Ich konnte das nicht länger mit ansehen, sondern gieng vor Schaam davor, und ich weiß, daß nach mir die ganze Versammlung kömmt. Solch eine tolle Hochzeit ist noch nie erhört. – Hören Sie nur, ich vernehme schon die Musik.

Sechster Auftritt.

Die Vorigen. Petruchio. Katharine. Bianca. Hortensio. Baptista.

Petruchio. Ihr Herren und Freunde, ich dank' Ihnen für Ihre Mühe. Vermuthlich denken Sie diesen Mittag mit mir zu speisen, und haben große Anstalten zum Hochzeitschmause gemacht; aber es ist nun nicht anders, ich muß eiligst von hier gehen, und will mich daher nur gleich bey Ihnen beurlauben.

Baptista. Ists möglich? Sie wollen diesen Abend schon wieder fort?

Petruchio. Ich muß heute noch fort, eh es Abend wird. Lassen Sie sich das nicht wun-

dern. Wüßten Sie meine Geschäfte, so würden sie mich vielmehr bitten, wegzugehen, als
zu bleiben. Ich danke der ganzen werthen Gesellschaft, die bey meiner Trauung mit dieser
äusserst gelassenen, sanften und tugendhaften
Frau zugegen gewesen ist. Speisen Sie sämt-
lich bey meinem Vater, trinken Sie auf meine
Gesundheit; denn ich muß fort. Lebt alle wohl.

Tranio. Bleiben Sie doch wenigstens bis
nach Tische.

Petruchio. Es geht nicht an.

Gremio. Wenn ich Sie nun darum bitte?

Petruchio. Es kann nicht seyn.

Katharine. Wenn ich Sie nun bitte?

Petruchio. Ich bins zufrieden . . . .

Katharine. Sind Sie's zufrieden, hier zu
bleiben?

Petruchio. Ich bins zufrieden, daß Sie mich
bitten hier zu bleiben; aber ich bleibe doch nicht,
Sie mögen mich bitten, so viel Sie wollen.

Katharine. Nun, wenn Sie mich lieb haben,
so bleiben Sie.

Petruchio. Grumio, meine Pferde.

Grumio. Ja, Herr, sie sind fertig. Die Pferde hab' ich gefüttert.

Katharine. Nun, so mache was du willst, ich will nun heute nicht weggehen; auch morgen nicht, und eher nicht, als bis es mir selbst gefällt. Die Thür steht offen, mein Herr, dort geht der Weg hin; hoppen Sie immer davon. Ich gehe nicht eher, bis mirs beliebt. Vermuthlich werden Sie ein verzweifelt mürrischer Ehemann werden, da Sie's gleich so kurzköpfig anfangen.

Petruchio. Sey ruhig Käthchen, ich bitte dich, werde nicht böse.

Katharine. Ich will nun böse werden. Was fängst du hier an? ‚‚ Nur ruhig, lieber Vater er soll so lange bleiben, als mirs gefällt.

Gremio. Sehn Sie wohl, mein Herr? ‚‚ Itzt fängts an zu wirken.

Katharine. Kommt, ihr Herren, zum Hochzeitmahl ‚‚ ‚‚ Ich sehe wohl, man kann bald eine Frau zur Närrinn machen, wenn Sie nicht Muth genug hat, Widerstand zu thun.

Petruchio. Sie sollen hineingehen, Käthchen, auf deinen Befehl. ‚‚ ‚‚ Gehorcht der Braut, die ihr sie begleitet habt, geht zu Tische, macht euch lustig, und seyd guter Dinge; trinkt in vollem Maaß auf ihre Gesundheit, seyd lustig und lärmt brav, oder geht und hängt euch auf; aber mein hübsches Käthchen muß mit mir fort – – Nur nicht scheel gesehen! nicht gestampft! nicht gelaunt! keine große Augen gemacht! Ich will Herr über das seyn, was mir gehört. Sie ist mein Gut, mein Eigenthum; sie ist mein Haus, mein Hausgeräth, mein Feld, meine Scheune, mein Pferd, mein Ochs, mein Esel, mein alles; und hier steht sie; rühre sie an, wer Herz hat. Ich will den Verwegnen schon zu Paaren treiben, der meiner Reise nach Padua was in den Weg legen will. Grumio, zieh von Leder; wir sind von Dieben umzingelt; befreye deine Frau, wenn du ein braver Kerl bist! – – Fürchte nichts liebes Mädchen; sie sollen dich nicht anrühren, Käthchen. Ich will dich gegen eine ganze Million beschirmen.

(Petruchio und Katharine gehn ab.)

Baptista. Laß es nur gehen, das sanfte, ruhige Paar.

G 5

Gremio. Wären Sie nicht bald gegangen, so wär' ich vor Lachen des Todes gewesen.

Tranio. Unter allen tollen Heyrathen hat diese noch nicht ihres gleichen gehabt.

Lucentio. Was denken Sie denn von ihrer Schwester, mein Fräulein?

Bianca. Daß sie selbst unklug, und nun auch an einen unklugen Mann verheyrathet ist.

Gremio. Ich steh dafür, jedes von ihnen hat sein bescheiden Theil.

Baptista. Meine lieben Nachbarn und Freunde, obgleich Braut und Bräutigam bey Tische fehlen werden, so wißt ihr doch, es fehlen keine gute Gerichte zu dem Schmause. Lucentio, Sie sollen den Platz des Bräutigams ausfüllen, und Bianca mag die Stelle ihrer Schwester vertreten.

Tranio. Soll die schöne Bianca sich üben eine Braut zu spielen?

Baptista. Ja, Lucentio, das soll sie. Kommt, ihr Herren, laßt uns gehen.

Vierter Aufzug.

Erster Auftritt.

Petruchio's Landhaus.

Grumio; hernach Kurtis.

Grumio. Hole der Henker alle müden Schind-mähren, alle tollen Herrschaften, und alle garstigen Wege! Wer ist jemals so geprügelt, jemals so schmutzig, jemals so müde geworden? Man hat mich vorausgeschickt, um Feuer anzumachen, und sie kommen gleich hinter mir drein, um sich zu wärmen. Wär' ich nun nicht hitziger Natur, so würden mir die Lippen an die Zähne, die Zunge an den Gaumen, und das Herz im Leibe frieren, eh ich zu einem Feuer kommen könnte, um wieder aufzuthauen. Aber ich will das Feuer anblasen, und mich dadurch wärmen; denn wahrhaftig bey solchem Wetter muß wohl ein ganz andrer Kerl, als ich bin, kalt werden. Holla! he! Kurtis!

Kurtis. Wer schreyt da so verfroren?

Grumio. Ein Stück Eis. Willst du das nicht glauben, so kannst du von meiner Schulter bis zu meinen Füssen so geschwind hinabglitschen, als ob nur Eis über meinen Kopf und Hals wäre. Mach Feuer, lieber Kurtis.

Kurtis. Kömmt denn mein Herr und seine Frau, Grumio?

Grumio. Ja, ja, Kurtis, ja doch; und darum mach Feuer, Feuer! — thu kein Wasser daran.

Kurtis. Ist sie denn wirklich solch ein hitzige Widerbellerinn, wie man sie beschreibt?

Grumio. Das war sie, guter Kurtis, eh dieser Frost eintrat; aber du weißt, der Winter zähmt Mann, Weib und Vieh; denn er hat meinen alten Herrn, und meine neue Frau, und dich selbst, Bruder Kurtis, zahm gemacht.

Kurtis. Geh, du dreyzollichter *) Geck! Ich bin kein Vieh.

Grumio. Halt' ich nur drey Zoll? Nicht doch. Dein Horn ist einen Fuß lang, und so

---

*) three-inch'd, d. i. mit einem drey Zoll dicken Hirnschädel, eine Redensart, die von der dickern Gattung von Brettern hergenommen ist. Warburton.

lang bin ich doch wenigſtens.   Aber willſt du denn Feuer anmachen, oder ſoll ich dich bey unſrer gnädigen Frau verklagen, deren Hand „ ſie iſt hier gleich bey der Hand „ du bald zu deinem kalten Troſte dafür fühlen ſollſt, daß du in deinem heiſſen Dienſte ſo ſaumſelig biſt.

Kurtis. O ſage mir doch, lieber Grumio, wie gehts in der Welt?

Grumio. Kalt gehts in der Welt, Kurtis, in jedem andern Dienſte, als in dem deinigen. Drum mach Feuer, verrichte hübſch dein Amt, denn meine Herrſchaft iſt beynahe ſchon zu Tode gefroren.

Kurtis. Es iſt Feuer da; und alſo, lieber Grumio, was giebts Neues?

Grumio. Je nun, Freund Hans, mein lieber Hans, *) ſo viel Neues, als du willſt.

Kurtis. Höre, du biſt doch immer ſo voller Schwänke.

Grumio. Mach Feuer, ſag ich, denn mich friert ganz gewaltig.   Wo iſt der Koch? Iſt das Abendeſſen   fertig? das Haus aufgeputzt?

---

*) Jack boy! ho boy! -- Eine Stelle aus einer alten Ballade. L. D.

Sand geſtreut? ſind die Spinneweben wegge=
kehrt? ſind die Knechte in ihren neuen Kitteln,
in ihren weiſſen Strümpfen? und hat jedweder
Bedienter ſein Hochzeitkleid an? ſind die Fla=
ſchen und Gläſer geſchwenkt? *) die Teppiche
hingelegt, und jedes Ding in ſeiner Ordnung?

Kurtis. Alles iſt fertig, und darum ſage mir
doch, was giebts Neues?

Grumio. Zuerſt ſollſt du wiſſen, daß mein
Pferd müde iſt. Mein Herr und meine Frau
ſind herausgefallen.

Kurtis. Wo denn heraus?

Grumio. Aus dem Sattel in den Koth; da=
zu gehört eine ganze Hiſtorie.

Kurtis. O laß hören, guter Grumio.

Grumio. Leihe mir dein Ohr.

Kurtis. Hier.

---

*) Im Original: Be the *Jack's* fair within, the
Jill's fair without? -- Ein Wortſpiel mit den beyden
Wörtern Jack und Jill, welche die Namen von
Knechten und Mägden ſeyn können, ſonſt aber auch
Trinkmaaſſe bedeuten. Die Jack's waren von Leder,
und mußten daher fürnemlich inwendig rein gehalten
werden; die Jill's hingegen von Metall, und wur=
den daher auch von auſſen gepuzt.

Grumio. (indem er ihm eine Maulschelle giebt.) Da!

Kurtis. Das heißt eine Historie fühlen, und nicht, sie anhören.

Grumio. Und darum heißt sie auch eine fühlbare Historie. Der Schlag da sollte nur bloß an dein Ohr pochen, und mir Gehör ausbitten. Nun fang' ich an. Erstlich also kamen wir eine schmutzige Anhöhe herunter; mein Herr ritt hinter meiner gnädigen Frau ‒‒ ‒‒ ‒‒

Kurtis. Beyde auf Einem Pferde?

Gremio. Was ist denn das für dich? *)

Kurtis. Je nun, Ein Pferd.

Grumio. Erzähle du lieber das Histörchen. ‒‒ Aber wärst du mir nicht in die Rede gefallen, so hättest du hören sollen, wie ihr Pferd fiel, und sie unter ihr Pferd; du hättest hören sollen, an was für einer kothigen Stelle das geschah, wie sie ganz beschmutzt wurde, wie er sie, mit dem Pferde oben auf ihr, liegen ließ, wie er mich dafür abprügelte, daß ihr Pferd gestolpert hatte, wie sie durch den Koth hindurch wate-

---

*) What's that to thee? (sonst: "Was geht das dich an." mußte hier wörtlich übersetzt werden, wenn sich die Antwort des einfältigen Kurtis passen sollte.

te, um ihn von mir wegzureißen, wie er fluchte, und wie sie betete, ohne sonst jemals ge-
betet zu haben, wie die Pferde davon liefen,
wie ihr Zügel zerriß, wie ich meinen Schwanzriemen verlor, und noch viele andre denkwürdi-
ge Sachen, die nun in Vergessenheit sterben
mögen; und du magst nun als ein dummer
Teufel in dein Grab kommen.

Kurtis. Nach dieser Erzählung ist er mehr
toller Teufel als sie.

Grumio. Ja freylich; und das wirst du,
und der beste von euch, schon erfahren, wenn
er nach Hause kömmt. Aber was schwatz ich
denn? Ruf mir Nathanael, Joseph, Nikolas,
Philipp, Walther, und die übrigen her. Laß
sie ihre Köpfe hübsch glatt kämmen, ihre blauen
Röcke abbürsten, und Strumpfbänder von einerley Farbe anlegen. Laß sie mit dem linken
Fuß ihren Reverenz machen, und sich nicht unterstehen ein Haar von dem Pferdeschwanz meines Herrn anzurühren, ehe sie ihnen die Hand
geküßt haben. Sind sie alle fertig?

Kurtis. Das sind sie.

Grumio. Ruf sie her.

Kurtis.

Kurtis. Hört ihr? – – he ! – – ihr müßt meinen Herrn empfangen, um meiner Frau ein Ansehen *) zu geben.

Grumio. Sie hat schon selbst Ansehens genug.

Kurtis. Das glaub ich wohl.

Grumio. Das dacht' ich nicht; du riefst ja den Leuten, ihr Ansehen zu geben.

Kurtis. Ich rufe sie, um ihr Krebit zu verschaffen.

(Es kommen vier oder fünf Bediente.)

Grumio. Nun, sie wird doch nichts von ihnen borgen wollen.

Nathanael. Willkommen, zu Hause, Grumio.

Philipp. Wie gehts, Grumio?

Joseph. Heh ! Grumio !

Niklas. Kamerad Grumio !

Nathanael. Wie gehts, alter Junge?

Grumio. Willkommen, du! – – Wie gehts, du? – – Heh! du! – – Kamerad, du! – – und

---

*) Im Englischen: *a countenance*, welches sonst vom Gesichte und den Gesichtszügen gebraucht wird; daher Grumio antwortet, Why, she has a face of her own.

(Sechster Band.) H

so viel fürs Grüſſen. Itzt meine wackern Kameraden, iſt alles fertig? iſt alles hübſch ordentlich und ſauber?

Nathanael. Es iſt alles fertig. Wie nahe
iſt denn unſer Herr ſchon?

Grumio. Er muß gleich hier ſeyn, gleich
abſteigen; und darum ſeyd nicht ⸗⸗ ⸗⸗ Potz
Element! ſtille! ⸗⸗ ich höre meinen Herrn.

Zweyter Auftritt.

Die Vorigen. Petruchio. Katharine.

Petruchio. Wo ſind denn die Schurken? ⸗⸗
Was? kein Menſch war an der Thüre, mir
den Steigbügel zu halten, oder mein Pferd anzunehmen? wo iſt Nathanael? Gregor? Philipp?

Alle Bediente. Hier, hier, Herr; hier, Herr!

Petruchio. Hier, Herr! hier, Herr! hier,
Herr! ⸗⸗ Ihr flegelhaften, unhöflichen Tölpel ihr!
Was heißt das? keine Aufwartung? keinen Re-
ſpekt? keine Dienſtfertigkeit? Wo iſt der närri-
ſche Schlingel, den ich vorausſchickte?

Grumio. Hier, Herr; noch eben ſo närriſch,
als ich vorher war.

Petruchio. Du Bauerlümmel du! du Esels=
kopf! du Schurke du! Hab ich dir nicht be=
fohlen, mir im Thiergarten entgegen zu kom=
men, und diese vertrackten Schlingel mit zu
bringen?

Grumio. Nathanaels Rock, Herr, war noch
nicht völlig fertig, und Gabriels Reitstiefel hat=
ten noch keine Löcher in den Absätzen; es war
keine Pechfackel *) da, Peters Hut zu färben,
und an Walters Hirschfänger war die Scheide
noch nicht gemacht. Es war keiner in Ord=
nung, als Adam, Ralph, und Gregor; die
andern sahen alle zerlumpt, abgetragen, und
bettelhaft aus; aber so wie sie da waren, sind
sie doch hergekommen, um Sie zu empfangen.

Petruchio. Geht, Schlingel, geht, und tragt
das Abendessen auf. (Die Bediente gehen ab; er singt:)
"Wo ist mein vor'ges Leben hin?„ == Wo
sind denn die Kerle? == Setz dich, setz dich,
Käthchen, und sey willkommen. Süsses, süsses,
süsses, süsses Ding! (Die Bediente tragen das Essen auf.
Nun? wirds bald? == Nun, gutes, süsses

---

*) Mit deren Rauch man alte Hüte wieder schwärz=
te. Steevens.

Käthchen, sey lustig. Herunter mit meinen Stiefeln, ihr Schurken, ihr Schlingel; wirds bald? (Er singt:)

„Es war einmal ein Bettelmönch,

„Als er zog seiner Strasse ‒‒ ‒‒ ‒‒ *) Fort, du Lümmel, du wirst mir den Fuß krumm reissen. (Er schlägt ihn.) Da, nimm das hin, und zieh dafür den andern Stiefel besser ab‒‒ Sey lustig, Käthchen ‒‒ ‒‒ Wasser her! ‒‒ Nun, macht fort! ‒‒ (Man bringt Wasser.) Wo ist mein Windspiel Troilus? ‒‒ He, Kerl, geh hin, und sage meinem Vetter Ferdinand, er soll zu mir kommen **) ‒‒ Den mußt du

---

* Man findet in Shakespear's Schauspielen viele zerstreute kleine Fragmente alter Balladen, die nicht mehr vollständig aufzutreiben sind ‒‒ Dr. Percy hat viele dieser einzelnen Stellen, mit wenigen Zusätzen, in Eine Ballade vereinigt (S. Reliques of ane Englisch Poetry , Vol. I. p.) welche, wie Steevens mit Recht sagt, eben so sehr einen Beweis seiner poetischen Fähigkeit, als seiner Verehrung gegen die in der That ehrwürdigen Ueberbleibsel der alten Englischen Dichter, abgiebt.

**) Dieser Vetter Ferdinand, der nicht weiter vorkömmt, wird vermuthlich nur darum erwähnt, um

küssen, Käthchen, und mit ihm Bekanntschaft machen == Wo sind meine Pantoffeln? == Werd' ich bald Wasser kriegen? == Komm Käthchen, wasch dich, und sey von Herzen willkommen == Du verwünschter Bengel, willst du's denn fallen lassen?

Katharine. Werden Sie nicht böse, er that es nicht mit Vorsatz.

Petruchio. Ein Schlingel ist er, ein tölpischer dummer Esel! == == Komm, Käthchen, setz dich; ich weiß, du hast Appetit. Willst du das Tischgebeth verrichten, süsses Käthchen, oder soll ich? == == Was ist das? Schöpsenbraten?

Ein Bedienter. Ja.

Petruchio. Wer hat ihn aufgetragen?

Bedienter. Ich.

Petruchio. Er ist ganz verbrannt, und so ist alles Essen. Was sind das für Hunde? == Wo ist der Schlingel vom Koch? Was, untersteht ihr euch, ihr Schurken, solch Zeug aufzutra-

---

Katharinen einen Wink zu geben, daß er auch seine Verwandten in Ordnung halten, und ihnen, wie seinem Jagdhunde, befehlen könne. Steevens,

gen, und mir vorzusetzen, da ichs nicht leiden
kann? == Da, nehmts hin für euch, Teller,
Gläser, und alles! == (Er wirft das Essen aufs Theater)
Ihr unvernünftigen Schafsköpfe! ihr unge=
schliffnen Kerle ihr! == Was? == brummt ihr
noch lange? == Gleich bin ich bey euch.

Katharine. Ich bitte dich, lieber Mann, sey
nicht so unruhig; das Essen war recht gut,
wenn du nur damit zufrieden seyn wolltest.

Petruchio. Ich sage dir, Käthchen, es war
verbrannt, und ganz ausgedörrt, und es ist
mir ausdrücklich verboten, dergleichen anzurüh=
ren, denn es erregt Galle und Aerger. Es
wird weit besser seyn, wenn wir beyde fasten, da
wir schon ohne das von selbst cholerisch sind;
als wenn wir unserm Temperament, mit der=
gleichen zu stark gebratnen Fleische noch mehr
Nahrung geben. Sey nur ruhig, morgen wol=
len wirs wieder gut machen; diesen Abend
wollen wir in Gesellschaft fasten == Komm, ich
will dich in deine Brautkammer führen.

(Sie gehen ab.)

Nathanael. Peter, hast du jemals dergleichen
gesehen?

Peter. Er bringt sie um in ihrer eignen Laune.

Grumio. Wo ist er?

Kurtis. (Der wieder herein kömmt) In ihrem Zim=
mer, und hält ihr eine Predigt über die Ent=
haltsamkeit, schimpft, und flucht, und schmählt
so sehr, daß sie, das arme Ding, nicht weiß,
wie sie stehen, aussehn, oder sprechen soll, und
da sitzt, wie einer, der itzt eben aus einem
Traum erwacht == Fort! fort! denn er kömmt
wieder hieher!

(Sie gehen ab.)

Dritter Auftritt.

Petruchio allein.

So hab' ich also meine Regierung ganz po=
litisch angetreten, und hoffe sie glücklich zu en=
digen. Mein Falk ist nunmehr scharfsichtig und
ganz leer, und, damit er gut hinabschiesse,
muß er nicht den Kropf voll bekommen, sonst
paßt er nicht gut auf seine Beute. Ich habe
noch ein andres Mittel, meinen Sperber ab=
zurichten, zu machen, daß er kömmt, und
seines Herrn Stimme kennt; ich muß sie näm=
lich bewachen, wie man die Geyer bewacht, die

H 4

sich sperren, und schlagen, und nicht gehorchen
wollen. Sie hat heute nichts gegessen, und soll
auch nichts essen; die vorige Nacht schlief sie
nicht, und soll auch diese Nacht nicht schlafen.
Eben wie beym Essen, werd ich, wenns gleich
nicht wahr ist, sagen, das Bette sey schlecht
gemacht, das Küssen werd' ich dahin, den
Pfühl dorthin werfen, auf diese Seite die De=
cke, auf jene das Bettuch. Allen diesen Lär=
men mach' ich, wie ich vorgebe, aus zärtlicher
Sorgfalt für sie. Kurz, sie soll die ganze Nacht
hindurch wachen, und wenn sie anfängt mit
dem Kopfe zu nicken, will ich schmählen und
lärmen, und sie mit meinem Geschrey beständ=
dig wach erhalten. Auf diese Art kann man
eine Frau mit Höflichkeit zu Tode quälen;
und so will ich ihren tollen und starrköpfigen
Eigensinn schon beugen. Wers besser weiß,
wie man eine Zänkerinn zähmen kann, der sa=
ge mirs; er wird ein christliches Werk daran
thun.

(Er geht ab.)

Vierter Auftritt.

Vor Baptista's Hause.

Tranio. Hortensio.

Tranio. Ists möglich, Freund Licio, daß Fräulein Bianca sonst Jemand gut seyn kann, als Lucentio? Glauben Sie mir, Herr, sie giebt mir die besten Hoffnungen.

Hortensio. Um Ihnen das zu beweisen, was ich gesagt habe, treten Sie nur hier auf die Seite, und geben Acht, wie er ihr Unterricht giebt. — (Sie treten auf die Seite.)

Fünfter Auftritt.

Die Vorigen. Bianca. Lucentio.

Lucentio. Nun Fräulein, ziehen Sie aus dem, was Sie lesen, gehörigen Nutzen?

Bianca. Was lesen Sie denn, Herr Lehrmeister? Erst sagen Sie mir das.

Lucentio. Ich lese, was ich auszuüben suche, die Kunst zu lieben.

Bianca. So wünsch ich, mein Herr, daß Sie bald Meister Ihrer Kunst werden mögen.

Lucentio. Indeß Sie, meine Theuerste, Mei=
sterinn meines Herzens werden.

(Sie gehen weiter hinten.)

Hortensio. Nun wahrhaftig! die gehn ziem=
lich geschwind zu Werke! == == Aber was sa=
gen Sie nun dazu, Sie, die Sie darauf zu
schwören wagten, daß Ihre Geliebte Bianca
keinen auf der Welt so sehr liebte, als Lucentio?

Tranio. O verwünschte Liebe! unbeständiges
weibliches Geschlecht! Ich muß Ihnen sagen,
Licio, die Sache ist sehr wunderbar.

Hortensio. Mißkennen Sie mich nicht län=
ger; ich bin nicht Licio, noch ein Musikmeister,
wie ich zu seyn schiene, sondern ich bin einer,
der nicht länger in dieser Verkleidung um solch
eines Mädchens willen bleiben mag, das einen
Edelmann verschmäht, und solch einen nichts=
würdigen Kerl zu ihrem Abgott macht. Wissen
Sie, mein Herr, ich heisse Hortensio.

Tranio. Lieber Herr Hortensio, ich habe sehr
oft von Ihrer zärtlichen Zuneigung gegen Bian=
ca gehört, und da ich nun ein Augenzeuge ih=
rer Treulosigkeit geworden bin, so will ich mit
Ihnen, wenn Sie es zufrieden sind, Bianca
und ihre Liebe auf ewig abschwören.

Hortensio. Sehn Sie nur, wie sie einander küssen und liebkosen! »» =» Signor Lucentio, hier ist meine Hand, und hier schwör' ich steif und fest, mich niemals mehr um sie zu bewerben. Ich entsag' ihr vielmehr, als einem Mädchen, das aller vorigen Liebesbezeugungen nicht werth ist, womit ich ihr so zärtlich geschmeichelt habe.

Tranio. Und hier thu ich den nämlichen unverstellten Schwur, sie nie zu heyrathen, wenn sie gleich selbst um mich anhielte. Pfui! weg mit ihr! =» Sehn Sie nur, wie abscheulich sie ihn liebkost!

Hortensio. Wenn doch alle Welt, ausser ihm, sie gänzlich verschworen hätte! == =» Ich meines Theils will, um meinen Schwur desto gewisser zu halten, noch ehe drey Tage ins Land kommen, eine reiche Wittwe heyrathen, die mich eben so lange geliebt hat, als ich in dieß spröde, stolze Geschöpf verliebt gewesen bin. Leben Sie wohl, Signor Lucentio. Güte des Herzens, nicht das schöne Gesicht eines Frauenzimmers, soll meine Liebe gewinnen, und so

empfehl ich mich Ihnen, mit dem festen Vor-
saß, meinen Schwur zu erfüllen.

(Er geht ab.)

Tranio. (zu Bianca, die mit Hortensio wieder weiter her-
ver kömmt.) Fräulein Bianca, der Himmel segne
Sie mit allem dem, was einen Liebhaber auf
immer glücklich machen kann. Ich habe Sie
da eben belauscht und ertappt, mein schönes
Fräulein, und ich und Hortensio haben Ihnen
feyerlich entsagt.

Bianca. Tranio, du spassest; habt ihr mir
wirklich beyde entsagt?

Tranio. Allerdings, mein Fräulein.

Lucentio. So sind wir ja den Herrn Licio los.

Tranio. Ja freylich; er wird nun eine ver-
liebte Wittwe heyrathen, die in Einem Tage
seine Braut und seine Frau seyn wird.

Bianca. Der Himmel laß ihn viel Freude
daran erleben!

Tranio. Ja, er wird sie schon zahm machen.

Bianca. Er sagt es, Tranio.

Tranio. O wahrhaftig, er ist in die Zäh-
nungsschule gegangen.

Bianca. In die Zähmungsschule? — Giebts denn einen solchen Ort?

Tranio. O ja, Fräulein, und Petruchio ist Schulmeister darinn; der lehrt die Künste nach der Länge und Breite, wie man eine böse Frau zahm machen, und ihre scheltende Zunge zum Stillschweigen bringen kann.

Sechster Auftritt.

Die Vorigen. Biondello in vollem Laufe.

Biondello. O! Herr, Herr, ich habe so lange Schildwache gestanden, daß ich so müde bin, wie ein Hund. Aber zuletzt hab' ich doch einen alten Kerl ausfündig gemacht, der die Anhöhe herunter kam, und sehr gut in unsern Kram dienen wird.

Tranio. Was ist er denn, Biondello?

Biondello. Herr, ein Merkatant *) oder ein Pedant; ich weiß nicht, was; aber sein Anzug ist sehr feyerlich; Gang und Ansehen hat er, wie's ein Vater haben muß.

------

*) Das Italiänische Wort *mercatante* (ein Kaufmann) kömmt in den alten Englischen Schauspielen öfters vor. Steevens.

Lucentio. Und was sollen wir mit ihm, Tranio?

Tranio. Wenn er leichtgläubig ist, und mir das glaubt, was ich ihm vorsage, so soll er froh darüber seyn, Vincentio zu scheinen, und dem alten Baptista die schriftlichen Versicherungen zu geben, als ob er der rechte Vincentio wäre. Nehmen Sie Ihre Geliebte mit sich, und lassen mich allein.

(Lucentio und Bianca gehen ab.)

Siebenter Auftritt.

Tranio.   Blondello.   Ein Pedant.

Pedant. Gott grüß Sie, mein Herr.

Tranio. Sie auch, Herr, seyn Sie willkommen. Denken Sie noch weit zu reisen, oder hier zu bleiben.

Pedant. Höchstens nur eine oder zwey Wochen, alsdann geh ich weiter, bis nach Rom, und dann nach Tripoli, wenn Gott Leben und Gesundheit schenkt.

Tranio. Was für ein Landsmann sind Sie, wenn ich fragen darf?

Pedant. Von Mantua.

Tranio. Von Mantua, mein Herr? -- Das wolle Gott nicht! -- Und kommen so nach Padua, und achten Ihr Leben nicht?

Pedant. Mein Leben, Herr? -- Wie so? -- Das wäre ja arg.

Tranio. Der Tod ist jedem Mantuaner gewiß, der nach Padua kömmt; wissen Sie denn die Ursache nicht? Ihre Schiffe sind zu Venedig angehalten, und der Herzog hat wegen eines Privatstreits zwischen Ihrem Herzog und ihm es öffentlich bekannt machen lassen. Es ist ein Wunder, daß Sie das nicht wissen. Sie sind nur eben erst angekommen, sonst hätten Sie es öffentlich ausrufen gehört.

Pedant. Ach lieber Herr, das ist auch sonst noch schlimm für mich; denn ich habe Wechselbriefe von Florenz bey mir, und muß sie hier abgeben.

Tranio. Nun gut, Herr, um Ihnen eine Gefälligkeit zu erzeigen, will ich Ihnen guten Rath ertheilen. Zuerst sagen Sie mir, sind Sie jemals in Pisa gewesen?

Pedant. O ja, mein Herr, in Pisa bin ich oft gewesen, in Pisa, das wegen seiner angesehnen Bürger berühmt ist.

Tranio. Kennen Sie unter ihnen einen, Namens Vincentio?

Pedant. Ich kenn' ihn nicht, aber ich habe von ihm gehört; es ist ein Kaufmann von unsäglichem Vermögen.

Tranio. Es ist mein Vater, Herr, und, im ganzen Ernste, er hat im Gesicht etwas ähnliches mit Ihnen.

Biondello. (Bojeite) Gerade so viel ähnliches, wie ein Apfel mit einer Auster.

Tranio. Um Ihr Leben aus der äussersten Gefahr zu retten, will ich Ihnen um seinetwillen diese Gefälligkeit erzeigen. Halten Sie es nicht für Ihr schlimmstes Schicksal, daß Sie Herrn Vincentio ähnlich sehen; Sie sollen seinen Namen und sein Ansehen annehmen, und in meinem Hause freundschaftlich bey mir wohnen. Sehen Sie zu, daß Sie alles so machen, wie sichs gehört. Sie verstehen mich, Herr. Sie sollen auf diese Art so lange hier bleiben, bis Sie Ihre Geschäfte in der Stadt verrichtet haben. Ist dieß eine Gefälligkeit, mein Herr, so nehmen Sie dieselbe von mir an.

Pedant.

Pedant. Das thu ich mit Freuden, und werde Sie beständig als den Retter meines Lebens und meiner Freyheit verehren.

Tranio. Gehn Sie also mit mir, um den Anschlag ins Werk zu richten. So viel will ich Ihnen nur beyläufig sagen, mein Vater wird hier täglich erwartet, um seine Bekräftigung wegen einer Außsteuer bey einer Heyrath zwischen mir und der Tochter eines gewissen Baptista zu geben. Von allen diesen Umständen will ich Sie unterrichten. Gehn Sie nur mit mir, um sich anzukleiden, wie sichs gehört.

(Sie gehen ab.)

Achter Auftritt.

Katharine. Grumio.

Grumio. Nein, in der That nicht; das möcht' ich um alle Welt nicht wagen.

Katharine. Je mehr er mich beleidigt, desto sichtbarer wird seine Bosheit! == Was? hat er mich denn geheyrathet, um mich auszuhungern? Bettler, die an meines Vaters Thür kommen, erhalten auf ihr Bitten sogleich ein Almosen, wo nicht, so treffen sie doch anders.

wo Erbarmung an; und ich, die ich niemals gewußt habe, was bitten heißt, und niemals zu bitten nöthig hatte, bin vor Hunger ganz ausgezehrt, vor Schlaflosigkeit ganz schwindlicht, werde mit lauter Flüchen wach erhalten, mit lauter Gezänk gefüttert. Und was mich noch mehr kränkt, als aller dieser Mangel, er thut das unter dem Vorwand einer vollkommnen Liebe, als wollt' er sagen, wenn ich schliefe und äße, so zöge mir das tödtliche Krankheit, oder gar den Tod auf der Stelle zu. Ich bitte dich, geh, und hole mir was zu essen, es sey was es wolle, wenns nur eßbar ist.

Grumio. Was dünkt Ihnen von einem Rinderfuße?

Katharine. Der wäre mehr als zu gut; o! verhilf mir doch dazu.

Grumio. Ich fürchte, es ist ein gar zu phlegmatisches Gericht. Was dünkt Ihnen von einem fetten hübsch gebratnen Gekröse?

Katharine. Das mag ich gern; lieber Grumio, hole mirs doch.

Grumio. Ich weiß eben nicht; ich fürchte, es

ist zu cholerisch. Was sagen Sie zu einem Stück Rindfleisch mit Senf?

Katharine. Ein Gericht das ich überaus gern esse.

Grumio. Ja; aber der Senf ist ein wenig zu hitzig.

Katharine. Nun, so gieb mir das Rindfleisch, und laß den Senf davon.

Grumio. Nein das geschieht nicht, Sie müssen auch den Senf nehmen, sonst kriegen Sie kein Rindfleisch von Grumio.

Katharine. Nun, so gieb mir beydes, oder eins, oder was du sonst willst.

Grumio. Gut, so geb' ich Ihnen den Senf ohne das Rindfleisch.

Katharine. (indem sie ihn schlägt.) Geh fort, du falscher, spöttischer Schurke, der mich mit den blossen Namen der Gerichte satt machen will. Der Henker hole dich, und euch alle, ihr Lum‧pengesindel, die ihr eure Freude an meinem Elende habt! Geh fort, sag' ich.

✠══✠

Neunter Auftritt.

Katharine. Petruchio und Hortensio mit Essen.

Petruchio. Was macht mein Käthchen? .. .. Wie? mein Schatz, ganz abgeäschert?

Hortensio. Wie gehts, gnädige Frau?

Katharine. O! wahrhaftig, so kalt wie möglich.

Petruchio. Fasse dich, und sieh mich heiter an. Hier, mein Kind; du siehst, wie ämsig ich bin, dein Essen selbst zurechte zu machen, und es dir zu bringen. Ich weiß gewiß, liebes Käthchen, diese Gefälligkeit ist Dankens werth .. .. Wie? kein Wort? .. Ha! du magst es also nicht? und alle meine Mühe ist umsonst gewesen? .. .. Da, nehmt die Schüssel wieder weg.

Katharine. O! laßt sie doch stehen.

Petruchio. Der armseligste Dienst wird mit Dank vergolten, und das muß auch der meinige, ehe du das Essen anrührst.

Katharine. Ich dank' Ihnen, mein Herr.

Hortensio. Pfui, schämen Sie sich doch,

Signor Petruchio. Kommen Sie, Madam, ich will Ihnen Gesellschaft leisten.

Petruchio. (leise) Iß alles auf, Hortensio, wenn du mich lieb hast! ‥ (laut) Wohl bekomm' es dir, liebes Kind! ‥ Käthchen, iß geschwind! ‥ Und itzt, mein zuckersüsses Weibchen, wollen wir wieder nach deines Vaters Hause zurück kehren, und da Staat machen, so gut als einer, mit seidnen Kleidern, und Kopfzeugen, und goldnen Ringen, mit Krausen und Manschetten, und Reifröcken, und andern Siebensachen, mit Scherfen, Fächern, allerley Staat, Armbänder aus Bernstein, Korallen, und allem dergleichen Zeuge. Nun? haft du bald abgespeist? Der Schneider wartet auf dich, um dir Kleider anzupaffen. (Es kömmt ein Schneider.) Komm Schneider, laß uns den Putz hier besehen. Lege das Kleid aus. (Es kömmt ein Galanteriehändler.) Was bringt Er Gutes, mein Freund?

Galanteriehändler. Hier ist die Kappe, die Ihre Gnaden bestellt haben.

Petruchio. Ey, die ist ja auf einem Suppenteller geformt, eine wahre Schüssel von Sammet! Pfui, pfui, sie ist garstig und schmutzig. Sie ist so klein, wie eine Schnecke, oder Nußschale, ein Puppenmützchen, ein Spielzeug, ein Quark, eine Kinderkappe! Fort damit! ich muß eine grössere haben.

Katharine. Ich will keine grössere; diese hier ist recht nach der Mode, und feine Damen tragen gerade solche Kappen, wie diese.

Petruchio. Wenn du erst fein wirst, sollst du auch so eine haben, nicht eher.

Hortensio. Das wird so geschwinde nicht gehen.

Katharine. Ey, mein Herr, ich denke doch, ich werde reden dürfen, und nun will ich einmal reden. *) Ich bin kein kleines, unmündiges Kind. Wohl bessere Leute, als Sie sind,

---

*) Shakespear hat die Natur mit großer Geschicklichkeit kopiert. Petruchio hat seine Frau durch Poltern, Hungern und Wachen mild und nachgebend gemacht, und die Zuhörer erwarten sie nun nicht weiter lärmen und schmählen zu hören. Allein so bald ihr in dem Artickel der Mode und des Putzes, der eingewurzeltesten Thorheit des andern Geschlechts, widersprochen wird, so geräth sie wieder, wiewohl zum letztenmal, in die volle unbändige Wuth ihres Naturels. Warburton.

haben es gelitten, daß ich ihnen meine Meynung gesagt habe; und wenn Sie das nicht anhören können, so stopfen Sie lieber Ihre Ohren zu. Meine Zunge soll den Aerger meines Herzens erzählen, denn sonst wird mein Herz brechen, wenn es ihn verbergen muß; und ehe das geschehen soll, will ich lieber nach Herzenslust alles heraussagen, was mir einkömmt.

Petruchio. Freylich, du hast Recht, es ist eine lumpichte Kappe; eine Tortenform, ein elendes Ding, eine seidne Pastete; ich bin dir recht gut dafür, daß sie dir nicht gefällt.

Katharine. Sey mir gut, oder sey mir nicht gut; genug, mir gefällt die Kappe, und ich will entweder diese haben, oder gar keine.

Petruchio. Dein Kleid *) willst du haben? Ja freylich „ Komm her, Schneider, laß uns es sehen. Ach das Gott erbarm! was ist das für ein Maskeradenaufzug! Was soll das

---

*) Dieser vorsetzliche Mißverstand ist im Original begreiflicher durch die Aehnlichkeit des Schalls in den Wörtern. Katharine sagt nämlich zuletzt: or I will have *none*; und Petruchio fängt wieder an: Thy *gown*? Why, ay.

seyn? Ein Ermel?·· Er sieht aus, wie eine halbe Kanone!·· Seht doch, hinauf und herunter, eingeschnitten wie eine Apfeltorte!·· Das ist lauter Snip und Snap, lauter verschnittnes Zeug! gleich den Rauchfässern in einer Barbierstube!·· Ins Teufels Namen, Schneider, wie nennst du das?

Hortensio. (für sich) Ich sehe schon, sie wird wohl weder Kappe noch Kleid bekommen.

Der Schneider. Sie befahlen mir, es gut und ordentlich zu machen, nach der itzigen Mode.

Petruchio. Freylich that ich das; aber wenn Ers sich noch erinnert, so befahl ich ihm doch nicht, es nach der Mode zu verderben. Nur gleich fort! über Dick und Dünn nach Hause gehüpft! meine Kundschaft kriegt er nicht; ich will nichts davon; fort, such Ers anderswo an Mann zu bringen.

Katharine. Ich habe noch nie ein modisches Kleid gesehen, kein zierlichers, hübschers und artigers. Vermuthlich wollen Sie eine Drathpuppe aus mir machen?

Petruchio. Ja, wahrhaftig, er will eine Drathpuppe aus dir machen.

Schneider. Sie sagt, Ihre Gnaden wollen eine Drathpuppe aus ihr machen.

Petruchio. Ueber die greuliche Unverschämtheit! ‒‒ Du lügst, du Zwirnfaden, du Fingerhut, du Elle, du dreyviertel, halbe, viertel, achtel Elle! du Floh, du Haarnisse, du Wintergrille du! Ich sollte mir in meinem eignen Hause mit einem zwirnenen Galanteriedegen trotzen lassen? Fort, du Lumpe, du Zuthat, du Abfall, oder ich werde dich mit deiner Elle so bemessen, daß du dein Lebtage an dein dummes Gewäsche denken sollst! ‒‒ Ich sage dir, du hast ihr Kleid verhudelt.

Schneider. Ihre Gnaden irren sich; das Kleid ist gerade so gemacht, wie es meinem Meister vorgeschrieben wurde. Grumio gab Befehl, wie es sollte gemacht werden.

Grumio. Ich gab ihm keinen Befehl; ich gab ihm den Zeug.

Schneider. Aber wie verlangte Er, mein Freund, daß es gemacht werden sollte?

Grumio. Je nun zum Henker mit der Nähnadel und dem Zwirnfaden.

J 5

Schneider. Aber hat Er nicht verlangt, daß es geschnitten werden sollte? *)

Grumio. Freylich hab' ich deinem Meister gesagt, daß er das Kleid schneiden sollte, aber nicht, daß er's in Stücke schneiden sollte; ergo lügst du.

Schneider. Nun hier ist ein Zettel, worauf das Kleid beschrieben ist, der kann mein Zeuge seyn.

Petruchio. Lies ihn.

Grumio. Der Zettel lügt in seinen Hals, wenn er sagt, ich habe das gesagt.

Schneider. „Inprimis, ein weit gemachtes Kleid = = ==

Grumio. Herr, hab' ich jemals ein weit gemachtes Kleid gesagt, so neht mich in die Schleppe dieses Kleides, und prügelt mich mit einem Knaul braunen Zwirn zu Tode; ich sagte, ein Kleid.

Petruchio. Les' Er weiter.

Schneider. „Mit einer kleinen runden Kappe.„

---

*) Hier fehlen zwey Wortspiele, die bloß auf dem Doppelsinn der beyden Englischen Wörter *to jace* und *to brave* beruhen.

Grumio. Ich bekenne die Kappe.

Schneider. „Mit einem runden Ermel. „

Grumio. Ich bekenne zwey Ermel.

Schneider. „Die Ermel zierlich ausgeschnitten. „

Petruchio. Nun ja, da steckts eben.

Grumio. Ein Fehler in der Rechnung, Herr,
ein Fehler in der Rechnung! Ich befahl, daß
die Ermel sollten ausgeschnitten, und wieder
zugenäht werden, und das will ich gegen dich
beweisen, wenn gleich dein kleiner Finger mit
einem Fingerhut gepanzert ist.

Schneider. Was ich gesagt habe, ist wahr.
Hätt' ich dich nur, wo ich dich haben möchte,
du solltest es schon erfahren.

Grumio. Ich bin hier gleich bey dir; nimm
du deine Rechnung, und gieb mir deine Elle,
und schone meiner nicht.

Hortensio. Nun wahrhaftig, Grumio, da
würde er schön wegkommen.

Petruchio. Kurz und gut, Freund, das Kleid
ist nicht für mich.

Grumio. Sie haben Recht, Herr, es ist für
die gnädige Frau.

Petruchio. Geh nur, und nimm es weg zu deines Meisters Gebrauch.

Grumio. Nein Schurke, um alles in der Welt nicht! Du solltest das Kleid meiner gnä=bigen Frau zu deines Meisters Gebrauch weg=nehmen?

Petruchio. Nun, was denkst du dir denn dabey?

Grumio. O Herr, dabey denk' ich mehr, als Sie wohl glauben. Meiner gnädigen Frauen Kleid zu seines Meisters Gebrauch wegzuneh=men! — O pfui! pfui!

Petruchio. (leise) Hortensio, sage, du wollest dem Schneider bezahlen. (laut) Geh, nimm es weg, geh, und sage kein Wort mehr.

Hortensio. Schneider, ich will dir morgen das Kleid bezahlen; nimm ihm seine hastigen Reden nicht übel. Geh nur, sag' ich, und grüß deinen Meister.

(Der Schneider geht ab.)

Petruchio. Itzt komm, mein Käthchen; wir wollen zu deinem Vater in dieser ehrlichen, ge=ringen Kleidung reisen; unsre Geldbörsen sollen reich seyn, und unsre Kleider arm; denn nur die Seele macht den Körper reich, und eben so, wie die Sonne durch die dunkelsten Wolken bricht, so scheint auch die Tugend durch das schlechte Kleid hervor. Ist darum die Dohle schätzbarer als die Lerche, weil ihre Federn schöner sind, oder ist die Otter wohl besser als der Aal, weil ihre vielfärbige Haut das Auge ergötzt? O nein, gutes Käthchen; und so bist auch du wegen dieses schlechten und geringen Anzuges um nichts schlechter. Hältst du es für Schande, so schiebe die Schuld auf mich. Sey also aufgeräumt, wir wollen gleich fort, um uns in deines Vaters Hause recht lustig zu machen .. Ruft doch meine Leute; wir wollen gleich abreisen; bringt nur unsre Pferde ans Ende der großen Wiese; dort wollen wir aufsteigen, und bis dahin zu Fusse gehen . . . Laß sehen; ich denke, es ist itzt etwa sieben Uhr; wir können noch ganz bequem um Mittag da seyn.

Katharine. Ich muß Ihnen sagen, mein Herr, es ist schon beynahe zwey Uhr, und es wird Abend seyn, ehe Sie hinkommen.

Petruchio. Es soll sieben Uhr schlagen, eh

ich zu Pferde steige. Ich mag sprechen, oder
thun, oder denken, was ich will, allemal kömmst
du mir in die Queere. Geht nur ihr Leute;
heute will ich nicht fort; und wenn ich fort-
gehe, soll es erst so viel an der Uhr seyn, wie
ich gesagt habe, daß es wäre.

Hortensio. Nun wahrhaftig! der artige Herr
will gar über die Sonne befehlen!

(Sie gehen ab.)

„Lord. He! ist Niemand da? „ (Es kommen
„Bediente:) Er schläft schon wieder! Kommt,
„nehmt ihn ganz sachte auf, und zieht ihm
„wieder seine eignen Kleider an. Aber seht
„zu, daß ihr ihn ja nicht aufweckt. „

„Bedienter. Sehr wohl, Mylord. Kommt,
„helft mir ihn wegtragen. „

(Sie tragen Sley von der Bühne weg.)

Zehnter Auftritt.
Vor Baptista's Hause.

Tranio Der Pedant, wie Vincentio
gekleidet.

Tranio. Dieß ist das Haus, mein Herr.
Soll ich Jemand rufen?

Pedant. Freylich, was sonst? Wenn ich nicht irre, so muß sich Signor Baptista seit zwanzig Jahren her meiner erinnern, wir wohnten damals in Genua mit einander im Pegasus.

Tranio. Recht gut; thun Sie nur immerfort so ernsthaft und ehrbar, wie sichs für einen Vater gehört.

(Blondello kömmt.)

Pedant. Ganz gewiß; aber, mein Herr, da kömmt Ihr Bursche! es wäre gut, wenn man ihn ein wenig unterrichtete.

Tranio. Vor dem lassen Sie sich nicht bange seyn. Höre, Biondello, thu itzt deine Pflicht treulich, das rath' ich dir. Stelle dir immer vor, dieß sey der wirkliche Vincentio.

Biondello. O! für mich seyn Sie unbesorgt.

Tranio. Hast du denn auch dein Gewerbe an Baptista bestellt?

Biondello. Ich hab' ihm gesagt, Ihr Vater sey in Venedig, und Sie erwarteten ihn noch heute in Padua.

Tranio. Du bist ein braver Kerl; hier hast du ein Trinkgeld. Da kömmt Baptista; setzen Sie sich in Positur.

Eilfter Auftritt.

Die Vorigen. Baptista. Lucentio.

Tranio. Signor Baptista, Sie kommen wie gerufen; sehen Sie, dieß ist der Mann, von dem ich Ihnen sagte. Itzt, lieber Herr Vater, seyn Sie auf meiner Seite, und geben mir Bianca zu meinem väterlichen Erbtheil.

Pedant. Sachte! sachte! „ „ Erlauben Sie, mein Herr, ich bin nach Padua gekommen, um einige Schulden einzutreiben, und da hat mir mein Sohn Lucentio eine wichtige Liebesangelegenheit zwischen Ihrer Tochter und ihm entdeckt. Wegen des vielen Guten, das ich von Ihnen höre, und wegen der Liebe, die er zu Ihrer Tochter, und sie zu ihm hat, will ich ihn nicht lange aufhalten, und bin es, als ein rechtschaffner Vater zufrieden, ihn verheyrathet zu sehen; und wenn es Ihnen gefällig ist, eben so gern, als ich, einen Vergleich darüber zu treffen, so werden Sie mich bereit und willig finden, und ich gebe ohne Umstände gern meine Einwilligung zu dieser Heyrath. Denn mißtrauisch kann ich nicht gegen Sie seyn,

Signor

Signor Baptista, da ich so viel Gutes von Ihnen höre.

Baptista. Nehmen Sie mir das nicht ungütig, mein Herr, was ich Ihnen zu sagen habe.
Ihre Offenherzigkeit und Ihre Kürze gefallen
mir sehr. Es hat seine Richtigkeit, daß Ihr
Sohn Lucentio hier meine Tochter liebt, und
sie liebt ihn wieder, oder beyde müssen sich ganz
ausserordentlich verstellen. Wenn sie also nur
noch das hinzusetzen, daß Sie als ein Vater
gegen ihn verfahren, und meiner Tochter ein
hinlängliches Heyrathgut aussetzen wollen, so ist
die Heyrath gemacht, und es braucht weiter
nichts; Ihr Sohn soll alsdann meine Tochter
mit meiner Einwilligung erhalten.

Tranio. Ich danke Ihnen, mein Herr. Wo
glauben Sie denn, daß wir am besten uns
verloben, und solche Versicherungen ausstellen
können, womit beyde Theile zufrieden sind?

Baptista. Nicht in meinem Hause, Lucentio;
denn Sie wissen, Wände haben Ohren; und
ich habe viele Bediente; ausserdem laurt der
alte Gremio beständig auf, und wir könnten
da leicht unterbrochen werden.

(Sechster Band.)　　　K

Tranio. So sey es denn in meiner Wohnung, wenns Ihnen gefällig ist; dort hält sich auch mein Vater auf, und da wollen wir diesen Abend die Sache still und ordentlich abthun. Lassen Sie ihre Tochter durch diesen Bedienten hier rufen; mein Bursche soll sogleich den Schreiber holen. Es thut mir nur leid, daß ich es nicht vorher gewußt habe, und daß Sie daher sehr werden fürlieb nehmen müssen.

Baptista. Das thut nichts. Kambio, geh geschwind nach Hause, und laß Bianca sich sogleich fertig machen. Sag ihr auch allenfalls, was hier vorgegangen ist, Lucentio's Vater sey in Padua angekommen, und sie werde vermuthlich Lucentio's Frau werden.

Lucentio. Das gebe der Himmel! „„ „„ ich wünsch' es von ganzem Herzen.

(Er geht ab.)

Tranio. Spotte nicht mit dem Himmel, sondern geh nur! „„ „„ Signor Baptista, soll ich Ihnen den Weg zeigen? „„ Seyn Sie willkommen; Sie werden wohl nur Ein Gericht kriegen; aber nur Geduld; in Pisa soll's besser hergehen.

Baptista. Ich folge Ihnen.

(Sie gehen ab.)

Biondello. Kambio!

(Lucentio kömmt wieder.)

Lucentio. Was willst du, Biondello?

Biondello. Sie sahen doch, daß mein Herr Ihnen zuwinkte und zulächelte?

Lucentio. Was sollte denn das, Biondello?

Biondello. Wahrhaftig, nichts; aber er hat mich hier gelassen, die Meynung oder Moral seiner Winke und Zeichen auszulegen.

Lucentio. O! so lege sie mir doch aus.

Biondello. Hören Sie also. Mit Baptista ists nun so gut wie richtig; er spricht mit dem betriegerischen Vater eines betriegrischen Sohns.

Lucentio. Nun, was denn weiter?

Biondello. Sie sollen seine Tochter zum Abend-essen hinführen.

Lucentio. Und dann?

Biondello. Der alte Pfarrer an der St. Lukaskirche steht zu jeder Zeit und Stunde Ihnen zu Befehl.

Lucentio. Und was soll nun alles das?

Biondello. Das weiß ich nicht. Aber war-

K 2

ten Sie doch; sie sind itzt mit einer nachge=
machten Versicherung der Mitgift beschäftigt;
suchen Sie sich indeß des Mädchens zu versichern,
cum privilegio ad imprimendum solum; nehmen
Sie den Pfarrer, den Küster, und einige nö=
thige ehrliche Zeugen mit sich in die Kirche.
Wenn das nicht Ihren Wünschen gemäß ist, so
hab' ich nichts weiter zu sagen; als, sagen Sie
Ihrer Bianca auf ewig gute Nacht.

Lucentio. Warte doch, Biondello.

Biondello. Ich habe nicht Zeit. Ich weiß,
daß sich ein Mädchen einmal in Einem Nach=
mittage verheyrathet hat, als sie in den Gar=
ten gieng, Petersilien zu holen, um ein Kanin=
chen damit auszufüllen; und das können Sie
auch thun, mein Herr; und hiemit Gott be=
fohlen. Mein Herr hat mir aufgetragen, nach
der St. Lukaspfarre zu gehen, und dem Prie=
ster zu sagen, er solle sich fertig halten, um die
Zeit zu kommen, wenn Sie mit Ihrem Appen=
dix ankommen werden.

(Er geht ab.)

Lucentio. Das kann ich, und will ich, wenn
sie's zufrieden ist. Und warum sollte sie's nicht

seyn? Es gehe wie es wolle, ich will sie ohne Umstände darum bitten; es müßte schlimm seyn, wenn Kambio ohne sie davon gehen sollte.

(Er geht ab.)

Zwölfter Auftritt.

Eine grüne Wiese.

Petruchio. Katharine. Hortensio.

Petruchio. Komm doch zu, in Gottes Namen, wir wollen wieder nach deines Vaters Hause. Guter Gott! wie hell und lieblich scheint der Mond?

Katharine. Der Mond? – die Sonne; es ist ja itzt kein Mondschein.

Petruchio. Ich sage es ist der Mond, der so helle scheint.

Katharine. Und ich weiß, es ist die Sonne, die so helle scheint.

Petruchio. Nun, bey meiner Mutter Sohn! und das bin ich, es soll Mond oder Stern, oder alles seyn, was ich Lust habe, eher will ich nicht wieder nach deines Vaters Hause reisen. Geht, Geht, und holt unsre Pferde wieder zurück. Immer Widerspruch und noch mehr Widerspruch; nichts als Widerspruch!

Hortensio. Sagen Sie doch nur immer, was er sagt; sonst kommen wir niemals fort.

Katharine. O! laß uns doch weiter gehen, da wir schon einmal so weit sind; es mag denn immerhin Mond oder Sonne seyn, oder was du sonst willst; und beliebt dirs auch, es ein Binsenlicht zu nennen, ich verspreche dir, daß ich es künftig gleichfalls dafür halten will.

Petruchio. Ich sage, es ist der Mond.

Katharine. Ja freylich es ist der Mond.

Petruchio. Nein, du lügst; es ist die liebe Sonne.

Katharine. Nun ja, lieber Gott! es ist die liebe Sonne; aber sie ist es nicht, sobald du sagst, sie sey es nicht; auch der Mond verwandelt sich, wie es dir beliebt. Wie du es nennen willst, so ist es, und so wird es auch für Katharine seyn.

Hortensio. Zieh ab, Petruchio, das Feld ist gewonnen.

Petruchio. Gut, nur immer vorwärts; so

muß man schwimmen, und nicht immer wider den Strom. Aber stille, da kömmt jemand.

Dreyzehnter Auftritt.

Die Vorigen. Vincentio.

Petruchio. (zu Vincentio.) Guten Morgen, meine liebe Frau, wo hinaus? — Sage mir doch, liebes Käthchen, hast du jemals ein frischeres Frauenzimmer gesehen? Was für ein Krieg zwischen Weiß und Roth auf ihren Wangen! Welche Sterne schmücken den Himmel mit solcher Schönheit, wie diese beyden Augen dieß himmlische Antlitz? Schönes liebenswürdiges Mädchen, noch einmal guten Tag — liebes Käthchen, umarme sie doch, ihrer Schönheit wegen.

Hortensio. Er wird den Mann verrückt im Kopfe darüber machen, daß er ein Frauenzimmer aus ihm macht.

Katharine. Junges, aufblühendes Mädchen, schön, und frisch, und anmuthig, wo hinaus? oder wo ist dein Aufenthalt? glücklich sind die Eltern eines so schönen Kindes! noch glücklicher der Mann, dem günstige Sterne dich zur liebenswürdigen Gattinn bestimmt haben!

Petruchio. Nun was ists, Käthchen? Ich hoffe doch nicht, daß du im Kopfe verrückt bist? Das da ist ja ein Mann, ein alter, runzlichter, abgelebter Mann, und kein Mädchen, wofür du ihn anredest.

Katharine. Vergieb, alter Vater, meinen betrognen Augen, die von der Sonne so geblendet sind, daß mir alles, was ich ansehe, grün zu seyn scheint. Itzt seh ich, daß du ein ehrwürdiger Alter bist; vergieb mir doch ja meinen tollen Irrthum.

Petruchio. Das thu doch, werther Greis, und sag' uns, wohin du reisest; nimmst du einerley Weg mit uns, so wird uns deine Gesellschaft sehr angenehm seyn.

Vincentio. Mein lieber Herr, und meine aufgeräumte Dame, die Sie durch diesen sonderbaren Empfang mich sehr betroffen gemacht haben, mein Name ist Vincentio, mein Aufenthalt Pisa, und itzt geh ich nach Padua, um dort einen Sohn von mir zu besuchen, den ich lange nicht gesehen habe.

Petruchio. Und wie heißt der?

Vincentio. Lucentio, lieber Herr.

Petruchio. Eine glückliche Zusammenkunft! und noch glücklicher für deinen Sohn! Itzt kann ich der Verwandschaft nach mit eben dem Rechte als deinem ehrwürdigen Alter nach, dich meinen liebsten Vater nennen; denn dein Sohn hat neulich erst die Schwester meiner Frau hier geheyrathet. Wundere und kränke dich nicht darüber; sie hat einen sehr guten Ruf, eine reiche Aussteuer, und ist von sehr gutem Hause; und ausserdem so wohl erzogen, als man es immer von der Braut des vornehmsten Edelmanns erwarten kann. Ich muß dich, alter Vincentio, umarmen; und nun laß uns gleich hinreisen, deinen rechtschaffenen Sohn zu besuchen, der über deine Ankunft voller Freuden seyn wird.

Vincentio. Aber ist denn das wirklich wahr? oder beliebts Ihnen nur, wie muntere Reisende zu thun pflegen, mit der Gesellschaft einen Spaß zu machen, die sie unterweges antreffen?

Hortensio. Ich versichre dich, Vater, es ist so.

Petruchio. Komm nur, geh, mit uns, und

sich selbst, daß es wahr ist; denn unser voriger Spaß hat dich argwöhnisch gemacht.

(Petruchio, Katharine, und Vincentio gehen ab.)

Hortensio. Schön, Petruchio, das hat mir Herz gemacht! „Itzt will ich zu meiner Witwe, und ist sie widerspenstig, so hat Hortensio von dir gelernt, auf seinem Kopf zu bestehen.

(Er geht ab.)

Fünfter Aufzug.

Erster Auftritt.

Vor Lucentio's Hause.

Blondello. Lucentio. Bianca. Gremio.

der auf der einen Seite auf und niedergeht.

Blondello. Geschwind und behende, mein Herr; denn der Priester erwartet Sie schon.

Lucentio. Ich fliege zu ihm, Blondello; aber sie könnten dich vielleicht zu Hause nöthig haben; geh also nur.

Blondello. Nein wahrhaftig nicht, Sie sollten erst die Kirche auf dem Rücken haben;

und dann will ich zu meinem Herrn zurück eilen, so geschwind als ich kann.

(Sie gehn ab.)

Gremio. Mich wundert, daß Kambio noch immer nicht kömmt.

Zweyter Auftritt.

Gremio. Petruchio. Katharine. Vincentio. Bediente.

Petruchio. Sehn Sie, mein Herr, dieß ist die Thür; hier ist Lucentio's Haus. Mein Vater wohnt weiter nach dem Markte zu; dorthin muß ich, und will Sie also hier lassen.

Vincentio. Sie müssen durchaus vorher eins mit mir trinken, eh Sie weiter gehen; ich denke ich werde Sie hier bewillkommen können, und allem Vermuthen nach, wird doch was zu leben da seyn.

(Er pocht an.)

Gremio. Man hat drinnen Geschäfte vor; Sie werden wohl lauter anpochen müssen.

(Pedant sieht zum Fenster hinaus.)

Pedant. Wer pocht denn so stark, als ob er die Thür einschlagen wollte?

Vincentio. Ist Signor Lucentio zu Hause, mein Herr?

Pedant. Er ist zu Hause; aber er läßt sich nicht sprechen.

Vincentio. Wenn ihm aber nun Jemand ein oder zwey hundert Pfund brächte, um sich damit was zu gute zu thun?

Pedant. Behalten Sie Ihre hundert Pfund für sich; er wird keine nöthig haben, so lang' ich lebe.

Petruchio. Sehn Sie? ich sagte Ihnen doch, Ihr Sohn sey in Padua sehr beliebt == Hören Sie doch, mein Herr, ohne alle Weitläuftigkeiten muß ich Sie nur bitten, Herrn Lucentio zu sagen, daß sein Vater von Pisa angekommen, und hier vor der Thür ist, um ihn zu sprechen.

Pedant. Du lügst; sein Vater ist nach Padua gekommen, und sieht hier zum Fenster hinaus.

Vincentio. Bist du denn sein Vater?

Pedant. Ja doch, Herr, so sagt wenigstens seine Mutter, wenn ich ihr glauben darf.

Petruchio. Was heißt denn das, Herr? ==

Das ist ja offenbar Spitzbüberey, daß Sie sich einen fremden Namen geben?

Pedant. Legt Hand an den Schurken; ich glaube, er denkt Jemand hier in der Stadt unter meinem Namen zu betriegen.

Dritter Auftritt.

Die Vorigen. Biondello.

Biondello. (für sich) Ich habe sie mit einander in der Kirche gesehen; Gott lasse sie glücklich fahren! „ Aber wer ist denn das? „ Mein alter Herr, Vicentio? „ Nun sind wir verloren! nun ists aus mit uns!

Vincentio. (indem er Biondello gewahr wird.) Komm her, Galgenvogel.

Biondello. Ich hoffe, ich werde die Wahl haben.

Vincentio. Komm her, du Schurke! „ Wie? hast du mich vergessen?

Biondello. Sie vergessen? Nein, Herr; ich konnte Sie nicht bergessen, denn ich habe Sie in meinem ganzen Leben noch nie gesehen.

Vincentio. Was? du ausgemachter Schurke, hast du nie deines Herrn Vater, Vincentio, gesehen?

Biondello. Wie? .. meinen liebwerthesten alten Herrn? .. Ja, wahrhaftig, Herr! .. sehn Sie, da guckt er ja zum Fenster heraus.

Vincentio. (indem er Biondello schlägt.) Ist das wirklich wahr?

Biondello. Hülfe! Hülfe! Hülfe! hier ist ein toller Mensch, der mich umbringen will!

(Geht ab.)

Pedant. Zu Hülfe, Sohn! Zu Hülfe, Signor Baptista!

Petruchio. Komm, Käthchen, laß uns auf die Seite treten, und sehen, wie das Gezänk ablaufen wird.

(Sie gehen beyseite.)

Vierter Auftritt.

Die Vorigen. Der Pedant. Baptista. Tranio.

Tranio. Mein Herr, wer sind Sie denn, daß Sie sich unterstehen, meinen Bedienten zu schlagen?

Vincentio. Wer ich bin, Herr? .. und wer sind Sie denn, Herr? .. O! gerechter Himmel! über den aufgeputzten Schurken! Seht doch, ein seidnes Wams, samtne Beinkleider, einen rothen Mantel, und einen spitzen Hut! -- O! ich bin verloren! ich bin verloren! -- Indeß, daß ich zu Hause den guten Hausvater spiele, bringen mein Sohn und meine Bediente auf der Universität alles durch!

Tranio. Nun? wovon ist denn die Rede?

Baptista. Wie? ist dieser Mann unklug?

Tranio. Mein Herr, Sie scheinen Ihrer Kleidung nach ein vernünftiger alter Mann zu seyn, allein Ihren Worten nach sind Sie nicht bey Verstande. Was gehts denn Sie an, Herr, wenn ich auch Perlen und Gold trüge? Ich danke meinem guten Vater, daß ich im Stande bin, das auszuführen.

Vincentio. Deinem Vater! -- O! du Schurke! Er ist ein Segelmacher in Bergamo.

Baptista. Sie irren, Herr; Sie irren, Herr; wie glauben Sie denn wohl, daß er heißt?

Vincentio. Wie er heißt? Als ob ich seinen Namen nicht wüßte! Ich habe ihn von seinem dritten Jahr an groß gezogen, und sein Name ist Tranio.

Pedant. Fort mit dir, toller Kerl! sein Name

ist Lucentio, und er ist mein einziger Sohn, und Erbe meiner Ländereyen, meiner, Signor Vincentio's.

Vincentio. Lucentio! -- Oh! er hat seinen Herr ermordet! bemächtigt euch seiner, ich befehl es euch im Namen des Herzogs. O! mein Sohn! mein Sohn! -- Sage mir, du Schlingel, wo ist mein Sohn Lucentio?

Tranio. Ruft doch einen Gerichtsdiener, und bringt diesen verrückten Kerl ins Tollhaus. Vater Baptista, ich bitte Sie, sorgen Sie doch dafür, daß man ihn fortschaffe.

Vincentio. Mich ins Tollhaus bringen?

Gremio. Wart, Gerichtsdiener, er soll nicht ins Gefängniß.

Baptista. Schweigen Sie doch, Signor Gremio; ich sage, er soll ins Gefängniß.

Gremio. Nehmen Sie sich in Acht, Signor Baptista, daß Sie bey dieser Sache hier nicht selbst in die Falle kommen; ich will darauf schwören, daß dieß der rechte Vincentio ist.

Pedant. Schwöre drauf, wenn du Herz hast.

Gremio. Nein, schwören mag ich doch nicht darauf.

Tranio.

Tranio. So solltest du lieber auch sagen, ich sey nicht Lucentio.

Gremio. O ja, das weiß ich, daß du Signor Lucentio bist.

Baptista. Fort mit dem Wahnwitzigen; bringt ihn ins Tollhaus.

Vierter Auftritt.

Die Vorigen. Biondello. Lucentio. Blanca.

Vincentio. So pflegt man Fremde herum zu zerren, und zu mißhandeln! O du abscheulicher Spitzbube!

Biondello. O! wir sind verloren; dort ist er; verleugnen Sie ihn, verschwören Sie ihn, sonst sind wir alle unglücklich.

(Biondello, Tranio und Pedant gehen ab.)

Lucentio. (auf den Knien.) Vergeben Sie mir, bester Vater!

Vincentio. Lebt mein bester Sohn noch?

Blanca. Vergeben Sie mir, theuerster Vater!

Baptista. Was hast du denn verbrochen? ·· Wo ist Lucentio?

Lucentio. Hier ist Lucentio, der rechte Sohn

(Sechster Band.)   L

deß rechten Vincentio, der itzt Ihre Tochter durch die Ehe zu der Seinigen gemacht hat, unter= deß, daß nachgemachte Betrieger Ihnen die Au= gen blendeten.

Gremio. Hier ist lauter Pack und Komplot, um uns alle zu betriegen.

Vincentio. Wo ist der verdammte Schurke Tranio, der mich auf eine so unverschämte Art trotzte und anfuhr?

Baptista. Sage mir doch, ist das nicht mein Kambio?

Bianca. Kambio ist in Lucentio verwandelt.

Lucentio. Die Liebe wirkte diese Wunder. Die Liebe für Bianca bewog mich, meinen Stand mit Tranio zu vertauschen, indeß daß er sich in der Stadt für mich ausgab; und zum Glück bin ich endlich in den erwünschten Hafen mei= ner Glückseligkeit eingelaufen. Was Tranio ge= than hat, dazu hab' ich selbst ihn genöthigt; vergeben Sie ihm also, bester Vater, um mei= netwillen.

Vincentio. Ich will dem Schurken die Na= selöcher schlitzen, der mich ins Tollhaus schi= cken wollte.

Baptista. Aber hören Sie doch, mein Herr, haben Sie denn meine Tochter geheyrathet, ohne mich um meine Einwilligung zu bitten.

Vincentio. Seyn Sie nur ruhig, Baptista, wir wollens schon so machen, daß Sie zufrieden seyn sollen; lassen Sie es nur gut seyn. Aber ich muß ins Haus, um mich für diese Schurkenstreiche zu rächen.

(Er geht ab.)

Baptista. Ich auch, um diesen Schelmereyen auf den Grund zu kommen.

(Geht ab.)

Lucentio. Sey nicht so furchtsam, Bianca; dein Vater wird nicht böse seyn.

(Sie gehen ab.)

Gremio. Ich muß nun wohl mit langer Nase abziehen; aber ich will doch mit den übrigen ins Haus gehen. Freylich hab' ich weiter nichts zu hoffen, als meinen Antheil an dem Schmause.

(Er geht ab. Petruchio und Katharine kommen weiter hervor.)

Katharine. Laß uns mit hinein gehen, lieber Mann, um zu sehen, wie das alles ablaufen wird.

Petruchio. Erst küß mich, Käthchen; dann wollen wir gehen.

Katharine. Wie? auf öffentlicher Straſſe?

Petruchio. Wie? ſchämſt du dich meiner?

Katharine. Behüte Gott! nein; aber ich ſchäme mich, dich hier zu küſſen.

Petruchio. Nun, ſo wollen wir wieder nach Hauſe. Luſtig, Bediente, wir wollen wieder fort.

Katharine. Nein, ich will dir lieber einen Kuß geben. Itzt bitt' ich dich, bleib hier, mein Schatz.

Petruchio. Iſt das nicht gut? • • •• Komm nur, liebes Käthchen, beſſer Einmal als nimmer; beſſer früh als ſpät.

(Sie gehn ab.)

Fünfter Auftritt.

Lucentio's Zimmer.

Baptiſta. Vincentio. Gremio. Pedant. Lucentio. Blanca. Tranio. Biondello. Petruchio. Katharine. Grumio. Hortenſio. Eine Witwe. Die Bedienten und Tranio bringen eine beſetzte Tafel herein.

Lucentio. Nun endlich, wiewohl ſpät, ſtimmen unſre mißhelligen Akkorde zuſammen; und wenn Sturm und Wetter vorüber iſt, dann iſt es Zeit, über die gehabten Gefahren zu lächeln. Meine schöne Bianca, bewillkomme meinen Vater! ich will unterdeß mit eben der Zärtlichkeit den deinigen bewillkommen. Bruder Petruchio, Schwester Katharine, und du Hortensio, mit deiner geliebten Witwe, seyd so vergnügt, wie möglich, und seyd in meinem Hause willkommen. Diese Mahlzeit soll nur dazu seyn, nach unserm vielen Wohlleben den Magen zu schließen. Kommt, setzt euch; wir können beym Essen weiter schwatzen.

Petruchio. Nichts, als sitzen und sitzen! als essen und essen!

Baptista. In Padua wirds einem so gut, Sohn Petruchio.

Petruchio. Zu Padua ist alles gut.

Hortensio. Ich wünschte um unser beyder willen, daß das wahr seyn möchte.

Petruchio. Nun wahrhaftig! Hortensio erschreckt seine Witwe.

Witwe. Ich will nicht ehrlich seyn, wenn ich jemals erschrecke.

Petruchio. Sie sind sehr scharfsinnig, und doch

verstehen Sie mich unrecht; ich meyne, Hortensio erschrickt vor Ihnen.

Witwe. Wer schwindlicht ist, der glaubt, die Welt drehe sich rund um.

Petruchio. Eine sehr runde Antwort!

Katharine. *) Was wollen Sie denn damit sagen? „ Wer schwindlicht ist, der glaubt, die Welt drehe sich rund um? „ Was meynen Sie damit?

Witwe. Ihr Mann hat eine böse Frau, und beurtheilt meines Mannes Unglück nach dem seinigen; nun wissen Sie, was ich meyne.

Katharine. Sie könnten nun wohl was bessers meynen.

Witwe. Freylich; denn ich meynte Sie.

Katharine. Und ich thäte freylich besser, wenn ich nicht auf Sie achtete.

Petruchio. Geh auf sie los, Käthchen!

Hortensio. Auf sie los, Witwe!

Petruchio. Hundert gegen Eins, mein Käthchen kriegt sie unter.

---

*) Nach einem kurzen Spiele mit dem Worte *to conceive*.

Hortensio. Das ist meine Sorge.

Petruchio. Ja, schon gut. (Er trinkt dem Hortensio zu.) Deine Gesundheit, Freund.

Baptista. Was sagen Sie denn, Gremio zu diesem schnellwitzigen jungen Völkchen?

Gremio. Wahrhaftig, sie laufen einander brav vor die Stirne.

Baptista. Vor die Stirne? — Ein hastiger Witzling würde sagen, auf Ihrer Stirne mächten wohl Hörner sitzen.

Vincentio. Nun, Fräulein Braut, hat das Sie aus dem Schlaf geweckt?

Bianca. Ja; aber nicht erschreckt; und darum will ich wieder schlafen.

Petruchio. Nein, das sollst du nicht. Weil Sie einmal angefangen haben, so nehmen Sie sich vor Einem oder zwey noch bessern Spässen in Acht.

Bianca. Bin ich Ihr Vogel? ich denke mein Gebüsch zu verändern, und dann verfolgen Sie mich, da Sie doch einmal Ihren Bogen aufziehen. Lebt alle wohl.

(Bianca, Katharine, und die Wittwe gehen ab.)

Petruchio. Sie ist mir zuvorgekommen. Das

war der Vogel, Signor Tranio, nach dem Sie zielten, ob Sie ihn gleich nicht trafen. Also eine Gesundheit auf das Wohl aller, die schossen und fehlten!

Tranio. O! mein Herr, Lucentio brauchte mich wie seinen Jagdhund, der für sich läuft, aber für seinen Herrn fängt.

Petruchio. Ein gutes Gleichniß in der Geschwindigkeit; nur ein wenig hündisch.

Tranio. Es ist gut, mein Herr, daß Sie für sich selbst gejagt haben; man glaubt, Ihr Wild werde Sie sich schon vom Leibe halten.

Baptista. Oho! Petruchio, itzt hat Tranio Sie doch getroffen.

Lucentio. Ich danke dir für den Hieb, guter Tranio.

Hortensio. Gestehn, gestehn Sie nur, hat sein Stich Sie nicht getroffen?

Petruchio. Er hat mich ein wenig gestreift, das gesteh ich, und da der Spaß mir vorbey flog, so wett' ich zehn gegen eins, daß er euch beyde völlig gelähmt hat.

Baptista. Aber in ganzem Ernste, Sohn

Petruchio, ich glaube doch, du hast die ärgste Widerbellerinn auf der Welt zur Frau.

Petruchio. Das leugne ich; und um euch zu überführen, laßt uns ein Jeder zu seiner Frau schicken; und derjenige, dessen Frau am folgsamsten ist, und zuerst kömmt, wenn er sie rufen läßt, soll die Wette gewinnen, die wir zusammen verabreden wollen.

Hortensio. Ich bins zufrieden.   Was gilt die Wette?

Lucentio. Zwanzig Kronen.

Petruchio. Zwanzig Kronen! ·· So viel setz' ich auf meinen Falken oder Hund; aber zwanzigmal so viel auf meine Frau.

Lucentio. Hundert also.

Hortensio. Ich bins zufrieden.

Petruchio. Top! es bleibt dabey.

Hortensio. Wer soll den Anfang machen?

Lucentio. Das will ich thun.   Geh hin Biondello, und sage deiner Frau, sie soll zu mir kommen.

Biondello. Sehr wohl.

(Geht ab.)

Baptiſta. Halb Part, Sohn! Bianca kömmt ganz gewiß.

Lucentio. Ich mag kein halb Part; ich will es allein übernehmen. (Biondello kömmt wieder.) Nun? was giebts?

Biondello. Herr, meine gnädige Frau läßt Ihnen sagen, sie habe zu thun, und könne nicht kommen.

Petruchio. Wie? sie hat zu thun, und kann nicht kommen? ‒ ‒ Iſt das eine Antwort?

Gremio. Ja freylich, und eine recht höfliche noch dazu; Gott gebe nur, Herr, daß Ihre Frau Ihnen keine schlimmere schicke!

Petruchio. Ich habe beſſre Hoffnung.

Hortenſio. Freund Biondello, geh doch hin, und erſuche meine Frau, sogleich zu mir zu kommen.

(Biondello geht ab.)

Petruchio. Oho! erſuche Sie! ‒ ‒ Nun, da muß sie freylich wohl kommen.

Hortenſio. Ich fürchte, Herr, Sie mögen thun was Sie wollen, die Ihrige wird sich nicht einmal erſuchen laſſen. (Biondello kömmt wieder.) Nun? wo iſt meine Frau?

Biondello. Sie sagt, Ihnen beliebe nur zu spaffen; sie will nicht kommen; sie läßt Ihnen sagen, sie möchten zu ihr kommen.

Petruchio. Immer ärger! „ Sie will nicht kommen! „ O! das ist niederträchtig, unausstehlich! „ Grumio, geh du doch einmal zu meiner Frau, und sag' ihr, ich ließ ihr befehlen, zu mir zu kommen.

Hortensio. Ich weiß schon, was sie antworten wird.

Petruchio. Und was denn?

Hortensio. Sie wolle nicht.

Petruchio. Nun, so hab' ich verloren; und das ist alles.

Vierter Auftritt.

Die Vorigen. Katharine.

Baptista. Nun, auf meine Ehre! da kömmt Katharine.

Katharine. Sie haben zu mir geschickt, mein lieber Mann? was befehlen Sie?

Petruchio. Wo ist deine Schwester, und Hortensio's Frau.

Katharine. Sie sitzen, und plaudern mit einander beym Kamin.

Petruchio. Geh, und hole sie hieher. Wenn sie nicht kommen wollen, so peitsche sie mir tüchtig hieher zu ihren Männern. Fort, sag ich, und bringe sie gleich hieher.

(Katharine geht ab.)

Lucentio. Wenn das kein Wunder ist, so giebts gar keines.

Hortensio. Ja freylich; mich soll wundern, was es bedeutet.

Petruchio. Zum Henker, es bedeutet Frieden, und Liebe, und ruhiges Leben, und ehrwürdiges Regiment, und rechtmäßige Oberherrschaft; kurz alles, was nur angenehm und glückselig ist.

Baptista. Nun, Glück zu! lieber Petruchio! Du hast die Wette gewonnen, und ich will zu ihrem Verlust noch zwanzigtausend Kronen zulegen; für eine ganz andre Tochter gehört auch eine ganz andre Mitgift; denn sie ist so verändert, als wenn sie nie böse gewesen wäre.

Petruchio. Nein, ich will meine Wette noch besser gewinnen, und sie noch mehr Beweise ihrer Folgsamkeit und Artigkeit geben lassen.

Fünfter Auftritt.

Die Vorigen. Katharine. Bianca. Die Witwe.

Petruchio. Seht, da kömmt sie, und bringt eure eigensinnigen Weiber als Gefangene ihrer weiblichen Ueberredung mit sich. Katharine, die Kappe da kleidet dich nicht; weg mit dem Lumpending; tritt es mit Füssen.

(Sie reißt ihre Kappe ab, und wirft sie auf die Erde.)

Witwe. Gebe doch der Himmel, daß ich niemals eher Ursach habe, worüber zu klagen, bis es so weit mit mir kömmt!

Bianca. Pfui! was ist denn das für eine närrische Art von Gehorsam?

Lucentio. Wenn dein Gehorsam nur auch so närrisch wäre! — Die Weisheit deines Gehorsams, schöne Bianca, hat mir seit dem Abendessen schon hundert Kronen gekostet.

Bianca. Närrisch genug von Ihnen, daß Sie auf meinen Gehorsam was verwetten!

Petruchio. Katharine, sage doch diesen beyden starrköpfigen Frauen, was sie ihren Herren und Männern für Gehorsam schuldig sind.

Witwe. Ach! was? Sie spaſſen! „Wir laſſen uns nicht gerne was vorſagen.

Petruchio. Thu es, ſag' ich, und mache mit dieſer hier den Anfang.

Witwe. Das ſoll ſie nicht.

Petruchio. Ich ſage, ſie ſoll es; und mache mit dieſer hier den Anfang.

Katharine. Pfui doch! entfalte dieſe drohenden Züge, dieſe unfreundliche Stirn, und ſchieſſe nicht ſo verachtungsvolle Blicke aus dieſen Augen, um damit deinen Herrn, deinen König, deinen Beherrſcher zu verwunden. Es entſtellt deine Schönheit, wie der Froſt die Fluren verſengt, entehrt deinen guten Namen, wie Wirbelwinde die Blüthen abſchütteln, und iſt auf keine Weiſe anſtändig und angenehm. Ein unfreundliches Frauenzimmer iſt wie eine trübe Quelle, ſumpficht, häßlich, dick, ohne alle Schönheit; und ſo lange ſie ſo iſt, wird keiner, wär' er auch noch ſo durſtig, nur einen Tropfen davon zu trinken oder anzurühren würdigen. Dein Mann iſt dein Herr, dein Leben, dein Erhalter, dein Haupt, dein Beherrſcher, der für dich und deinen Unterhalt ſorgt, ſich mühseligen Arbeiten zu Lande und zu Wasser Preis giebt, die Nacht im Sturm durchwacht, den Tag in der Kälte zubringt, indeß du zu Hause warm, sicher und ruhig liegst; und nun fodert er keinen andern Zoll von dir, als Liebe, einen freundlichen Blick, und redliche Folgsamkeit; eine zu kleine Bezahlung für eine so große Schuld! Eben den Gehorsam, den ein Unterthan dem Fürsten schuldig ist, ist eine Frau ihrem Manne schuldig; und wenn sie übermüthig, eigensinnig, wunderlich, verdrießlich, und seinen billigen Foderungen zuwider ist, was ist sie dann anders, als eine verächtliche, rebellische Empörerinn, und eine gottlose Verrätherinn gegen ihren liebreichen Gemahl? Es ist wahrlich eine Schande, daß Frauen so einfältig seyn können, da Krieg anzukündigen, wo sie auf den Knien um Frieden bitten sollten, oder daß sie sich dann Regiment und Oberherrschaft anmaaßen wollen, wenn sie dienen, lieben, und gehorchen sollten. Warum sind unsre Körper sanft, und zart, und weich, nicht geschickt zur schweren und mühseligen Arbeit, als nur, daß unser sanftes Betragen und unsre Herzen

mit den äußern Theilen übereinstimmen sollen?
Ihr armen eigensinnigen Geschöpfe! mein Gemüth ist eben so steif, mein Herz eben so groß
gewesen, als eins von den eurigen, und meine
Veranlassung vielleicht noch größer, Wort gegen
Wort, und Unwillen gegen Unwillen zu ver-
gelten; aber jetzt seh ich es ein, daß unsre Lan-
zen bloße Strohhalme sind, unsre Stärke eben
so schwach, unsre Schwachheit mit nichts zu
vergleichen, daß wir das am meisten zu seyn
scheinen, was wir im Grunde gerade am we-
nigsten sind. Dämpft also nur immer euren
Unwillen, denn er dient doch zu nichts, und
legt eure Hände unter die Füsse eures Mannes.
Zum Zeichen dieses Gehorsams ist, wenn ers
verlangt, meine Hand bereit, so bald ich nur
weiß, daß es ihm eine Freude macht.

Petruchio. Das ist eine verzweifelte Frau!
Komm her, Käthchen küß mich.

Lucentio. Nun, geh nur fort, ehrlicher
Schlag, du hast die Wette gewonnen.

Vincentio. Es ist ein Vergnügen zu sehen,
wenn Kinder folgsam sind.

Lucentio.

Lucentio. Aber auch ein Elend zu sehen, wenn Weiber widerspenstig sind.

Petruchio. Komm zu Bette, Käthchen! ‒‒ Wir drey sind verheyrathet; aber ihr beyden seyd geliefert! ‒‒ Ich gewann die Wette, ob Sie gleich ins Weisse *) trafen. Schlaft alle wohl.

(Petruchio und Katharine gehen ab.)

Hortensio. Nun, geh nur deiner Wege, du hast eine verzweifelte Widerbellerinn zahm gemacht.

Lucentio. Es ist wahrhaftig ein Wunder, daß sie sich so zahm machen läßt!

(Alle gehen ab.)

(Zwey Bediente bringen Sley in seinen eignen Kleidern herein, und lassen ihn auf der Bühne liegen; hernach ein Bierzapfer.)

Sley. (im Erwachen.) „Simon, gieb noch etwas „Wein her! ‒‒ ‒‒ Was? alle die Kumedjan. ten sind fort? ‒‒ ‒‒ Bin ich denn kein Lord?„

„Bierzapfer. Ein Lord? ‒‒ hohl dich der „Henker! ‒‒ Sley bist du denn noch immer „besoffen?„

---

*) Eine Anspielung auf den Namen Bianca, der sonst im Italiänischen eine weisse bedeutet.

(Sechster Band.) M

„Sley. Wer iſt das? ── ── Bierzapfer, o!
„ich habe den herrlichſten Traum gehabt, von
„dem du in deinem Leben gehört haſt. „

„Bierzapfer. Ja, ich glaubs wohl; aber
„das beſte wird ſeyn, daß du nach Hauſe
„gehſt; denn deine Frau wird dich dafür ausſchel-
„ten, daß du hier die ganze Nacht hindurch
„träumſt. „

„Sley. Wird ſie das? ── Ich weiß nun,
„wie man eine Widerbellerinn zahm macht.
„Ich habe die ganze Nacht davon geträumt,
„und du haſt mich da in dem beſten Traum
„geſtört, den ich mein Lebtag gehabt habe.
„Aber ich will zu meinem Weibe, und ſie auch
„zahm machen, wenn ſie mich ärgern will. „

Die Komödie
der
Irrungen.

Personen.

Solinus, Herzog zu Ephesus.

Aegeon, ein Kaufmann aus Syrakus.

Antipholis von Ephesus,
Antipholis von Syrakus, } Zwillinge.

Dromio von Ephesus, } ihre Bediente, und
Dromio von Syrakus, } gleichfalls Zwillinge.

Balthasar, ein Kaufmann.

Angelo, ein Goldschmied.

Ein Kaufmann.

Doktor Zwick, ein Schulmeister und Schwarzkünstler.

Aemilie, Aebtißin zu Ephesus.

Adriana, des Antipholis von Ephesus Frau.

Luciana, Adriana's Schwester.

Lucie, Adriana's Dienstmagd.

Kerkermeister, Gerichtsdiener, und Gefolge.

Der Schauplatz ist zu Ephesus.

Die

Irrungen.

Erster Aufzug.
Erster Auftritt.

Des Herzogs Pallast.

Der Herzog von Ephesus. Aegeon. Kerkermeister. Gefolge.

Aeg on. Fahre fort, Solinus, meinen Fall
zu befördern, und durch den Ausspruch des To-
desurtheils mein Unglück und alles zu endigen.

Herzog. Kaufmann von Syrakus, sage nichts
mehr zu deiner Verantwortung; ich kann zum
Nachtheil des Gesetzes nicht partheyisch seyn.

M 3

Die Feindschaft und die Uneinigkeit, welche
neulich das grausame Verfahren eures Herzogs
gegen einige Kaufleute, unsre getreue Unter=
thanen, veranlaßte, die, weil sie nicht Geld
genug hatten, ihr Leben loszukaufen, seine stren=
gen Verordnungen mit ihrem Blute besiegelt
haben, verbannt alles Erbarmen aus unsern
dräuenden Blicken. Denn seitdem jene verderb=
liche Zwietracht, zwischen deinen aufrührerischen
Landsleuten und uns, ausbrach, ist in der feyer=
lichen Versammlung des Volks, sowohl von
den Syrakusern, als von uns, beschlossen wor=
den, keinen Handel zwischen unsern feindseligen
Städten zu erlauben. Noch mehr; welcher ge=
borne Epheser sich auf den Jahrmärkten von
Syrakus betreten läßt, der stirbt; und wiede=
rum, welcher geborne Syrakuser in den Ha=
fen von Ephesus kömmt, der stirbt, und seine
Güter werden zum Vortheil des Herzogs einge=
zogen, es sey denn, daß er eine Strafe von
tausend Mark zu seinem Lösegeld bezahlen kön=
ne. Nun beläuft sich alles, was du hast, nach
der äussersten Schätzung, kaum auf hundert Mark;
du bist also, nach dem Gesetze, zum Tode ver=
dammt.

Aegeon. Mein Trost ist, daß die Vollziehung deines Worts noch vor Sonnenuntergang auch meinen Leiden ein Ende machen wird.

Herzog. Wohlan denn, Syrakuser, erzähl uns kürzlich die Ursache, warum du deine väterliche Heymath verlassen hast, und warum du hieher nach Ephesus gekommen bist.

Aegeon. Ein schwereres Geschäfte könnte mir nicht auferlegt werden, als von meinem unaussprechlichen Kummer zu sprechen. Jedoch, damit die Welt erkenne, daß der Lauf der Natur, *) und nicht irgend ein niederträchtiges Verbrechen mir dieß unglückliche Ende zuzieht, so will ich so viel sagen, als mir mein Schmerz erlaubt. Zu Syrakus ward ich geboren, und mit einem Weibe vermählt, das nur für mich glücklich war, und es auch durch mich würde gewesen seyn, wenn unser Schicksal nicht traurig geworden wäre. Mit ihr lebt' ich vergnügt; mein Vermögen nahm durch beglückte Reisen

---

*) Es war vormals ein allgemeiner Aberglaube, daß ein jeder großer und unvermutheter Unglücksfall eine Rache des Himmels sey, welche die Menschen, ihrer geheimen Vergehungen wegen, verfolgte. Warburton.

zu, die ich häufig nach Epidamnum that, bis
der Tod meines Faktors, und die Sorge für
meine nun dem guten Glücke überlassenen Gü=
ter, mich den liebevollen Umarmungen meiner
Gattinn entriß. Ich war noch nicht volle sechs
Monat von ihr entfernt, als sie, zu einer Zeit,
da sie unter der angenehmen Strafe ihres Geschlechts beynahe erlag, Anstalten machte, mir
nachzufolgen, und bald und glücklich da anlang=
te, wo ich war. Bald nach ihrer Ankunft
wurde sie eine freudenvolle Mutter von zwey
hübschen Knaben, die einander so wundersam
gleich sahen, daß es unmöglich war, sie anders,
als durch Namen, zu unterscheiden. In eben
dieser Stunde, und in dem nämlichen Gastho=
fe, ward eine arme, geringe Frau gleichfalls
von zwey männlichen Zwillingen entbunden,
die einander eben so gleich sahen. Diese kaufte
ich, weil ihre Eltern äusserst arm waren, und
zog sie auf, daß sie meinen Söhnen aufwarten
sollten. Mein Weib, die auf zwey solche Kna=
ben nicht wenig stolz war, drang täglich in
mich, unsre Rückreise zu beschleunigen. Ich
willigt' endlich, wiewohl ungern, drein; und

wir' giengen ** leider allzubald! ** zu Schiffe.
Kaum hatten wir eine Meile von Epidamnum
fortgesegelt, als die immerfort dem Winde ge-
horchende Tiefe aus unserm Verderben ein
trauriges Schauspiel machte. Wir hatten nicht
viel mehr zu hoffen; denn das düstre Licht,
welches der Himmel uns noch gewährte, diente
nur dazu, unsern schreckenvollen Seelen eine
ängstliche Gewißheit des ganz nahen Todes zu
geben. Ich, für mein Theil, hätte ihn mit
offnen Armen empfangen; aber das unaufhör-
liche Jammern eines geliebten Weibes, die schon
im Voraus das beweinte, welches sie als unvermeid-
lich vor Augen sah, und das Geschrey ihrer holdseli-
gen Kinder, die, ohne zu wissen, was sie zu fürchten hatten, nur darum weinten, weil sie ihre
Mutter weinen sahen, nöthigte mich, wenigstens auf einige Frist für sie und für mich zu
denken; und dieß macht' ich so; denn kein andres Mittel hatt' ich nicht. Das Schiffsvolk
suchte seine Rettung in unserm Boot, und über-
ließ uns das Schiff, welches schon reif zum
Versinken war. Mein Weib, für ihren Erstge-
bornen am meisten besorgt, hatte ihn an einen

vorräthigen dünnen Mastbaum gebunden, der=
gleichen die Seeleute wider den Sturm mit
sich zu nehmen pflegen. Neben ihm wurde ei=
ner von den andern beyden Zwillingen gebun=
den, indeß, daß ich mit den übrigen beyden
das nämliche that. Nachdem wir nun auf die=
se Art für die Kinder gesorgt hatten, banden
wir uns beyde, mein Weib und ich, die Au=
gen auf das geheftet, worauf unsre Sorge ge=
heftet war, an jedes Ende des Mastbaums.
Wir schwammen, dem Strome nach, immer
weiter fort, und glaubten nach Korinth zu trei=
ben. Endlich schaute die Sonne auf die Erde
herab, zertheilte die Dünste, die uns im Wege
waren, und durch die Wohlthätigkeit ihres er=
wünschten Lichts ward die See wieder ruhig.
Da entdeckten wir zwey Schiffe, die auf uns
zusegelten, eines von Korinth, und das andre
von Epidaurus; aber ehe sie zu uns kamen =
= o! laß mich nichts weiter sagen! Errathe
das Folgende aus dem Vorhergehenden.

Herzog. Nein, fahre fort, alter Mann, brich
deine Erzählung nicht so ab; wir dürfen dich
bedauren, wenn gleich nicht begnadigen.

Aegeon. O! hätten die Götter das gethan, so hätt' ich itzt keine Ursache, sie unbarmherzig gegen uns zu nennen. Wir waren noch zehn Meilen von diesen Schiffen entfernt, als unser hülfloses Schiff, durch einen plötzlichen Stoß an einen mächtigen Felsen, mitten entzwey geschmettert ward. Das Schicksal, welches mein Weib und mich auf eine so ungerechte Weise trennte, ließ einem jeden, was uns zugleich Freude und Kummer machte. Der Theil des Schiffs, worauf sie war — die arme Seele! — wurde, vermuthlich weil er mit leichtern Waaren, aber gewiß nicht mit leichterm Kummer, beladen war, geschwinder vorwärts getrieben, und alle drey wurden vor meinen Augen, von Korinthischen Fischern, wie es uns vorkam, aufgefangen. Endlich bemächtigte sich ein andres Schiff auch unser; ich fand bekannte Freunde darinnen, welche sich freuten, daß sie uns in solcher Noth hatten beystehen können; sie würden auch gern die Fischer ihrer Beute beraubt haben! allein, da ihre Barke schlecht besegelt war, mußten sie ihren Lauf nach Hause richten. Nun habt ihr also gehört, wie ich meiner Glückseligkeit beraubt bin. Daß doch mein Leben durch Unfälle verlängert werden mußte, damit ich von meinem Unglück klägliche Geschichten erzählen könnte!

Herzog. Um derer willen, welche du beklagst, erzeige mir die Gefälligkeit, und melde mir noch, wie es ihnen und dir bis jetzt ergangen ist.

Aegeon. Mein jüngster Sohn, er, der älteste Gegenstand meiner Sorgen, bekam, als er achtzehn Jahr alt war, ein heftiges Verlangen, seinen Bruder aufzusuchen; und ließ nicht nach, bis ich es ihm erlaubte, sich auf den Weg zu machen; und seinen Bedienten mit sich zu nehmen, der sich in gleichem Falle befand, seinen Bruder verloren, und seinen Namen behalten hatte. Ich wagte also einen geliebten Sohn, den ich noch hatte, um denjenigen zu finden, den ich nicht hatte; und verlor dadurch beyde. Fünf Sommer häb' ich schon angewandt, um sie in dem fernsten Griechenland zu suchen, und nachdem ich durch alle Gegenden von Asien *) auf und nieder geschwärmt, kam ich endlich

---

*) Upton glaubt, man müsse hier für *Asia* lesen *Italy*, welches, wie bekannt *Græcia magna* hieß; denn

nach Ephefus; zwar ohne Hoffnung, sie da zu finden, aber doch entschloffen, weder diesen, noch irgend einen andern von Menschen bewohnten Ort undurchsucht zu lassen. Aber hier muß ich die Geschichte meines Lebens endigen; und der Tod würde mir willkommen seyn, wenn ich von allen meinen Reisen nur so viel erhalten hätte, daß ich versichert wäre, sie lebten noch.

Herzog. Unglücklicher Aegeon, den das Schicksal ausgezeichnet hat, den höchsten Grad der grausamsten Widerwärtigkeiten zu erfahren! glaube mir, wär' es nicht wider unsre Gesetze == welche Fürsten, wenn sie auch wollten, nicht vernichten können == wär' es nicht wider meine Krone, meinen Eid, und meine Würde; so sollte mein Herz dein Anwald werden, und für dich sprechen. Allein ob dich gleich ein Urtheils-

---

er hält diese Stelle für eine Uebersetzung folgender Verse in den Menächmen des Plautus:

Hic annus fextus, poftquam rei huic operam damus.
Iftros, Hifpanos, Maffilienfes, Illyrios,
Mare fuperum omne, Græciamque exoticam,
Orasque *Italicas* omnes, qua egreditur mare,
Sumus circumvecti.

spruch) zum Tode verdammt, der ohne den
größten Nachtheil unsrer Ehre nicht zu widerru=
fen steht; so will ich doch so viel zu deinem
Besten thun, als ich kann. Ich schenke dir al=
so diesen Tag, Kaufmann; damit du dein Le=
ben durch andrer Beyhülfe zu erhalten suchen
könnest. Stelle alle die Freunde, die du viel=
leicht in Ephesus hast, auf die Probe; erbitte
oder erborge so viel, als du brauchst, um dein
Lösegeld voll zu machen; und du sollst leben;
wo nicht, so bist du verurtheilt, zu sterben = = =
Kerkermeister, nimm ihn in Verwahrung.

(Der Herzog und Gefolge gehn ab.)

Kerkermeister. Sehr wohl gnädigster Herr.

Aegeon. Ohne Hülfe und Hoffnung geht
Aegeon, um das Ende seines Lebens einen Tag
später zu sehen.

(Er geht mit dem Kerkermeister ab.)

Zweyter Auftritt.

Die Straße.

Antipholis von Syrakus. Ein Kaufmann. Dromio.

Kaufmann. Geben Sie also immer vor, daß Sie aus Epidamnum sind; denn sonst wird all Ihr Vermögen nur gar zu bald eingezogen. Diesen Morgen erst ist ein Syrakusischer Kaufmann wegen seiner Hieherkunft gefangen gesetzt; und, weil er nicht im Stande ist, sein Leben loszukaufen, so muß er, nach unserm Gesetz, noch vor Sonnenuntergang sterben. Hier ist Ihr Geld, das Sie bey mir niedergelegt haben.

Antipholis. Geh Dromio, trag es in den Centaur, wo wir eingekehrt sind. Warte dort bis ich komme; in einer Stunde wird es Mittag seyn. Ich will indeß die Stadt besehen, mir die Kaufleute bekannt machen, die Gebäude in Augenschein nehmen, und dann in mein Wirthshaus zurückkehren, und schlafen. Denn ich bin von langwierigen Reisen ganz steif und müde. Geh deiner Wege.

Dromio. Mancher würde Sie beym Worte nehmen, und mit einem so hübschen Reisegeld seiner Wege gehen.

(Er geht ab.)

Antipholis. Das ist ein ehrlicher Schurke, mein Herr, der mich, wenn ich schwermüthig und niedergeschlagen bin, mit seinen närrischen Einfällen oft wieder aufgeräumt macht. Wie ists? Wollen Sie nicht mit mir in der Stadt herumgehen, und hernach in meinem Gasthofe mit mir essen?

Kaufmann. Ich bin zu einigen andern Kaufleuten bestellt, von denen ich einen ansehnlichen Gewinn zu machen hoffe; Sie werden mich also entschuldigen. Sobald es fünfe geschlagen hat, will ich Sie, wenn es Ihnen so gefällig ist, auf dem Markte wieder antreffen, und Ihnen dann bis zur Schlafenszeit Gesellschaft leisten. Dießmal rufen mich meine Geschäfte von Ihnen ab.

Antipholis. Bis dahin denn leben Sie wohl. Ich will indeß allein herumgehen, und die Stadt besehen.

Kauf-

Kaufmann. Ich wünsch' Ihnen viel Vergnügen, mein Herr.

(Geht ab.)

Dritter Auftritt.

Antipholis; hernach Dromio von Ephesus.

Antipholis. Wer mir viel Vergnügen wünscht,
der wünscht mir etwas, das ich nie erhalten
kann. Ich bin in der Welt wie ein Wasser-
tropfen, der in dem Ocean einen andern
Tropfen suchen will, und indem er hineinfällt,
sich selbst verliert, ohne den andern zu finden.
So geht es zum Unglück auch mir; indem ich
eine Mutter und einen Bruder suchen will, ver-
lier ich mich selbst.   (Dromio von Ephesus kömmt.)
Da kömmt mein wahrer Almanach! .. Nun,
was heißt das? Warum kömmst du so bald
wieder zurück?

Dromio von Ephesus. So bald wieder zurück? .. Sagen Sie vielmehr, warum kömmst
du so spät? Der Kapaun dörrt aus; das Spanferkel fällt vom Spieß ab; die Glocke hat
zwölfe geschlagen; meine Frau machte, daß es
auf meinem Backen Eins wurde; sie ist so hi-

ßig, weil das Essen kalt wird; das Essen wird kalt, weil Sie nicht nach Hause kommen; Sie kommen nicht nach Hause, weil Sie keinen Appetit haben; Sie haben keinen Appetit, weil Sie Ihre Fasten gebrochen haben; und wir, die wir wissen, was Fasten und Beten ist, wir müssen nun dafür büssen, daß Sie heute gesündigt haben.

Antipholis. Spare deinen Athem, guter Freund; sage mir nur erst, wo du das Geld gelassen hast, das ich dir gab.

Dromio von Ephesus. Oh! „ die sechs Pfennige, die ich Mittwochs kriegte, um den Sattler für den Schwanzriemen an meiner Frauen Pferd zu bezahlen? „ Der Sattler hat sie, Herr; ich habe Sie nicht behalten.

Antipholis. Ich bin itzt nicht zum Spaß aufgelegt; sage mir ohne zu schäkern, wo ist das Geld? „ Wie unterstehst du dich, an einem Orte, wo wir fremde sind, eine so große Summe aus den Händen zu geben?

Dromio von Ephesus. Ich bitte Sie, Herr, scherzen Sie, wenn Sie bey Tische sitzen. Meine Frau hat mich in der größten Eile aus-

geſchickt, Sie zu ſuchen. Wenn Sie nicht bald
kommen, wird es mein Schedel entgelten müſ=
ſen. Mich dünkt, Ihr Magen ſollte, wie der
meinige, Ihre Glocke ſeyn, und Sie, ohne ei=
nen Boten, nach Hauſe ſchlagen.

Antipholis. Höre, Dromio, dieſe Poſſen ſind
itzt ſehr zur Unzeit; ſpare ſie auf eine luſtigere
Stunde. Wo iſt das Gold, das ich dir auf=
zuheben gab?

Dromio von Epheſus. Mir, Herr? „ Sie
haben mir kein Gold gegeben.

Antipholis. Ich ſage dir, Schurke, hör auf,
den Narren zu ſpielen, und ſage mir, wie haſt
du deinen Auftrag beſorgt?

Dromio von Epheſus. Mein Auftrag war
bloß, Sie vom Markte nach Hauſe zu holen,
in den Phönix, Herr, zum Mittageſſen. Meine
Frau und ihre Schweſter warten auf Sie.

Antipholis. Verwünſchter Kerl, antworte
mir gleich, wo du mein Geld hingethan haſt,
oder ich werde dir den kurzweiligen Hals bre=
chen, der ſo unzeitigen Spaß treibt, wenn ich
nicht dazu aufgelegt bin. Wo ſind die tauſend
Mark, die du von mir bekommen haſt?

Dromio von Ephesus. Marken hab' ich freylich von Ihnen auf meinem Kopf, und einige andre Marken von meiner Frau auf meiner Schulter; aber nicht tausend Mark von Ihnen beyden. Wenn ich Ihnen, mein Herr, diese wieder zurück bezahlte, so würden Sie sie vielleicht nicht so geduldig hinnehmen.

Antipholis. Deiner Frau Marken. = = Welcher Frau Schurke? Was hast du für eine Frau?

Dromio von Ephesus. Ihre eigne Frau, mein Herr, meine Herrschaft, zum Phönix, die so lange fasten muß, bis Sie nach Hause kommen, und die Sie bitten läßt, doch bald zu kommen.

Antipholis. Was? willst du mich so ins Angesicht zum Narren haben, ob ich dirs gleich verbiete? = = Da, nimm das hin, Herr Schurke!

Dromio von Ephesus. Was wollen Sie damit, Herr? = = = = Um Gottes willen, thun Sie Ihrer Hand Einhalt! Nun, wenn Sie nicht wollen, Herr, so will ich meine Füsse brauchen.

(Schlab.)

Antipholis. So wahr ich lebe! der Schurke ist durch irgend einen Streich um all mein Geld gebracht! == Man sagt, diese Stadt sey voller Spitzbuben, *) voller Taschenspieler, welche die Augen verblenden, Schwarzkünstler, die das Gemüth verändern, und seelenverderb-licher Heren, die den Leib verunstalten, verklei-deter Beutelschneider, geschwätziger Markt-schreyer, und von vielen dergleichen Leuten, die sich alles erlaubt halten. Wenn das so ist, so will ich desto geschwinder von hier gehen. Itzt geh ich in den Centaur, um den Schurken aufzusuchen; ich fürchte sehr, mein Geld ist nicht wohl verwahrt.

(Er geht ab.)

---

*) Dieß war der Charakter, den die Alten dieser Stadt gaben. Daher das gemeine Sprüchwort: Εφεσια ἀλεξιφαρμακα; so braucht es Menander; und Εφεσια γραμματα in dem nämlichen Sinne == War-burton.

Zweyter Aufzug.

Erster Auftritt.

Das Haus des Antipholis von Ephesus.

Adriana. Luciana.

Adriana. Weder mein Mann, noch mein Sklave kömmt zurück, den ich doch so eilfertig seinem Herrn entgegen geschickt habe. Ganz gewiß, Luciana, ist es schon zwey Uhr.

Luciana. Vielleicht ist er vom Markte weg, mit irgend einem Kaufmann, der ihn eingeladen hat, zum Mittagsessen gegangen. Wir wollen essen, liebe Schwester, und uns nicht darüber grämen. Ein Mann ist Herr über seine Freyheit. Sie haben keinen andern Herrn als die Gelegenheit; sie kommen und gehen, nachdem es ihnen gelegen ist; und da das nun einmal so ist, so habe Geduld, liebe Schwester.

Adriana. Warum sollen sie mehr Freyheit haben, als wir?

Luciana. Weil ihre meisten Geschäfte ausser Hause sind.

Adriana. Sieh nur, wenn ich auf diesen Fuß mit ihm umgehen will, nimmt ers übel.

Luciana. Oh! du mußt wissen, daß er der Zaum deines Willens ist. *)

Adriana. Nur Esel werden sich gutwillig so zäumen lassen.

Luciana. Die starkköpfige Freyheit ist nun einmal mit dem Schmerze gepaart. **) Es ist nichts unter dem Himmel, das nicht auf der Erde, in der See, oder in der Luft einem andern unterworfen wäre. Die Fische, Thiere und Vögel sind ihren Männlein unterworfen, und stehen unter ihrem Gebot; der göttlichere Mensch, Herr über sie alle, Beherrscher dieser weiten Welt und des Oceans, der sie umströmt, mit einer vernünftigen, denkenden Seele be-

---

*) Der Zusammenhang liegt hier in den Reimen, worin der größte Theil dieser Scene im Original geschrieben ist.

**) *To labs*, welches sonst peitschen bedeutet, wird oft, wie Steevens bemerkt, mit *to leabs*, kuppeln oder zusammenpaaren, in einerley Sinn gebraucht.

gabt, die ihn über alle andern Thiere hinauf-
setzt, ist Herr über sein Weib, und ihr Gebie-
ter. Laß dichs also nicht verdriessen, deinen
Willen nach dem seinigen zu stimmen.

Adriana. Eben diese Dienstbarkeit bewegt
dich, unverheyrathet zu bleiben.

Luciana. Das nicht; sondern die Unruhen
und Sorgen des Ehestandes.

Adriana. Aber wenn du verheyrathet wärest,
müßtest du doch auch unterwürsig seyn.

Luciana. Ehe ich die Liebe lerne, will ich mich
im Gehorchen ü***

Adriana. Aber wie? wenn dein Mann gerne
wo anders einkehrte?

Luciana. Da würd’ ich Geduld haben, biß
er wieder nach Hause käme.

Adriana. Eine nie gereizte Geduld kann leicht
ruhig bleiben; es ist keine Kunst, gelassen zu
seyn, wenn man keine Ursache zum Gegentheil
hat. Wir verlangen, daß der Unglückliche,
den sein Kummer quält, ruhig bleiben soll,
wenn wir ihn jammern hören; aber drückte uns
die nämliche Bürde, wir würden eben so sehr,
oder noch mehr klagen, als er. So auch du,

die du keinen unfreundlichen Ehegatten haſt,
der dich kränkt; weiſſeſt mir keinen andern Troſt
zu geben, als daß du mich zu hülfloſer Geduld
anweiſeſt; aber wir wollen ſehen, wie lange du
dieſe Geduld, die nur Thoren fodern können, *)
behalten wirſt, wenn du's erlebſt, mein Schick-
ſal zu erfahren.

Luciana. Gut, ich will mich einmal verheyrathen, um davon die Probe zu machen. Aber
hier kömmt ſchon dein Sklave; dein Mann
wird alſo nicht mehr weit ſeyn.

Zweyter Auftritt.

Die Vorigen. Dromio von Ephesus.

Adriana. Sag', iſt dein ſaumſeliger Herr
nun bey der Hand?

Dromio v. Eph. Nein; er iſt mit allen bey-

---

*) Vielleicht iſt dieß der Sinn des Beyworts *fool-
begg'd*; denn Johnſon's Erklärung ſcheint mir gar
zu gezwungen. Er meynt, es ſey eine Geduld, die ihre Verwandten leicht für Blödſinnigkeit nehmen,
und daher um die Vormundſchaft über ſie, als eine
Thörinn, bitten könnten.

den Händen bey mir; und davon sind meine
beyden Ohren Zeugen.

Adriana. Hast du ihn denn gesprochen? hat
er dir seine Meynung gesagt?

Dromio v. Eph. Ja, ja, er sagte mir seine Meynung auf mein Ohr. Verwünscht sey
seine Hand! Es wurde mir sauer, sie zu begreifen!

Luciana. Sprach er so zweydeutig, daß du
seine Meynung nicht fassen konntest?

Dromio. Nein; er traf so gerade zu, daß
ich seine Ohrfeigen nur gar zu gut faßte; und
doch sprach er so zweydeutig, daß ich sie kaum
fassen konnte. *)

Adriana. Aber sage mir doch, wird er nach
Hause kommen? Es scheint, er bekümmert sich
viel darum, seiner Frau gefällig zu seyn.

Dromio. Wahrhaftig, Frau, mein Herr ist
hörnertoll.

----

*) Im Original ein Wortspiel mit to unterstand
für to stand under. So armselig es auch ist, so
scheint es noch ein Lieblingsspaß des Dichters gewesen zu seyn. In den beyden Veronesern ist es auch
schon vorgekommen -- Steevens.

Adriana. Hörnertoll, du Schurke?

Dromio. Ich meyne nicht, hahnreytoll; aber wahrhaftig, er ist rasend toll. Als ich ihn bat, er möchte zum Mittagsessen nach Hause kommen, so fragte er mich nach tausend Mark an Gold. Es ist Essenszeit, sagt' ich; mein Gold! sagt' er. Ihr Essen brennt an, sagt' ich; mein Gold! sagt' er. Wollen Sie nach Hause kommen? sagt' ich; mein Gold! sagt' er. Wo sind die tausend Mark, die ich dir gab, du Schurke? Das Spanferkel, sagt' ich, ist schon ganz verbrannt; mein Gold! sagt' er. Meine Frau, Herr, sagt' ich; an den Galgen mit deiner Frau! Ich weiß nichts von deiner Frau; zum Henker mit deiner Frau!

Luciana. Sagte, wer?

Dromio. Sagte mein Herr. Ich weiß nichts, sagt' er, von keinem Hause, und von keinem Weibe, und von keiner Frau, sagt' er; so, daß ich also das Gewerbe, das meiner Zunge gehörte, Dank sey ihm! auf meinen Schultern nach Hause trug. Denn mit einem Worte, er gab mir Schläge.

Adriana. Geh wieder zurück, Sklave, und hol ihn nach Hause.

Dromio. Ich wieder hingehen, und mich noch einmal nach Hause prügeln lassen? Um Gottes willen, Frau, schicken Sie einen andern Abgesandten.

Adriana. Geh wieder hin, Sklave, oder ich schlage dir kreuzweise den Kopf entzwey.

Dromio. Und er wird denn das Kreuz mit andern Schlägen wieder einsegnen; ich werde Ihnen beyden dann einen heiligen Kopf zu danken haben.

Adriana. Fort, du Plaudermaul, hole deinen Herrn nach Hause.

Dromio. Bin ich denn gegen Sie so rund, *) als Sie gegen mich, daß Sie mich so, wie einen Fußball vor sich her stossen? Sie stossen mich vorwärts; und er wird mich wieder rückwärts stossen. Wenn ich in einem solchen Dienst ausdauern soll, müssen Sie einen ledernen Ueberzug über mich machen lassen.

(Geht ab.)

---

*) Der Doppelsinn des Worts *round*, welches im eigentlichen Verstande sphärisch, uneigentlich aber freymüthig, offenherzig bedeutet, findet gewissermassen auch im Deutschen Statt.

Dritter Auftritt.

Adriana. Luciana.

Luciana. Pfui! wie die Ungeduld dein Gesicht verstellt!

Adriana. Er kann seine Geliebte seiner angenehmen Gesellschaft nicht berauben; und ich
muß indeß zu Hause sitzen, und bis zum Ver-
hungern nach einem freundlichen Blicke schmach-
ten. Hat denn das ungestalte Alter die anzie-
hende Schönheit schon von meiner armen Wan-
ge hinweggenommen? Wenn das ist, so hat
Er sie verderbt. Ist mein Gespräch abgeschmackt,
und mein Witz stumpf? Seine Unfreundlich-
keit ist der harte Marmor, woran er seine
Schärfe verlohren hat. Gefallen ihm andre
besser, weil sie muntrer gekleidet sind? Das
ist nicht meine Schuld; er ist Herr über meinen Staat. Was kann man für Ruinen an
mir finden, die nicht sein Werk sind? Er ist
also Schuld an meiner Verunstaltung. Ein
einziger sonnichter Blick von ihm würde meine
verwelkte Schönheit bald wieder herstellen. Aber
er bricht, gleich einem ungebändigten Wilde *),

durchs Gehäge hindurch), und sucht sein Futter draussen. Ich arme Frau bin ihm zu abgenutzt!

Luciana. Welche sich selbst quälende Eifersucht! == Pfui du mußt sie verbannen.

Adriana. Nur empfindliche Thörinnen können gegen solche Beleidigungen nachsichtig seyn. Ich weiß gewiß, seine Augen haben irgendwo einen andern Gegenstand den sie anbeten. Woran läg' es sonst, daß er nicht hier wäre? Du weißt, Schwester, er versprach mir eine goldene Kette. Wollte der Himmel, es wäre nur das, was er mir vorenthielte! == Ich sehe wohl, ein Kleinod, so schön es auch immer gefaßt seyn mag, verliert endlich seine Schönheit, wenn wirs immer tragen; und so, wie das Gold selbst, ungeachtet es das Berühren verträgt, durch öftre Wiederholung desselben sich endlich abnutzt; so ist kein Gemüth so edel, das nicht durch langwierige Untreu und Falschheit endlich seinen Glanz verliert. Wenn meine Schönheit in seinen Augen keinen Reiz mehr

---

*) Ein Spiel mit den Wörtern *deer* und *dear*, das auch schon sonst vorgekommen ist.

hat, so will ich ihren Rest wegweinen, und weinend sterben.

Luciana. Was für alberne Geschöpfe kann nicht die Eifersucht aus verliebten Seelen machen!

(Sie gehen ab.)

Vierter Auftritt.
Die Strasse.

Antipholis von Syrakus.

Antipholis. Das Gold, das ich dem Dromio gab, ist im Centaur sicher verwahrt; und der allzu sorgfältige Tropf ist weggegangen, um mich zu suchen, aus Besorgniß, es möchte mir etwas zugestossen seyn. Wenn ich die Umstände der Zeit, und meines Wirths Erzählung mit einander vergleiche, so kann ich den Dromis nicht gesprochen haben, seitdem ich ihn zuerst vom Markte fortschickte. Ha! da kömmt er eben recht. (Dromis von Syrakus tritt auf) Wie gehts, guter Freund? – Ist dir nun die Kurzweil vergangen? Bist du ein Liebhaber von Ohrfeigen, so spasse noch einmal mit mir. Du weißt nichts vom Centaur? Du hast kein Gold von mir bekommen? Deine Frau schickte dich, mich zum Mittagessen nach Hause zu rufen? Mein Haus war zum Phönix? Warst du toll, daß du mir so unsinnige Antworten gabst?

Dromio von Syrakus. Was für Antworten, Herr? wenn hab' ich dergleichen gesagt?

Antipholis. Erst eben; und hier auf der Stelle; es ist noch keine halbe Stunde.

Dromio. Hab' ich Sie doch bis itzt mit keinem Auge gesehen, seitdem Sie mich mit dem Golde, das Sie mir gaben, in den Centaur schickten!

Antipholis. Schurke, du leugnetest ja, daß du das Geld empfangen habest, und redtest mir von einer Frau, und vom Mittagsessen. Doch ich hoffe, du hast es gefühlt, wie wohl mir das gefallen hat.

Dromio. Es freut mich doch, daß Sie so gut aufgeräumt sind. Was soll dieser Scherz bedeuten? Ich bitte Sie, Herr, sagen Sie mirs doch.

Antipholis. Wie, du spottest und greinst mir noch ins Angesicht? –– Denkst du, ich spasse? –– Da hast du Eins! –– und da noch eins!

Dromio.

Dromio. Halten Sie ein, Herr, ums Him,
mels willen! ₌₌ Itzt fühl ichs, daß aus Ihrem
Spaß Ernst wird. Aber warum schlagen Sie
mich denn, wenn ich fragen darf?

Antipholis. Weil ich zuweilen vertraulich ge,
nug mit dir umgehe, dich als meinen Lustig,
macher zu brauchen, und Spaß mit dir trei,
be, so treibst du die Unverschämtheit so weit,
meine Gütigkeit zu mißbrauchen, und mir dei,
ne Possen auch in meinen ernsthaften Stunden
aufzudringen. Wenn die Sonne scheint, mö,
gen gaukelnde Mücken ihre Kurzweil treiben;
aber sie müssen in Spalten kriechen, wenn sie
ihre Strahlen verbirgt. Wenn du mit mir
spassen willst, so sieh erst zu, wie ich außsehe,
und richte dein Betragen nach meinen Blicken
ein; oder ich will dir diese Methode in deine
Schanze hinein prügeln.

Dromio. Schanze nennen Sie meinen Kopf? ₌₌
Wenn Sie nur das Prügeln lassen wollten,
so möchten Sie ihn immerhin meinen Kopf
schlechtweg nennen. Wenn Sie lange so fort,
fahren, so muß ich eine Schanze für meinen
Kopf haben, und ihn verschanzen; sonst werd'

ich meinen Witz in meinen Schultern suchen
müssen.   Aber sagen Sie mir doch, Herr,
warum werd' ich geschlagen?

Antipholis. Weißt du's noch nicht?

Dromio. Ja, Herr, und weswegen. Denn
man pflegt zu sagen, Jedes Warum hat sein
Darum.

Antipholis. Warum, erstlich? ‒‒ Weil du
meiner gespottet hast.   Und dann, Weswegen? ‒‒
Weil du mirs noch zum zweyten mal geleugnet hast.

Dromio. Ist jemals einer so sehr ohne Ursach geschlagen worden? Weder in dem Warum
noch in dem Weswegen ist gesunder Menschen-
verstand.   Nun gut, Herr, ich danke Ihnen.

Antipholis. Du dankst mir? Wofür denn?

Dromio. Je nu, Herr, für das Etwas, das
Sie mir um Nichts gegeben haben.

Antipholis. Ich will es nächstens wieder gut
machen, und dir Nichts für Etwas geben. Aber
sage doch, ist es Essenszeit.

Dromio. Nein, Herr; ich glaube, es fehlt
dem Essen etwas, das ich habe.

Antipholis. Darf ich wissen, was das ist?

Dromio. Es wird nicht genug beträuft seyn.*)

Antipholis. Nun gut, so ist es trocken.

Dromio Wenn das wäre, so essen Sie ja nichts davon.

Antipholis. Warum das?

Dromio. Das würde Sie nur cholerisch machen, und mir auch eine trockne Traufe zuziehen.

Antipholis. Gut, Freund; lerne künftig zu rechter Zeit spassen; ein jedes Ding hat seine Zeit.

Dromio. Ich hätte mich unterstanden, das zu leugnen, ehe Sie so cholerisch waren.

Antipholis. Und aus welchem Grunde?

Dromio. O! Herr, aus einem Grunde, der so klar ist, als die klare kahle Scheitel der Mutter Zeit selbst.

Antipholis. Laß hören.

Dromio. Es giebt keine Zeit mehr für einen sein Haar wieder zu bekommen, der durch den Lauf der Natur kahl wird.

---

*) Der Einfall liegt im Original in der Zweydeutigkeit des Worts *basting*, welches zugleich eine Tracht Schläge, und das Beträufen dessen, was am Spieß gebraten wird, bedeutet -- Wieland.

Antipholis. Kann er das nicht durch Geld-buße und Besitznehmung thun?

Dromio. Freylich, wenn er eine Geldbuße für eine Paruke bezahlt, und von dem verlor-nen Haar eines andern Besitz nimmt.

Antipholis. Warum ist denn die Zeit so karg mit dem Haare, da es doch sonst ein so reich-licher Auswuchs ist?

Dromio. Weil das Haar eine Wohlthat ist, die sie dem Vieh erzeigt; und was sie dem Men-schen an Haar vorenthalten hat, das hat sie ihm an Verstand wieder ersetzt.

Antipholis. Aber giebts doch manchen Men-schen, der mehr Haar als Verstand hat!

Dromio. Ein solcher hat doch allemal den Verstand, sein Haar zu verlieren. *)

Antipholis. Du machtest aber den Schluß, daß haarichte Leute ehrliche Tröpfe ohne Ver-stand wären?

---

*) D. i. diejenigen, welche mehr Haar als Verstand haben, werden sehr leicht von liederlichen Weibsper-sonen bestrickt, und müssen alsdann die Folgen ihrer Liederlichkeit erfahren, wovon die eine, bey der ersten Erscheinung der Seuche in Europa, der Verlust der Haare war -- Johnson.

Dromio. Je mehr ehrlicher Tropf, je eher gehts verloren; aber so einer verliert es mit einer Art von Freude.

Antipholis. Aus welcher Ursache?

Dromio. Aus zwey Ursachen, die sehr gesund sind.

Antipholis. Nein, gesund wahrhaftig nicht.

Dromio. Sicher also.

Antipholis. Nicht doch, nicht sicher, in einer so unsichern Sache.

Dromio. Nun denn, aus gewissen Ursachen.

Antipholis. Nenne sie.

Dromio. Erstlich freut er sich darüber, daß er das Geld spart, welches er fürs Kräuseln ausgeben mußte; und zweytens darüber, daß sie ihm beym Essen nicht in die Suppe fallen können.

Antipholis. Du hast diese ganze Zeit über beweisen wollen, ein jedes Ding habe nicht seine Zeit.

Dromio. Freylich, Herr; und das hab' ich auch bewiesen, nämlich, es gebe keine Zeit, ausgefallnes Haar wieder zu erhalten.

Antipholis. Aber dein Grund hielt nicht

Stich, warum es keine Zeit gebe, es wieder zu erhalten.

Dromio. Ich verbessere ihn so: die Zeit selbst ist kahl, und wird daher bis ans Ende der Welt kahle Nachfolger haben.

Antipholis. Ich wußt' es schon, daß dein Schluß kahl ausfallen würde. Aber sachte, wer winkt uns dort?

Fünfter Auftritt.

Die Vorigen. Adriana. Luciana.

Adriana. Ja, ja, Antipholis, sieh nur unfreundlich und verdrießlich aus; eine andre Gebieterinn hat deine zärtlichen Blicke; ich bin nicht mehr Adriana, nicht mehr deine Frau. Es war einst eine Zeit, da du, ungeheissen, schwurest, keine Worte wären Musik für dein Ohr, wenn ich nicht sprach; kein Gegenstand gefiele deinen Augen, wenn ich dich nicht an-blickete; kein Gefühl wäre deiner Hand will-kommen, wenn ich dich nicht berührte; keine Speise wäre deinem Gaumen wohlschmeckend, wenn ich sie dir nicht vorlegte. Wie kömmt es

denn itzt, mein Gemahl, o! sage mir, wie
kömmt es, daß du so fremde gegen dich selbst
worden bist? Gegen dich selbst nenn' ich es,
da du es gegen mich bist, die ich auf eine so
unzertrennliche Art dir einverleibt bin, daß ich
besser bin, als der bessere Theil von dir selbst.
O! reisse dich nicht von mir los; denn eher
könntest du einen Tropfen Wassers in die tiefe
See fallen lassen, und unvermengt mit andern
eben diesen Tropfen ohne Zusatz oder Verrin-
gerung wieder zurücknehmen, als dich von mir
losreissen, ohne mich mitzunehmen. Wie Würd'
es dich bis in die Seele kränken, wenn du
nur hörtest, daß ich ausschweifte, und daß dieser dir geheiligte Leib durch unkeusche Lust be-
fleckt würde! Würdest du mich nicht anspeyen,
nicht mit Füssen stossen, und mir den Namen
eines Ehemannes ins Gesicht werfen, und die
befleckte Haut von meiner Hurenstirne reissen,
und von meiner treulosen Hand den Trauring
abhauen, und ihn mit einem Schwur der ewi-
gen Trennung zerbrechen? Ich weiß, du kannst
es; also thu es auch! — Ich bin mit einem
ehebrecherischen Brandmahl gezeichnet; mein

Blut ist mit der Unreinigkeit der Unzucht ver=
mengt; denn, wenn wir beyde Eins sind, und
du untreu wirst, so theilst du mir das Gift
mit, das in deinen Adern schäumt, und machst
mich durch Ansteckung zur Ehebrecherinn.   O!
so kehre denn zu deiner Pflicht zurück, und blei=
be deinem keuschen Bette getreu, damit ich
unbefleckt leben möge, und du unentehrt.

Antipholis. Schmählen Sie auf mich, mei=
ne schöne Frau? Ich kenne Sie ja nicht.   Ich
bin in Ephesus kaum zwey Stunden alt, und
eben so unbekannt mit Ihrer Stadt, als mit
Ihren Reden.   Ich strenge allen meinen Witz
vergebens an, um nur ein Wort von allem
dem zu verstehen, was Sie mir da sagen.

Luciana. Pfui, Bruder, wie hast du dich so
verändert? Wenn warst du je gewohnt, meiner
Schwester so zu begegnen? Sie schickte den
Dromio ab, dich zum Mittagsessen nach Hau=
se zu holen.

Antipholis. Den Dromio?

Dromio von Syrakus. Mich?

Adriana. Ja, dich; und du sagtest uns,
als du wiederkamst, er habe dir Maulschellen

gegeben, und unter den Maulschellen von seinem Hause, und von mir als seiner Frau nichts wissen wollen.

Antipholis. Hast du mit diesem Frauenzimmer gesprochen? Was hast du mit ihr für ein Verständniß? und wozu soll das alles?

Dromio. Ich, Herr? -- Ich sehe sie itzt in meinem Leben zum erstenmal.

Antipholis. Du lügst, du Schurke; denn du brachtest mir auf dem Markte ihr Gewerbe mit den nämlichen Worten an.

Dromio. Ich habe sie in meinem Leben nie gesprochen.

Antipholis. Woher kann sie uns denn bey unsern Namen nennen? sie müßte denn einen Wahrsagergeist haben.

Adriana. Wie übel schickt sichs für dein Ansehen, eine so niederträchtige Komödie mit deinem Sklaven zu spielen, und ihn zu reizen, meiner auf die gröbste Art ins Gesicht zu spotten? Ich bin beleidigt genug, daß du so entfremdet von mir bist; häufe dein Unrecht nicht noch durch einen solchen Grad von Verachtung. Komm, laß mich dich fest bey diesem Ermel faſſen; du biſt eine Ulme, mein lieber Mann, und ich eine ſchwache Rebe, die, mit deinem ſtärkern Stamme vermählt, an deiner Stärke Theil nimmt. Alles, was dich von mir trennen will, iſt Unkraut, diebiſcher Epheu, und unnützes Moos, das ſich, wenn es nicht bey Zeiten abgeſchnitten wird, bis zu deinem Mark einfrißt, und von deinem Verderben ſeine Nahrung zieht.

Antipholis. (Beyseite) Sie ſpricht mit mir; mich macht ſie zum Innhalt ihres Geſprächs. Wie? bin ich etwa im Traume mit ihr verheyrathet worden? Oder ſchlaf' ich vielleicht itzt, und bilde mir ein, daß ich dieß alles höre? „ Was für ein Irrthum bethört unſre Augen und Ohren? Bis ich erfahren kann, was ich aus dieſer unbegreiflichen Sache machen ſoll, wirds wohl das ſicherſte ſeyn, den günſtigen Betrug zu unterhalten.

Luciana. Geh, Dromio, ſage den Bedienten, daß ſie anrichten.

Dromio. Nun, bey meinem Roſenkranz! ich will das Kreuz machen; Gott ſey bey uns! wir ſind hier im Feenlande; wir reden mit lauter

Kobolden, Gespenstern und Nachtgeistern. Wenn wir nicht thun, was sie haben wollen, so werden sie uns den Athem aussaugen, und uns braun und blau zwicken.

Luciana. Was plauderst du da mit dir selbst, und antwortest nicht? Dromio, du Hummel, du Schnecke, du träger Kerl, du Geck!

Dromio. Ich bin verwandelt, Herr; nicht wahr?

Antipholis. Ich denke, du bist es am Gemüth, eben wie ich.

Dromio. Nein Herr, beydes an Seel und Leib.

Antipholis. Du hast deine gewöhnliche Gestalt.

Dromio. Nein, ich bin ein Affe.

Luciana. Wenn du in etwas verwandelt bist, so ists in einen Esel.

Dromio. Das ist es; sie reitet mich, und es hungert mich nach Gras. Freylich, ich bin ein Esel, sonst wär' es unmöglich, daß ich sie nicht eben so gut kennen sollte, als sie mich.

Adriana. Fort damit! ich will auch nicht länger eine Thörinn seyn, und den Finger in die Augen stecken und weinen, indeß daß Herr und Knecht meines Kummers lachen. Kommen Sie, mein Herr, zum Mittagsessen; Dromio, gieb indeß aufs Haus Acht. Ich will heute mit dir oben essen, mein lieber Mann, und du sollst mir alle deine kleinen Schelmereyen beichten. Höre, Freund, wenn Jemand nach deinem Herrn fragt, so sag', er esse ausser Hause, und laß keinen lebendigen Menschen herein. Komm, Schwester. Dromio, spiele deine Rolle als Thürhüter gut.

Antipholis. Bin ich auf der Erde, im Himmel, oder in der Hölle? schlafend oder wachend? verrückt oder bey Verstande? diesen Leuten bekannt, und mir selbst unkenntlich? Ich will sagen, was sie sagen, und aufs Gerathewohl in diesem Nebel fortwandeln.

Dromio. Herr, soll ich denn wirklich Thürhüter seyn?

Adriana. Freylich und laß Niemand herein, oder ich breche dir den Hals.

Luciana. Komm, komm, Antipholis; wir essen ohnedem schon zu spät.

(Sie gehen ab.)

Dritter Aufzug.
Erster Auftritt.

Die Strasse vor Antipholis Hause.

Antipholis von Ephesus. Dromio von Ephesus. Angelo. Balthasar.

Antipholis von Ephesus. Mein lieber Herr Angelo, Sie müssen uns entschuldigen. Meine Frau ist verdrießlich, wenn ich nicht zur gewöhnlichen Zeit nach Hause komme. Sagen Sie, ich habe mich bey Ihnen in Ihrer Werkstatt aufgehalten, um der Arbeit ihrer Halskette zuzusehen, und Sie wollen ihr sie morgen überbringen. Aber hier ist ein Schurke, der mir ins Gesicht behaupten will, er habe mich auf dem Markte angetroffen, und ich hab' ihm Schläge gegeben, und tausend Mark an Gold von ihm gefodert, und nichts von meiner Frau und meinem Hause wissen wollen. Du versoffener Kerl du, was wolltest du mit alle dem Gewäsche?

Dromio von Ephesus. Herr, sagen Sie was Sie wollen; ich weiß doch, was ich weiß. Daß Sie mich auf dem Markte geschlagen haben, das kann ich mit Ihrer Hand beweisen. Wäre mein Fell Pergament, und die Ohrfeigen, die Sie mir gegeben haben, Dinte, so würden Sie aus Ihrer eignen Handschrift sehen, was ich denke.

Antipholis. Ich denke, du bist ein Esel.

Dromio. O! freylich, das erhellt aus dem Unrecht, das mir geschehen ist, und aus den Schlägen, die ich gekriegt habe. Ich hätte nun wohl freylich hinten aus schlagen sollen, da man mich schlug; und wäre das geschehen, so würde man mir schon aus dem Wege gehen, und sich vor einem Esel in Acht nehmen.

Antipholis. Sie sind nicht aufgeräumt, Herr Balthasar? Der Himmel gebe, daß unsre Mahlzeit meinem guten Willen und der Freude meiner Bewillkommung entsprechen möge!

Balthasar. Ich schätze Ihre Leckerbissen geringe, mein Herr, und Ihre Bewillkommung sehr hoch.

Antipholis. Ach lieber Herr Balthasar, auf

jeden Fall verwandelt doch die gute Bewillkommung keine einzige Schüssel in Leckerbissen.

Balthasar. Eine gute Mahlzeit, mein Herr,
ist was gemeines; jeder Geck kann sie geben.

Antipholis. Und Bewillkommung ist noch ge-
meiner; denn sie besteht bloß in Worten.

Balthasar. Wenig Gerichte und viel gute Bewillkommung macht eine fröhliche Mahlzeit.

Antipholis. Freylich, für einen filzigen Wirth,
und einen noch kärgern Gaft. Aber, wenn
meine Gerichte gleich schlecht sind, so nehmen
Sie doch dieselben gütig auf. Sie können wohl
eine bessere Mahlzeit haben; aber nicht mit
besserm Herzen. Doch sachte! meine Thür ist
verriegelt. Geh, Dromio, sag' ihnen, daß sie
uns einlassen.

Dromio. Mathilde, Brigitte, Mariane, Cä-
cile, Katharine, Susanne!

Dromio von Syrakus. (Von innen.) Flegel,
Schlingel, Bengel, Geck, Schaafskopf, Fra-
tzengesicht! Entweder schier dich weg von der
Thür, oder sitz auf der Schwelle. Was für
eine verzweifelte Menge Menscher beschwörst du

da zusammen, da schon Eine allemal eine zu
viel ist? Scher dich weg von der Thür.

Dromio von Ephesus. Was für ein Flegel
ist bey uns zum Thürhüter gemacht! Mein Herr
wartet hier auf der Strasse; mach auf!

Dromio von Syrakus. Laß ihn hingehen,
wo er hergekommen ist, dámit er sich nicht die
Füße erkälte.

Antipholis von Ephesus. Wer redet da drinnen? „ Holla! macht die Thür auf!

Dromio von Syrakus. Gleich, Herr; wenn
Sie mir nur erst sagen wollen, warum.

Antipholis. Warum, Schurke? „ Weil ich
zu Mittag essen will, ich habe heute noch nichts
gegessen.

Dromio von Syrakus. Und werden heute
hier im Hause auch nichts zu essen kriegen.
Kommen Sie einandermal wieder.

Antipholis. Wer bist du denn, der mich in
mein eignes Haus nicht hinein lassen will?

Dromio von Syrakus. Der ißige Thürhüter, mein Herr; und mein Nam' ist Dromio.

Dromio von Ephesus. O du Galgenvogel!
hast du mir beydes meinen Namen und mein

Amt geſtohlen! Jener hat mir nie Krebit, und
dieſer allemal eine Menge Verweiſe verſchaft ‚‚
biſt du Dromio? ‚‚ Ich wollte, du wärſt heu‧
te, ſtatt meiner, Dromio geweſen. Da hätteſt
du gern dein Geſicht gegen einen Namen, oder
deinen Namen gegen einen Eſel vertauſcht. .

Lucie. (Drinnen) Was iſt da für ein Lär‧
men? ‚‚ Wer ſind die da vor der Thür?

Dromio von Epheſus. Laß meinen Herrn
ein, Lucie.

Lucie. Nein, wahrhaftig nicht; er kömmt zu
ſpät. Das ſage deinem Herrn nur wieder.

Dromio von Epheſus. O Himmel! ich muß
lachen. Hier haſt du ein Sprüchwort: Soll ich
meinen Stab ins Haus ſetzen?

Lucie. Da haſt du ein andres: Pfingſten
auf dem Eiſe.

Dromio von Syrakus. Wenn dein Name
Lucie iſt, Lucie, ſo haſt du ihm gut geant‧
wortet.

Antipholis. Hörſt du, guter Freund? Ich
denke doch, du wirſt uns einlaſſen?

Lucie. Ich dachte Sie eben zu fragen.

Dromio von Syrakus. Und Sie ſagten, nein.

Dromio von Ephesus. So! lustig! wohl getroffen! das war Schlag für Schlag.

Antipholis. Du Lumpengesindel, laß mich ein.

Lucie. Könnt ihr sagen, aus welcher Ursache?

Dromio von Ephesus. Herr, pochen Sie recht stark an die Thür!

Lucie. Laß ihn pochen, bis ihrs weh thut.

Antipholis. Ihr sollt schon heulen und schreyen, wenn ich die Thür einschlage.

Lucie. Wozu soll das alles?

Adriana. (Von innen) Wer ist da vor der Thür, und macht so viel Lärmen?

Dromio von Syrakus. Mein Treu! es giebt hier böse Buben in der Stadt.

Antipholis. Bist du da, Frau? — Du hättest wohl eher kommen können!

Adriana. Deine Frau, Herr Spitzbube? — Geh, packe dich von der Thür fort!

Dromio von Ephesus. Wenn sie hier schlecht wegkämen, Herr, da würde dieser Spitzbube es zu fühlen haben.

Angelo. Ich sehe wohl, mein Herr, hier ist weder was gutes zu essen, noch freundliche Bewillkommung. Wir möchten gerne beydes haben.

Balthasar. Ueber unsern Streit, was von beyden das beste sey, werden wir nun keins von beyden erhalten.

Dromio von Ephesus. Sie stehen an der Thüre Herr; heissen sie Sie hier draussen will-kommen.

Antipholis. Es muß wohl am Winde liegen, daß wir nicht in den Hafen können.

Dromio von Ephesus. Das liesse sich sagen, Herr, wenn Ihre Kleider dünne wären. Ihr Kuchen hier im Hause ist warm; und Sie ste-hen hier draussen in der Kälte. Man möchte drüber unsinnig werden, wenn man so stehen muß, und nicht weiß, ob man verrathen oder verkauft ist.

Antipholis. Geh, hole mir was, die Thür damit aufzubrechen.

Dromio von Syrakus. Untersteht euch, und brecht hier was entzwey; so will ich gleich euch Schurken den Hals brechen.

Dromio von Ephesus. Man kann doch wohl ein Wort mit euch brechen; und Worte sind

nur Wind. Laßt euchs aber ins Gesicht brechen, wenn ers nur nicht hinter euerm Rücken
bricht.

Dromio von Syrakus. Es scheint, es fehlt
dir am Brechen. Hinaus mit dir, Schlingel!

Dromio von Ephesus. Hier ist schon gar zu
viel hinaus! Laßt mich lieber hinein.

Dromio von Syrakus. Ja, ja, wenn Vögel
keine Feder, und Fische keine Floßfedern mehr
haben.

Antipholis. Nun, so muß ich einbrechen.
Geh, hole mir ein Brecheisen. *)

Balthasar. Gedulden Sie sich mein Herr;
fangen Sie ja nichts dergleichen an. Sie würden ihren eignen guten Namen angreifen, und
die nie verletzte Ehre Ihrer Frau in Verdacht bringen. Ueberlegen Sie nur die lange Erfahrung,
die Sie von ihrer klugen Aufführung und von
ihrer Tugend haben, ihre bekannte Sittsamkeit,
und selbst ihr gesetztes Alter, rechtfertigen sie

---

*) Im Englischen, *a crow*; und dieses Wort, das
sonst auch eine Krähe bedeutet, veranlaßt eine Antwort des Ephesischen Dromio, die voll unübersetzli-
cher Quibbles ist.

gegen allen Verdacht. Es muß doch wohl seine gute Ursache haben, wenn Sie sie gleich nicht wissen, warum man diesmal die Thüre so vor Ihnen verriegelt hat; und zweifeln Sie nicht, mein Herr, sie wird sich darüber vollkommen zu rechtfertigen wissen. Folgen Sie meinem Rath, und ziehen sich in Geduld zurück, und lassen Sie uns alle im Tiger zu Mittag essen. Gegen Abend gehn Sie denn allein nach Hause, und erkundigen sich nach der Ursache dieses seltsamen Vorfalls. Wenn Sie mit Gewalt ins Haus einbrechen wollen, itzt am hellen Tage, und da alle Straffen voller Leute sind; so würde sogleich ein allgemeines Stadtmährchen daraus werden; und das könnte, da einmal die Welt alles aufs schlimmste zu deuten pflegt, Ihrer nach unverletzten Ehre einen Flecken anhängen, der Ihr Lebelang an Ihnen haften könnte. Denn die Verleumdung lebt noch von unserm Nachlaß; sie bleibt da auf ewig wohnen, wo sie einmal Besitz genommen hat.

Antipholis. Sie haben mich überzeugt; ich will in der Stille abziehen, und bin Willens mich lustig zu machen, so wenig ich auch Urſache dazu habe. Ich kenne ein Frauenzimmer, das ſehr angenehm im Umgange iſt, hübſch und witzig, muthwillig und doch artig. Dort wollen wir zu Mittag eſſen. Meine Frau hat mir ihre Bekanntſchaft ſchon oft, aber wahrhaftig ohne Urſache, vorgerückt; wir wollen hingehen, und bey ihr eſſen. Gehn Sie nach Hauſe, Angelo, und holen Sie die Kette, ſie wird itzt wohl fertig ſeyn. Bringen Sie ſie doch ins Stachelſchwein; denn da wohnt ſie. Ich will die Kette unſrer Wirthinn dort geben, wär' es auch nur, um meiner Frau einen Poſſen zu ſpielen. Machen Sie geſchwinde, mein lieber Herr. Weil ich in meine eigne Thür nicht eingelaſſen werde, ſo muß ich ſchon ſehen, wo ich eine andre offen finde.

Angelo. Mein Herr, ich werd' Ihnen dort etwa in einer Stunde aufwarten.

Antipholis. Recht gut. (für ſich) Dieſer Spaß wird mir Geld koſten!

(Sie gehen ab.)

Zweyter Auftritt.

Das Haus des Antipholis von Ephesus.

Luciana. Antipholis von Syrakus.

Luciana. Wie ist denn das möglich, daß du es so plötzlich hast vergessen können, was die Pflicht eines Ehmannes ist? Sage mir, Antipholis, soll denn der Haß schon im Frühling deiner Liebe die Quellen *) deiner Liebe vertrocknen? Fällt das Gebäude deiner Liebe schon zusammen, da es kaum aufgeführt ist? Wenn du meine Schwester bloß um ihres Vermögens willen geheyrathet hast, so begegne ihr doch auch, wenigstens um ihres Vermögens willen, freundlicher; oder liebst du irgend eine andre, so thu es doch heimlich. Vermumme deine falsche Liebe in irgend eine undurchdringliche Dunkelheit. Laß meine Schwester deine Untreue nicht so deutlich in deinen Augen lesen, und mache deine Zunge nicht zum Redner deiner eignen Schande. Sieh sie freundlich an;

---

*) Ein Wortspiel mit dem Worte *Spring*, welches Frühling und Quelle heißt. **Wieland.**

gieb ihr gute Worte; sey mit einer guten Art
ungetreu; kleide das Laster wie einen Haus-
genossen der Tugend; nimm eine schöne Gestalt an, wenn schon dein Herz häßlich ist; lehre die Sünde das Betragen eines Heiligen;
mit Einem Worte, sey heimlich ungetreu; wozu braucht sie es zu wissen? Welcher Dieb ist
so einfältig, mit seinen Streichen zu prahlen?
Es ist zwiefaches Unrecht, wenn du in deinen
Pflichten gegen sie läßig bist, und sie es äusser-
lich in deinen Blicken lesen lässest. Die Schamhaftigkeit, auf eine kluge Art geleitet, hat doch
wenigstens einen Afterruhm; schlechte Handlungen werden durch schlechte Worte verdoppelt.
Beredet uns wenigstens, uns armen Weiber,
die wir so leicht zu bereden sind, daß ihr uns
liebt. Haben gleich andre den Arm, so gönnt
uns doch wenigstens den Ermel; wir sind ja
doch einmal euer Spiel, aus dem ihr machen
könnt, was ihr wollt. Komm also wieder mit
mir nach Hause, lieber Bruder; tröste meine
Schwester; thu freundlich mit ihr; nenne sie
deine Frau. Es ist ein sehr erlaubter Betrug, ein
wenig leichtsinnig zu seyn, wenn man durch

süsse Schmeicheleyen dem Zank Einhalt thun
kann.

Antipholis von Syrakus. Anmuthsvolle Gebieterinn -- keinen andern Namen weiß ich Ihnen nicht zu geben; auch begreif ich nicht,
durch was für ein Wunderwerk Sie den meini-
gen entdeckt haben -- Ihre Schönheit, und
diese Probe Ihrer Wissenschaft, beweisen beyde, daß Sie eher irgend eine Gottheit, als
ein irdisches Wesen sind. Lehre mich, schöne
Gestalt, wie ich denken, und wie ich reden
soll! Entfalte vor meinen zu groben, irdischen,
schwachen, in Irrthum eingehüllten Sinnen
den geheimnißvollen Innhalt deiner Reden.
Warum bemühst du dich so sehr, wider die
lautere Aufrichtigkeit meiner Seele, sie in einem
unbekannten Felde irre zu führen? Bist du eine Göttinn? Willst du mich neu erschaffen? So
verwandle mich denn; ich unterwerfe mich deiner Macht. Aber so lang' ich noch ich selbst
bin, weiß ich gewiß, daß deine weinende Schwester meine Frau nicht ist, und daß ich ihr keine
von diesen Pflichten schuldig bin, die du mir
einschärfest. Weit stärker, weit stärker wird

mein Herz zu dir gezogen! — O! locke mich
nicht, holdes Meermädchen, durch dein Zau=
berlied, um in der Thränenfluth deiner Schwe=
ster mich zu ertränken! Singe für dich selbst,
Sirene; und ich bin lauter Liebe. Spreite
deine goldnen Locken über die Silberwellen;
und ich will dich zu meinem Bette machen,
und da liegen, und auf einem so ruhmvollen
Lager denken, derjenige gewinne durch den
Tod, der auf eine solche Art stirbt; mag doch
die Liebe, die leicht ist, ertrinken, wenn sie
sinkt!

Luciana. Wie? — bist du wahnwitzig, daß
du so schwärmest?

Antipholis. Nicht wahnwitzig, sondern in
Verwirrung gerathen; *) wie, weiß ich selbst
nicht.

Luciana. Die Schuld liegt an deinen Augen.

Antipholis. Weil ich so nahe, o schöne Son=
ne, in deine Strahlen schaute.

----

*) Not *mad*, but *mated*; Das letztere erklärt Stee=
vens durch confounded. So kömmt es auch im
Macbeth vor.

Luciana. Schaue dahin, wohin du solltest; so wird sich dein Blick wieder aufklären.

Antipholis. Eben so gut ists, meine süsse Liebe, die Augen zuschließen, als in Nacht hinein schauen.

Luciana. Warum nennst du mich Liebe? Nenne meine Schwester so.

Antipholis. Deiner Schwester Schwester.

Luciana. Das ist meine Schwester.

Antipholis. Nein, das bist du selbst, die bessere Hälfte von mir! meiner Augen helles Auge! meines theuren Herzens theureres Herz! meine Nahrung, mein Glück, und das Ziel meiner angenehmsten Hoffnung! meiner Erde Himmel, und vom Himmel mein einziger Wunsch!

Luciana. Alles das ist meine Schwester, oder sollt' es doch seyn.

Antipholis. Nenne dich selbst Schwester, meine Liebe, denn ich meyne dich. Dich will ich lieben, und mit dir mein Leben verleben. Du hast noch keinen Mann; ich noch keine Frau; gieb mir deine Hand!

Luciana. O sachte, mein Herr, nur ein wenig Geduld. Ich will nur erst meine Schwester
holen, um ihre Einwilligung zu erhalten.

(Geht ab.)

Dritter Auftritt.

Antipholis von Syrakus. Dromio von
Syrakus.

Antipholis. He!! holla! Dromio, wohin
läufst du denn so eilig?

Dromio. Kennen Sie mich denn, Herr? Bin
ich Dromio? Bin ich Ihr Sklave? Bin ich
ich selbst?

Antipholis. Du bist Dromio, mein Sklave,
und du selbst.

Dromio. Ich bin ein Esel; eines Weibes
Sklave, *) und ausser mir selbst.

Antipholis. Was für eines Weibes Sklave?
und wie ausser dir selbst.

---

*) Im Englischen wird mit dem Worte *man* gespielt, in der zwiefachen Bedeutung eines Ehemanns
und eines Bedienten.

Dromio. Freylich, Herr, ausser mir selbst; ich gehör' einem Weibe an; einer, die Ansprüche an mich macht, die mir allenthalben nachläuft, und mich haben will.

Antipholis. Was für Ansprüche macht sie denn an dich?

Dromio. Zum Henker, Herr, solch einen Anspruch, als Sie auf Ihr Pferd machen können, und sie will mich als eine Bestie haben. Daß heißt nicht, daß sie mich haben will, weil ich eine Bestie bin; sondern sie, als ein recht bestialisches Geschöpf, macht Anspruch auf mich.

Antipholis. Wer ist es denn?

Dromio. Eine sehr respektable Person, mein Herr; eine Person, von der man nicht reden darf, ohne zu sagen: mit Respekt zu reden. Ich mache nur ein sehr magres Glück, wenn ich den Handel eingehe; und doch ist es eine erstaunlich fette Parthey.

Antipholis. Wie so?

Dromio. Zum Henker, Herr, sie ist das Küchenmensch, und über und über schmierig. Ich wüßte nicht, wozu sie sonst zu brauchen

wäre, als zu einer Lampe, um bey ihrem eignen Lichte vor ihr davon zu laufen. Ich steh
Ihnen dafür, ihre Lumpen und das Talg darinnen würden einen Lappländischen Winter hindurch brennen. Wenn sie bis an den jüngsten
Tag lebt, so brennt sie gewiß eine Woche länger, als die ganze Welt.

Antipholis. Wie sieht sie denn aus?

Dromio. Schwarz, wie mein Schuh; aber
ihr Gesicht selbst ist so reinlich, als irgend etwas. Denn wahrscheinlich, sie schwitzt; man
könnte bis über die Schuhe in dem Schmutz
davon waten.

Antipholis. Das ist ein Fehler, den Wasser
wieder gut machen kann.

Dromio. Nein, Herr, es ist gar zu arg;
Noahs Sündfluth würde nicht zureichen...

Antipholis. Wie heißt sie denn?

Dromio. Nell, Herr ·· ·· Aber ihr Name, Herr, und drey Viertel (das heißt, eine
Ell und drey Viertel) reichte noch lange nicht
zu, sie von einer Hüfte zur andern auszumessen.

Antipholis. Sie ist also ziemlich breit?

Dromio. Nicht länger von Kopf bis zum Fuß, als von Hüfte zu Hüfte. Sie ist rund, wie eine Weltkugel; ich wollte Länder auf ihr entdecken.

Antipholis. Wo wolltest du zum Exempel Irland finden?.

Dromio. Ey, Herr, auf ihren Lenden; ich entdeckte es an den Morästen.

Antipholis. Wo Schottland?.

Dromio. Ich entdeckt' es an der Unfrucht-barkeit; gerade auf ihrer flachen Hand.

Antipholis. Wo Frankreich?

Dromio. Auf ihrer Stirne; bewaffnet und rückwärts gekehrt, und gegen ihr Haar zu Fel-de ziehend. *)

Antipholis. Wo England?

Dromio. Ich suchte nach den Kalkbergen; aber ich konnte keine Spur davon finden. Ich glaub' indeß, es lag auf ihrem Kinn, wegen

---

*) Wiederum eine Anspielung auf die venerische Krankheit. Durch eine bewafnete Stirn versteht er eine solche, die mit ausgefahrnen Beulen bedeckt ist: und das rückwärts gekehrt ist von den Haaren zu verstehen. Johnson.

der salzigen Flüssigkeit, die zwischen da und Frankreich floß.

Antipholis. Wo Spanien?

Dromio. Wahrhaftig, das sah ich nicht; aber ich roch es sehr stark an ihrem Athem.

Antipholis. Wo Amerika? wo die beyden Indien.

Dromio. O! Herr, auf ihrer Nase, die über und über mit Rubinen, Karfunkeln, und Sapphiren ausgeschmückt ist, welche ihren reichen Anblick gegen den heissen Athem Spaniens neigen, welches ganze Fregatten von Schiffen ausschickte, um in ihrer Nase mit Ballast geladen zu werden.

Antipholis. Wo lag Holland? wo die Niederlande.

Dromio. O Herr, so weit unten, hab' ich nicht nachgesucht. Kurz und gut, diese Hexe oder Zauberinn machte Anspruch auf mich, nannte mich Dromio, schwur, daß ich mit ihr verheyrathet sey, sagte mir, was für geheime Merkmale ich an mir habe, als, die Flecken auf meiner Schulter, das Mahl an meinem Hals; die große Warze an meinem linken Arm;

so,

so, daß ich voller Schrecken davon lief, weil ich wohl sah, daß sie eine Hexe seyn mußte. Ich glaube, meiner Treu, wäre meine Brust nicht mit dem Schilde des Glaubens *) und mein Herz mit Stahl bewaffnet gewesen, sie hätte mich in einen Hund ohne Schwanz verwandelt, und mich in ihrer Küche den Braten wenden lassen.

Antipholis. Geh, so schnell du kannst; lauf an die Rhede, und wenn irgend ein Wind vom Ufer wegtreibt, so will ich keine Nacht mehr in dieser Stadt zubringen. Wenn irgend ein Schiff abfahren will, so komm auf den Markt; ich will dort auf und ab gehen, bis du wieder kömmst. Wenn uns Jedermann kennt, und wir kennen Niemand; so ist es Zeit, denk' ich, seinen Bündel zu machen, und davon zu gehen.

Dromio. Wie einer vor einem Bären läuft,

---

*) Dieß zielt auf den gemeinen Aberglauben, daß nichts im Stande wäre, der Zauberkraft einer Hexe, Menschen in Thiere zu verwandeln, Widerstand zu thun, als ein starker Glaube. **Warburton.**

um sein Leben zu retten, so flieh ich vor der, die meine Frau seyn will.

(Er geht ab.)

Vierter Auftritt.

Antipholis von Syrakus; hernach Angelo.

Antipholis. Das ist wohl ausgemacht, daß lauter Zaubervolk hier wohnt; und daher ists hohe Zeit, daß ich mich davon mache. Es graut mir in der Seele vor dem Gedanken, daß diejenige meine Frau seyn sollte, die mich als ihren Mann anspricht. Aber ihre schöne Schwester hat ein so unwiderstehlich angenehmes Wesen, und einen so bezaubernden Umgang, daß sie mich beynahe zum Verräther an mir selbst gemacht hat. Allein, wenn ich mich nicht in Unglück stürzen will, so muß ich meine Ohren gegen den Gesang dieser Sirene verstopfen.

Angelo. (kömmt mit einer goldnen Kette.) Herr Antipholis ….

Antipholis. Ja, so heiß ich.

Angelo. Das weiß ich wohl, mein Herr. Sehen Sie, hier ist die Kette. Ich dachte, ich würde Sie im Stachelschwein antreffen. Ich mußte so lange ausbleiben, weil die Kette noch nicht fertig war.

Antipholis. Was soll ich denn damit machen?

Angelo. Was Sie wollen, mein Herr; ich habe sie für Sie gemacht.

Antipholis. Für mich gemacht, mein Herr? Ich habe sie ja nicht bestellt.

Angelo. Nicht Ein oder zweymal, wohl zwanzigmal haben Sie sie bestellt. Gehn Sie nach Hause, und machen ihrer Frau eine Freude damit; hernach auf den Abend will ich zu Ihnen kommen, und das Geld dafür abholen.

Antipholis. Ich bitte Sie, mein Herr, nehmen Sie das Geld lieber itzt an; Sie möchten sonst weder Geld noch Kette wiedersehen.

Angelo. Es beliebt Ihnen zu spaffen, mein Herr; leben Sie wohl.

(Geht ab.)

Antipholis. Ich weiß nicht, was ich hievon denken soll; aber das weiß ich, es wird Niemand so einfältig seyn, eine so schöne Kette nicht anzunehmen, wenn man sie ihm anbietet. Ich sehe wohl es braucht hier keine große Künste, um leben zu können, da einem auf der Straffe so kostbare Geschenke in die Hände laufen. Ich will itzt auf den Markt, und den

Dromio erwarten; und geht nur irgend ein
Schiff ab; auf! und davon!

(Geht ab.)

Vierter Aufzug.
Erster Auftritt.

Die Straſſe.

Ein Kaufmann. Angelo. Ein Gerichtsdiener.

Kaufmann. Sie wiſſen, die Summe war
ſchon um Pfingſten verfallen, und ich habe
Sie ſeither nicht viel beunruhigt. Auch itzt
würd' ichs nicht thun, wenn ich nicht eine Rei-
ſe nach Perſien vorhätte, wozu ich Geld brau-
che. Befriedigen Sie mich alſo auf der Stelle,
oder hier iſt ein Gerichtsdiener, der ſich Ihrer
verſichern will.

Angelo. Die nämliche Summe, die Sie an
mich zu fodern haben, iſt Antipholis mir ſchuldig,
für eine goldne Kette, die ich ihm einen Augenblick
vorher, eh ich Sie antraf, zugeſtellt hatte. Dieſen Abend um fünfe ſoll ich das Geld dafür in
Empfang nehmen. Seyn Sie nur ſo gut, und
gehn mit mir nach ſeinem Hauſe; ſo will ich Ihnen mit allem Dank bezahlen.

Antipholis von Ephesus kömmt mit Dromio
von Ephesus aus dem Hause seiner
Geliebten.

Gerichtsdiener. Sie können sich die Mühe
ersparen; da kömmt er selbst.

Antipholis. Indeß ich zum Goldschmiede gehe, geh du hin, und kauf mir ein hübsches Stück
von einem Seil; das will ich unter meiner
Frau und ihren Genossen dafür austheilen,
daß sie mich heute nicht haben ins Haus lassen
wollen. Aber sachte, da seh ich ja den Goldschmied. Geh hin und kauf den Strick, und
bring ihn mir nach Hause.

Dromio. Ich kaufe ein jährliches Einkommen
von tausend Pfund! ich kaufe einen Strick!

(Geht ab.)

Antipholis. Dem ist wahrhaftig schön ge-
holfen, der sich auf Sie verläßt! Sie verspra-
chen mir, zu kommen, und die Kette zu bringen; aber es kam weder Kette noch Goldschmied.
Vermuthlich dachten Sie, unsre Freundschaft
möchte zu lange dauern, wenn sie mit einer
Kette zusammen gebunden würde; und darum
kamen Sie nicht.

Q 3

Angelo. Mit Erlaubniß der lustigen Laune, worinn Sie sich heute befinden, hier ist die Note, wie viel Ihre Kette auf den äussersten Karath wiegt. Das Gold ist sehr fein, und die Arbeit war sehr mühsam. Alles mit einander beläuft sich auf drey Dukaten mehr, als ich diesem Herrn hier schuldig bin. Haben Sie doch die Güte, ihn sogleich zu befriedigen; er muß über die See reisen; und wartet bloß hierauf.

Antipholis. Ich habe nicht gleich so viel baares Geld bey mir; und zudem hab ich Geschäfte in der Stadt. Hören Sie, lieber Herr, gehn Sie mit dem Fremden in mein Haus, nehmen Sie die Kette mit sich, und sagen meiner Frau, sie möchte sie in Empfang nehmen, und Sie bezahlen. Vielleicht bin ich auch eben so geschwinde wieder da, als Sie.

Angelo. Wollen Sie also ihr die Kette selbst bringen?

Antipholis. Nicht doch; tragen Sie sie nur hin; ich möchte vielleicht nicht früh genug kommen.

Angelo. Ganz gut, mein Herr; haben Sie denn die Kette bey sich?

Antipholis. Ich habe sie nicht; aber ich denke doch, Sie haben sie; denn sonst können Sie ohne Ihr Geld nur wieder nach Hause gehen.

Angelo. Im Ernst, mein Herr; geben Sie mir die Kette; ich bitte Sie darum. Wind und Fluth warten auf diesen Herrn hier, und es ist schon schlimm genug, daß ich ihn hier so lange aufgehalten habe.

Antipholis. Mein guter Herr, Sie wollen sich vermuthlich durch diese Schäckerey entschuldigen, daß Sie Ihr Wort nicht gehalten haben, und nicht ins Stachelschwein gekommen sind. Ich hätte Ihnen darüber Vorwürfe machen sollen; aber Sie machen es wie die bösen Weiber; wenn sie Keise verdient haben, so fangen sie zuerst an zu poltern.

Kaufmann. Die Zeit ist kostbar. Ich bitte Sie, mein Herr, beschleunigen Sie die Sache.

Angelo. Sie hören ja selbst, wie ers mit mir macht; die Kette ▪ ▪ ▪▪

Antipholis. Bringen Sie sie meiner Frau, sag' ich ja, und lassen Sie sich Ihr Geld geben.

Angelo. Machen Sie fort; Sie wissen ja,

daß ich sie Ihnen eben erst gegeben habe. Entweder schicken Sie die Kette nach Hause, oder geben Sie mir sonst ein Merkzeichen mit, wodurch ich mich bey Ihrer Frau legitimiren kann.

Antipholis. Pfui, Herr; Sie treiben den Spaß zu weit. Nur heraus mit der Kette; zeigen Sie mir sie doch.

Kaufmann. Meine Geschäfte vertragen diese Kurzweil nicht. Erklären Sie sich, mein Herr, ob Sie gut sagen wollen, oder nicht. Wollen Sie's nicht, so werd' ich ihn dem Gerichtsdiener überlassen.

Antipholis. Ich, gut sagen? -- Wofür soll ich gut sagen?

Angelo. Für das Geld, daß Sie mir für die Kette schuldig sind.

Antipholis. Ich bin Ihnen eher kein Geld schuldig, als bis ich die Kette habe.

Angelo. Sie wissen, ich habe sie Ihnen vor einer halben Stunde gegeben.

Antipholis. Sie haben mir nichts gegeben; Sie thun mir Unrecht, wenn Sie das sagen.

Angelo. Sie thun mir noch größres Unrecht,

wenn Sie's leugnen. Bedenken Sie, daß mein ganzer Kredit darauf beruht.

Kaufmann. Wohlan, Gerichtsdiener, nimm ihn auf mein Ansuchen in Verhaft.

Gerichtsdiener. Ich thu es, und befehl Ihnen hiemit, in des Herzogs Namen, mit mir zu gehen.

Angelo. Das ist ein Angriff auf meine Ehre. Entweder bezahlen Sie das Geld für mich, oder ich versichre mich Ihrer Person durch diesen Gerichtsdiener.

Antipholis. Ich soll für etwas bezahlen, das ich niemals erhalten habe? -- Laß mich in Verhaft nehmen, närrischer Mensch, wenn du das Herz hast!

Angelo. Hier hat Er seine Gebühren, Gerichtsdiener; setz' Er ihn feste. Ich würde meines eignen Bruders nicht schonen, wenn er mir so niederträchtig begegnete.

Gerichtsdiener. Ich arretiere Sie, mein Herr; Sie haben gehört, daß man es von mir verlangt.

Antipholis. Ich unterwerfe mich dir, bis ich Bürgschaft stelle. Aber du, guter Freund, sollst mir diesen Spaß so theuer bezahlen, daß alles Metall in deinem Laden nicht zureichen wird!

Angelo. O! mein Herr, ich will noch wohl Gerechtigkeit in Ephesus finden, und das zu Ihrer äussersten Schande; daran zweifle ich gar nicht.

Zweyter Auftritt.

Die Vorigen. Dromio von Syrakus.

Dromio von Syrakus. Herr, es ist eine Barke von Epidamnum da, die nur noch so lange wartet, bis der Schiffspatron an Bord kömmt, und dann gleich absegelt. Ich hab unser Gepäcke schon an Bord gebracht und das Oel, den Balsam, und den Aquavit gekauft. Das Schiff ist ganz segelfertig; es weht ein ganz muntrer Wind vom Land her, und wartet nur noch auf den Patron, den Schiffer, und auf Sie.

Antipholis. Was zum Henker! bist du toll? Du dummer Schöps, was für ein Schiff von Epidamnum wartet auf mich?

Dromio. Ein Schiff, worauf Sie mich geschickt haben, unsre Ueberfahrt zu verdingen.

Antipholis. Du versoffner Schurke, ich schickte dich nach einem Stricke, und sagte dir, wozu ichs brauchen wollte.

Dromio. Ich weiß von keinem Stricke, Herr; Sie schickten mich ja nach der Rhede, ein Schiff zu suchen.

Antipholis. Ich will hierüber zu einer andern Zeit sprechen, und deine Ohren besser aufmerken lehren, wenn ich dir was sage. Lauf itzt gleich zu Adriana, du Schlingel; gieb ihr den Schlüssel, und sag' ihr, in dem Pulte, der mit einem Türkischen Teppich überzogen ist, werde sie einen Beutel mit Dukaten finden; den soll sie mir schicken. Sag ihr, ich sey auf der Strasse in Verhaft genommen, und müsse mich damit loskaufen. Packe dich, Sklave, geh! -- -- Nur fort, Gerichtsdiener, ins Gefängniß, bis das Geld kömmt.

(Sie gehen ab.)

Dromio. Zu Adriana? -- Das ist ja, wo wir diesen Mittag gegessen haben, und wo Dowsel mir zumuthen wollte, ich müsse ihr

Mann seyn. Ich hoffe, sie ist zu dick, als daß wir zusammen passen könnten. Indeß muß ich doch gehen, so ungern ichs auch thue; denn Bediente müssen ihrer Herren Befehl ausrichten.

(Geht ab.)

Dritter Auftritt.

Des Ephesischen Antipholis Haus.

Adriana. Luciana.

Adriana. Ach, Luciana setzt' er dir so zu? Sahst du es wirklich in seinen Augen, daß es ihm Ernst war? Sah er roth oder blaß aus? verdrießlich oder aufgeräumt? Was für Beobachtungen machtest du über die Meteore seines Herzens, die in seinem Gesichte kämpften? *)

Luciana. Fürs erste leugnete er, daß du ein Recht an ihn habest.

Adriana. Er meynt, er lasse mir mein Recht

---

*) Eine Anspielung auf die Meteore in der Luft, welche eine Schlachtordnung und den Angriff eines Kriegsheers vorzustellen scheinen. Er vergleicht damit anderswo die bürgerlichen Unruhen -- Warburton.

nicht wiederfahren; desto mehr Verachtung verdient er.

Luciana. Hernach schwur er, er sey hier fremde.

Adriana. Und schwur die Wahrheit, ob er
gleich dadurch meyneidig wurde.

Luciana. Und da nahm ich deine Parthey.

Adriana. Und was sagt' er dazu?

Luciana. Um die Liebe, die ich für dich zu
erbitten suchte, bat er mich.

Adriana. Durch was für Ueberredungen suchte er denn deine Liebe zu gewinnen?

Luciana. Durch Worte, die, bey ehrlichen
Absichten, vielleicht Eindruck gemacht hätten.
Er lobte zuerst meine Schönheit, hernach meine
Art zu reden.

Adriana. Redtest du denn freundlich mit ihm?

Luciana. Sey doch ruhig, ich bitte dich.

Adriana. Ich kann und will nicht mehr ruhig seyn; ich will wenigstens meiner Zunge
freyen Lauf lassen. Er ist ungestalt, krumm-
beinicht, alt und kalt, häßlich, ein Mißge-
schöpf, lasterhaft, ungesittet, albern, grob und
unartig; eine Mißgeburt an Seel und Leib,
und vom Gemüth noch häßlicher.

Luciana. Wer wollte denn über so einen ei=
fersüchtig seyn? Man beweint den Verlust eines
Uebels nicht, dessen man los worden ist.

Adriana. Ach! ich denk' ihn mir doch besser,
als ich ihn beschreibe. Und doch wünscht'
ich, daß andrer Leute Augen ihn noch häßlicher
finden möchten; denn der Kibitz *) schreyt weg!
weg! von seinem Neste. Mein Herz betet für
ihn, ob ihm gleich meine Zunge flucht.

Vierter Auftritt.

Die Vorigen. Dromio von Syrakus.

Dromio. Geschwinde! geschwinde! == der
Pult == der Beutel == hurtig, liebe Frau.

Lucia. Warum bist du denn so ausser Athem?

Dromio. Weil ich stark gelaufen bin.

Adriana. Wo ist dein Herr, Dromio? ==
Ist er wohl?

---

*) Diese Redensart scheint sprüchwörtlich zu seyn;
ich habe sie bey vielen alten komischen Dichtern ge=
funden == In dem Lustspiele, Gleiches mit Glei=
chem Aft. I. Sc. 5. kömmt sie auch schon vor, und
ist daselbst umständlicher erläutert. Steevens.

Dromio. Nein, er ist im Tartarlimbus, der noch ärger ist, als die Hölle selbst. Ein Teufel in einem immerwährenden Rock hat ihn in der Gewalt; ein Kerl, dessen hartes Herz mit Stahl zugeknöpft ist; ein böser Feind, eine unbarmherzige Furie; ein Wolf =; nein! noch was ärgers; ein Kerl über und über in Büffelsleder; ein Rückenfreund, ein Schulterklopfer, ein Kerl, der die Zugänge der Strassen, der Rheden, und der engen Pässe besetzt; ein wahrer Spürhund! *) ein Kerl, der noch ehe als das jüngste Gericht kömmt, und arme Seelen zur Hölle **) führt.

----

*) Im Englischen: A hound that runs counter, ant yet draws dry-foot well; wörtlich: „ein Hund der irre läuft, und doch auf die Spur kömmt.„ Der ganze Spaß liegt in der Zweydeutigkeit des Worts *counter*, welches auch der Name eines Gefängnisses in London ist. Freylich stimmt diese Anspielung nicht mit der Scene der Handlung zusammen; aber das mag der Dichter verantworten -- Johnson.

**) Ein finstres Loch in einem der alten Englischen Gefängnisse wurde die Hölle genannt; es kömmt in einem alten Gedichte; The Counterrat, von 1658, vor -- Steevens.

Adriana. Mache kurz; wovon ist die Rede?

Dromio. Das weiß ich nicht, wovon die Rede ist; aber das weiß ich, er ist in Verhaft *)

Adriana. Wie? in Verhaft? „ Sage mir doch, auf wessen Anklage?

Dromio. Ich weiß nicht, auf wessen Anklage er in Verhaft ist; aber der Kerl ist in Büffel gekleidet, der ihn in Verhaft nahm, das kann ich sagen. Wollen Sie ihm kein Lösegeld schiken? Das Geld ist in seinem Pult.

Adriana. Geh hin, Schwester, und hol es. (Luciana geht ab.) Das ist doch wunderbar, daß er Schulden hat, wovon ich nichts weiß! ‒ ‒ Sage mir, warum hat man ihn denn gesetzt? War es etwa das Band **) einer Bürg= schaft? ‒ ‒ ‒

*) Das Original hat wiederum in dieser und den folgenden Reden einige unübersetzliche Wortspiele.

**) Im Englischen: was he arrested on a *bond*, oder nach der ältern Lesart: on a *band*, welches, wie Steevens bemerkt, mit *bond* einerley ist. Beydes be= deutet nämlich, im eigentlichen Verstande, ein Band, und im figürlichen, eine Verschreibung oder Bürgschaft.

Dromio.

Dromio. Kein Band; es war was stärkers; eine Kette, eine Kette. Hören Sie sie denn nicht klingeln?

Adriana. Was? -- die Kette?

Dromio. Nein, nein, die Glocke. Es ist Zeit, daß ich gehe. Es war zwey, da ich von ihm gieng; und nun schlägt die Glock' Eins.

Adriana. Das hab' ich doch nie gehört, daß die Stunden zurück gehen.

Dromio. O ja, wenn eine Stunde einen Ge-richtsdiener antrift, so läuft sie vor Schrecken zurück.

Adriana Als ob die Zeit Schulden hätte! -- Wie allerliebst du räsonirst!

Dromio. Die Zeit ist ein wahrer Bankru-tirer, und ist der guten Gelegenheit mehr schul-dig, als sie im Vermögen hat. Sie ist ein Dieb, oben drein. Wissen Sie nicht, daß man zu sagen pflegt, die Zeit stehle sich bey Nacht und bey Tage herbey? Wenn also die Zeit schuldig und diebisch ist, und einem Gerichts-diener begegnet; hat sie da nicht Ursache, alle Tage eine Stunde umzukehren?

(Luciana kömmt wieder.)

(Siebenter Band.) R

Adriana. Geh, Dromio, hier ist das Geld,
trag es hin, und bringe dann deinen Herrn
sogleich nach Hause. ‥ Komm, Schwester; ich
bin ganz niedergedrückt von Gedanken, die mich
bald beunruhigen, bald wieder trösten.

(Sie gehen ab.)

Fünfter Auftritt.

Die Straſſe.

**Antipholis von Syrakus; hernach Dromio
von Syrakus.**

Antipholis. Es begegnet mir kein Menſch
auf der Straſſe, der mich nicht grüßt, als wär'
ich längſt mit ihm bekannt; und Jedermann
nennt mich bey meinem Namen. Einige bieten mir Geld an; andre laden mich ein; andre danken mir für erwieſene Höflichkeiten; andre
tragen mir Sachen zum Kauf an. Dieſen Augenblick erſt rief mir ein Schneider in ſeine
Werkſtadt, und zeigte mir einen ſeidnen Zeug,
den er für mich gekauft habe, und wozu er
das Maaß von mir nahm. Es kann nicht anders ſeyn, es beſteht hier alles in lauter Ein-

bildungen, und es wohnen hier lauter Laplän-
dische Zauberer.

Dromio von Syrakus. Herr, hier ist das
Geld, das ich holen sollte. – Wie? – sind
Sie das Ebenbild des alten neu gekleideten
Adams *) schon wieder los?

Antipholis. Was ist das für Geld? Und
was meynst du für einen Adam?

Dromio. Nicht den Adam, der das Para-
dies hütete, sondern den Adam, der das Gefängniß hütet; den, der im Fell des Kalbes
geht, das für den verlornen Sohn geschlachtet
wurde, der wie ein böser Engel hinter Ihnen
hergeschlichen kam, und Ihnen, ihrer Freyheit
entsagen, hieß.

Antipholis. Ich verstehe dich nicht.

Dromio. Nicht? – Die Sache ist doch ganz
deutlich. Der Kerl der daher gieng, wie eine

---

*) Theobald giebt von dieser Anspielung folgende
Erläuterung: Adam war vor dem Falle nackend, und
erhielt nach demselben einen Rock von Fellen; folglich
war er itzt neu gekleidet. Die Gerichtsdiener tru-
gen ehmals auf gleiche Art Röcke von Büffel, oder
Kalbsfell, wie der Verfasser es gleich hernach nennt.

Baßgeige, in einem ledernen Ueberzug; der
Kerl, Herr, der, wenn die Leute müde sind,
sie zur Ruhe bringt; *) der Kerl, Herr, der
sich zerlumpter Leute erbarmt, und ihnen eine
dauerhafte Tracht giebt; der ‥ **)

Antipholis. Ha! du meinst den Gerichtsdiener! ‥ Die Possen beyseite, und sage mir
nur, geht diesen Abend ein Schiff ab? können
wir fort?

Dromio. Ey, Herr, ich meldete Ihnen ja
vor einer Stunde, daß das Schiff, Expedition
genannt, diesen Abend ausläuft; aber da hin-
derte Sie der Gerichtsdiener, und Sie mußten
sich wegen des Fahrzeugs, Aufschub genannt,
verzögern. Hier sind die Engel, die ich Ihnen
holen mußte, sie zu befreyen.

---

*) *And' rests them.* Ein Wortspiel mit *to rest*, zur
Ruhe bringen, und *arrest*, in Verhaft nehmen.

**) Im Original folgt noch: he that sets up his
rest, to do more with his mace than a moris-pike,
d. i. nach Johnsons Erläuterung: „der sich in Positur setzt, um mit seiner Häscherstange mehr auszu-
richten, als die größte Streitkolbe.„

Antipholis. Der Kerl ist ganz verwirrt; und das bin ich auch; wir wandern hier unter lauter Blendwerken herum; irgend ein guter Geist bring' uns glücklich wieder von hier hinweg!

Sechster Auftritt.

Die Vorigen. Eine Buhlerinn.

Buhlerinn. Willkommen, willkommen, Herr Antipholis; ich sehe, Sie haben endlich den Goldschmied gefunden; ist das die Kette, die Sie mir heute versprochen haben?

Antipholis. Zurück, Satan! .. Versuche mich nicht, sag' ich dir!

Dromio. Herr, ist dieß Frauenzimmer der Satan?

Antipholis. Es ist der Teufel.

Dromio. Nein, sie ist noch was ärgers; sie ist des Teufels Großmutter. *)

---

*) Die übrigen Einfälle des Dromio drehen sich alle um die Zweydeutigkeit des Worts *light* herum, welches Licht und leicht heißt. *A light Wench* (ein leichtes Mensch) ist im Englischen so viel, als eine Hure. Dieß giebt dann dem Dromio Anlaß zu sagen, dieses Frauenzimmer sey des Teufels Großmutter in Gestalt

Buhlerinn. Ihr Bedienter und Sie sind erstaunlich spaßhaft, mein Herr. Wollen Sie mit mir gehen? wollen wir hier zu Abend essen?

Dromio. Herr, wenn Sie Löffelspeise erwarten, so bestellen Sie sich einen langen Löffel.

Antipholis. Warum das, Dromio?

Dromio. Zum Henker, der muß ja einen langen Löffel haben, der mit dem Teufel essen muß.

Antipholis. Zurück, böser Feind! — Was sagst du mir vom Abendessen? Du bist eine Hexe, wie ihr alle seyd. Ich beschwöre dich, laß von mir ab, und geh deiner Wege!

Buhlerinn. Entweder geben Sie mir meinen Ring wieder, den Sie mir beym Essen abgezogen, oder statt meines Diamants die Kette, die Sie mir versprochen haben, so will ich gehen, und Sie nicht weiter beunruhigen.

---

einer Hure: (*of a light Wench.*) Nun, sagt er, steht geschrieben, die Teufel erscheinen den Leuten in Gestalt der Engel des Lichts; (*Angels of light*) Licht ist eine Wirkung des Feuers, und Feuer brennt; folglich brennen die Huren (*light wenches will burn*) folglich kommen Sie ihr nicht zu nahe. — Wieland.

Dromio. Andre Teufel verlangen nur Kleinigkeiten; einen abgeschnittnen Nagel, einen Strohhalm, ein Haar, einen Blutstropfen, eine Stecknadel, eine Nuß, oder einen Kirschenstein; aber diese hier ist so gierig, daß sie eine Kette haben will. Herr, seyn Sie gescheidt; wenn Sies thäten, da würde dieser Teufel seine Kette schütteln, und uns damit erschrecken.

Buhlerinn. Ich bitte, mein Herr, entweder meinen Ring, oder meine Kette. Ich hoffe, Sie wollen mich nicht so betriegen.

Antipholis. Packe dich, du Hexe! — Komm, Dromio, wir wollen gehen.

Dromio. Flieh den Hochmuth, sagt der Pfau, wie Sie wissen werden, Madam.

(Sie gehen ab.)

Siebenter Auftritt.

Die Buhlerinn allein.

Ganz gewiß ist Antipholis närrisch geworden; sonst würd' er sich nimmermehr so betragen. Er hat von mir einen Ring, der vierzig Dukaten werth ist; er versprach mir eine Kette für den Ring; und nun versagt er mir beydes. Noch

ein andrer Umstand, der mirs gläublich macht,
daß er toll ist, ist ein närrisches Mährchen,
das er heute bey Tisch erzählte, man habe seine
eigne Hausthür vor ihm verschlossen. Doch,
vielleicht hat es seine Frau darum gethan, weil
sie schon weiß, wenn er seinen Anfall von Tollheit zu kriegen pflegt. Itzt will ich nach seinem
Hause gehen, und seiner Frau erzählen, er sey
heute, da er eben seine tolle Stunde gehabt, in
mein Haus eingedrungen, und habe mir mit
Gewalt meinen Ring genommen. Das, dünkt
mich, ist wohl das sicherste; denn, vierzig Dukaten zu verlieren, wäre doch zu viel auf einmal.

(Sie geht ab.)

Achter Auftritt.

Die Straße.

**Antipholis von Ephesus. Ein Kerkermeister.
Hernach Dromio von Ephesus.**

Antipholis. Besorge nichts, guter Freund;
ich will nicht ausreissen; ich will dir, eh ich dich
verlasse, so viel Geld zum Unterpfande geben,
als die Summe beträgt, um derentwillen ich

in Verhaft bin. Meine Frau ist heute nicht recht bey Laune; sie wird meinem Bedienten nicht getraut haben. Ich versichre dich, es wird ein Donnerschlag für sie seyn, wenn sie hört, daß ich in Ephesus festgesetzt bin. (Dromio von Ephesus kömmt, mit einem Stricke.) Da kömmt mein Bedienter; er wird das Geld wohl bringen. Nun, Freund, hast du das, wornach ich dich geschickt habe?

Dromio. Hier ist was, das sie alle bezahlen soll; ich bin gut dafür.

Antipholis. Aber wo ist das Geld?

Dromio. Ey, Herr, das gab ich für den Strick aus.

Antipholis. Zu was Ende schickt' ich dich denn nach Hause?

Dromio. Zu des Seils Ende, Herr; und zu dem Ende bin ich wieder da.

Antipholis. Und zu dem Ende will ich dich bewillkommen. (Er schlägt ihn.)

Gerichtsdiener. Mein lieber Herr, haben Sie doch Geduld mit ihm.

Dromio. Wahrhaftig, mir kömmts wohl eher zu, Geduld zu haben; ich bin in der Trübsal.

Gerichtsdiener. Halt du dein Maul, Freund.

Dromio. Sag' Er ihm vielmehr, er soll seine Hände halten.

Antipholis. Du nichtswürdiger, fühlloser Schurke!

Dromio. Ich wollt', ich wäre fühllos, Herr, so würd' ich Ihre Schläge nicht fühlen.

Antipholis. Du bist für nichts empfindlich, als für Schläge, wie jeder Esel.

Dromio. Daß ich ein Esel bin, das ist wahr; das können Sie mit meinen langen Ohren beweisen -- -- Ich hab' ihm von der Stunde meiner Geburt an bis itzt gedient, und habe für alle meine Dienste noch nichts von ihm empfangen, als Ohrfeigen. Wenn ich kalt bin, wärmt er mich mit Schlägen; wenn ich warm bin, kühlt er mich mit Schlägen; ich werde damit aufgeweckt, wenn ich schlafe, werde damit aufgehoben, wenn ich sitze, werde damit aus der Thür gejagt, wenn ich ausgehe, werde damit bewillkommt, wenn ich wieder nach Hause komme; ich trage die Schläge auf meinen Schultern, wie eine Bettlerinn ihr Kind; und ich denke, wenn er mich lahm geprügelt hat,

so werd' ich noch damit von Haus zu Haus
betteln gehen.

Neunter Auftritt.

Die Vorigen. Adriana. Luciana. Die
Buhlerinn. Doktor Zwick.

Antipholis von Ephesus. Komm, geh mit
mir; ich sehe dort meine Frau kommen.

Dromio. Frau, Frau, respice finem; bedenken Sie das Ende! oder vielmehr lassen Sie
sich, wie vom Papagoy, warnen: des Stricks
Ende vermieden! *)

Antipholis. Mußt du denn immer noch
plaudern? (Er schlägt den Dromio.)

Buhlerinn. Nun, was sagen Sie itzt? „Ist
Ihr Mann nicht toll?

Adriana. Ich kann nicht mehr daran zweifeln, da er so wild thut. Lieber Doktor Zwick,
Sie sind ein Beschwörer; geben Sie ihm seine

---

*) Man lehrte nämlich die Papagoyen dergleichen
Warnungen, die sie den Vorübergehenden zuriefen,
und ihr weiser Besitzer pflegte dann zu sagen:
„Nehmen Sie sich in Acht, Herr, mein Papagoy ist
ein Prophet. Warburton.

Vernunft wieder, und fodern Sie dafür, was Sie nur wollen.

Luciana. O weh! wie feurig und wild er um sich her blickt!

Buhlerinn. Sehen Sie nur, wie er vor Wuth zittert.

Zwick. Geben Sie mir Ihre Hand; ich muß Ihren Puls befühlen.

Antipholis. (indem er ihm eine Ohrfeige giebt.) Da ist meine Hand. Ich muß Euer Ohr befühlen.

Zwick. Ich beschwöre dich, Satan, der du diesen Mann besitzest, bey allen Heiligen des Himmels beschwör ich dich, auf mein heiliges Gebet auszufahren, und in dein Reich der Finsterniß alsbald zurück zu kehren!

Antipholis. Schweig du wahnwitziger Hexenmeister; ich bin nicht toll.

Adriana. O! wollte Gott, du wärst es nicht, armer verrückter Mann!

Antipholis. (zu Adriana.) Du Schätzgen du, sind das deine Kunden? war es dieser Kerl hier mit dem Saffrangelben Gesichte, der heut in meinem Hause mit dir schmaußte, und sich lustig machte, indeß, daß die Thür schändlicher Weise vor mir verschlossen, und der Eingang in mein Haus mir mit Gewalt verwehrt wurde?

Adriana. O! mein lieber Mann, Gott weiß, daß du diesen Mittag zu Hause gegessen hast. Wärst du doch nur dort geblieben, und hättest dich nicht so öffentlich auf der Straße in übeln Ruf gebracht!

Antipholis. (zu Dromio.) Hab' ich diesen Mittag zu Hause gegessen? Sag es, Schurke.

Dromio. Nein, Herr, aufrichtig zu reden, Sie haben nicht zu Hause gegessen?

Antipholis. War meine Thüre nicht verriegelt, und man wollte mich nicht einlassen?

Dromio. Ja, zum Henker, Ihre Thüre war verriegelt, und man wollte sie nicht einlassen.

Antipholis. Und hat sie selbst mich nicht schimpflich abgewiesen?

Dromio. Ohne Spaß, sie selbst hat Sie schimpflich abgewiesen?

Antipholis. Schalt, und schimpfte und verspottete mich ihr Küchenmädchen nicht?

Dromio. Freylich that sie das; die Küchenvestalinn *) verspottete Sie.

---

*) Vestalinn, weil sie gleich dieser die Pflicht hat, das Feuer auf dem Heerde in Brand zu erhalten — Johnson.

Antipholis. Und gieng ich nicht endlich voller Wuth davon?

Dromio. In Wahrheit, das thaten Sie; meine Knochen können es bezeugen, die seitdem die ganze Stärke Ihrer Wuth gefühlt haben.

Adriana. (zu Zwick.) Ist es wohl gut, ihm in seinen widersinnigen Einfällen Recht zu geben?

Zwick. So gar übel ist es nicht. Der Kerl merkte, wo es ihm fehlt; und, um ihn nicht noch mehr aufzubringen, sagt er zu allen seinen verrückten Reden Ja.

Antipholis. (zu Adriana.) Du hast den Gold-schmied aufgehetzt, daß er mich sollte in Ver-haft nehmen lassen.

Adriana. Himmel! durch diesen Dromio hier hab' ich dir ja Geld geschickt, dich auszulösen, da er deswegen in größter Eile zu mir gelau-fen kam.

Dromio. Sie hätten durch mich Geld ge-schickt? Guten Willen mögen Sie wohl geschickt haben; aber wahrhaftig keinen Heller Geld.

Antipholis. Bist du nicht zu ihr gegangen, um einen Beutel mit Dukaten zu holen?

Adriana. Er kam zu mir; und ich hab' ihm den Beutel gegeben?

Luciana. Und ich bin Zeuge, daß sie es gethan hat.

Dromio. Gott und der Seiler sind meine Zeugen, daß ich nichts, als einen Strick, habe holen sollen!

Zwick. Madam, der Herr und der Knecht sind beyde besessen; ich seh es an ihrem blassen und todtenfarbigen Aussehen; man muß Sie binden, und in ein dunkles Gemach einsperren.

Antipholis. Sage, warum hast du vor mir das Haus verschlossen? -- Und du, Kerl, warum leugnest du, daß du den Beutel mit Geld bekommen hast?

Adriana. Ich habe vor dir nicht das Haus verschlossen, mein lieber Mann.

Dromio. Und ich, mein lieber Herr, ich habe kein Geld bekommen. Aber das bezeug' ich, Herr, daß man vor uns das Haus verschlossen hat.

Adriana. Du heuchlerischer Schurke, du lügst beydes.

Antipholis. Du heuchlerische Hure, du bist in allen Stücken falsch, und hast dich mit einem verdammten Gesindel zusammen verschworen, mich um meine Ehre zu bringen, und zum Spott und Scheusal vor der Welt zu machen. Aber mit diesen Nägeln hier will ich dir diese falschen Augen ausreissen, welche ihre Lust daran sehen wollen, daß ein so schändliches Spiel mit mir getrieben wird.

(Es kommen drey oder vier Leute, und wollen ihn binden, er wehrt sich.)

Adriana. O! bindet, bindet ihn! laßt ihn mir nicht nahe kommen!

Zwick. Noch mehr Leute! ... Der böse Feind ist mächtig in ihm.

Luciana. O weh! der arme Mann! wie bleich und elend er aussieht!

Antipholis. Was? .. wollt ihr mich ermordæ den? .. Du, Gerichtsdiener, ich bin dein Gefangner; willst du zugeben, daß sie mich dir entführen?

Gerichtsdiener. Ihr Leute, laßt ihn gehen; er ist mein Gefangner, und ihr sollt ihn nicht haben.

Zwick.

Zwick. Fort, bindet diesen Bedienten auch; er ist gleichfalls verrückt.

Adriana. Was willst du hier, du unverständiger Gerichtsdiener? Was hast du denn für Freude daran, zu sehen, daß ein` armer unglücklicher Mann sich beschimpft und entehrt?

Gerichtsdiener. Er ist mein Gefangner. Laß ich ihn gehen, so muß ich die Schuld bezahlen, weswegen er in Verhaft gekommen ist.

Adriana. Ich will dich befriedigen, eh ich von dir gehe; führe mich nur zu seinem Gläubiger. (Sie binden Antipholis und Dromio.) So bald ich nur weiß, wie hoch sich die Schuld beläuft, will ich sie bezahlen. Lieber Herr Doktor, sorgen Sie doch dafür, daß er ohne Schaden nach meinem Hause gebracht werde .. Das ist ein recht unseliger Tag!

Antipholis. Das ist eine recht unselige Metze.

Dromio. Herr, ich bin hier Ihrentwegen in Banden. *)

Antipholis. Fort mit dir, Schurke! warum machst du mich rasend?

---

*) Wiederum, in bond; s. die obige Anmerkung.

Dromio. Wollen Sie denn umsonst gebunden seyn? Rasen Sie, lieber Herr; schreyn Sie, der Teufel •• ••

Luciana. Gott helf uns! •• Die armen Geschöpfe! •• Was sie für Zeug schwatzen!

Adriana. Fort, bringt ihn weg. Schwester, bleib du bey mir. (Zwik, Antipholis und Dromio gehen ab.) Nun, sage mir, auf wessen Klage ist er in Verhaft?

Gerichtsdiener. Auf eines Goldschmieds, Namens Angelo; kennen Sie ihn?

Adriana. Ja. Wie viel ist er ihm denn schuldig?

Gerichtsdiener. Zweyhundert Dukaten.

Adriana. Und wofür?

Gerichtsdiener. Für eine Kette, die Ihr Mann von ihm bekommen hat.

Adriana. Er hat freylich eine Kette für mich bestellt; aber er hat sie noch nicht bekommen.

Buhlerinn. Gleich darauf, nachdem Ihr Mann in seiner Tollheit in mein Haus eingefallen war, und mir meinen Ring genommen hatte, eben den Ring, den ich itzt an seinem Finger sah, begegnet' ich ihm auf der

Strasse, und sah, daß er eine Kette am Halse trug.

Adriana. Es mag seyn; aber ich habe sie nie gesehen. Komm, Gerichtsdiener, bringe mich zu dem Goldschmied; ich bin sehr neugierig, die Umstände von der Sache zu erfahren.

Zehnter Auftritt.

Die Vorigen. Antipholis von Syrakus, mit gezogenem Degen. Dromio von Syrakus.

Luciana. Ach! das Gott erbarm; da sind sie schon wieder los!

Adriana. Und kommen mit bloßen Degen auf uns zu! — Wir wollen um Hülfe rufen, daß wir sie wieder binden können.

Gerichtsdiener. Fort, fort! oder sie bringen uns um.

(Sie laufen davon.)

Antipholis. Ich sehe wohl, die Hexen hier fürchten sich vor dem bloßen Degen.

Dromio. Die da, die Ihre Frau seyn wollte, lief zuerst davon.

S 2

Antipholis. Komm mit zum Centaur, und hole dort unsre Sachen ab. Ich kann es kaum erwarten, bis wir mit heiler Haut hier weg und am Bord sind.

Dromio. Wirklich, Sie sollten diese Nacht noch hier bleiben; sie thun uns gewiß nichts. Sie haben ja gesehen, daß sie freundlich mit uns redten, und uns Geld gaben; mich dünkt, sie sind ein so leutseliges Volk, daß ich, wenn jener Berg von tollem Fleisch nicht wäre, der ehelichen Anspruch an mich macht, von Herzen gern immer hier bleiben, und selbst ein Zauberer werden möchte.

Antipholis. Nicht um die ganze Stadt wollt' ich über Nacht hier bleiben. Fort also, und packe unser Zeug zusammen!

(Sie gehen ab.)

Fünfter Aufzug.
Erster Auftritt.

Eine Straſſe vor einem Kloſter.

Der Kaufmann. Angelo.

Angelo. Es thut mir ſehr leid, mein Herr, daß ich Sie habe aufhalten müſſen; ich verſichre Ihnen aber, er hatte die Kette von mir bekommen, ob ers gleich ſo ſchändlicher Weiſe leugnet.

Kaufmann. Was hat denn der Mann ſonſt für einen Ruf in der Stadt?

Angelo. Einen ſehr ehrenvollen Ruf, mein Herr; er iſt ein Mann von unbeſchränktem Kredit, iſt ſehr beliebt, und darf keinem einzigen in der ganzen Stadt nachſtehen. Ein Wort von ihm gilt allemal ſo viel als mein ganzes Vermögen.

Kaufmann. Reden Sie leiſe; mich dünkt, dort ſeh ich ihn gehen.

(Antipholis und Dromio von Syrakus kommen auf die Bühne.)

Angelo. Er ist es; und er trägt gerade die Kette um den Hals, von der er auf eine so unerhörte Art leugnete, daß er sie bekommen habe. Kommen Sie mit mir, lieber Herr; ich will ihn anreden -- -- Herr Antipholis, ich wundre mich nicht wenig, warum Sie mir so viel Schimpf und Unruh verursacht, daß Sie nicht wenigstens für Ihre eigne Ehre besser gesorgt, und mit solchen Umständen und Schwüren diese Kette abgeleugnet haben, die Sie itzt so öffentlich am Halse tragen. Ausser der Beschimpfung, und dem Verhaft, so Sie mir und sich selbst zugezogen, haben Sie auch diesem meinem wackern Freunde einen großen Schaden zugefügt, indem er, durch unsern Streit aufgehalten, um die Gelegenheit gekommen ist, heute von hier abzufahren. Können Sies leugnen, daß Sie diese Kette von mir bekommen haben.

Antipholis. Freylich bekam ich sie von Ihnen; das hab' ich nie geleugnet.

Kaufmann. O ja, das thaten Sie, mein Herr, und schwuren noch dazu.

Antipholis. Wer hörte mich das leugnen und verschwören?

Kaufmann. Diese meine Ohren haben dich angehört; das weißt du ja. Schäme dich, du niederträchtiger Mann; es ist traurig genug, daß es dir erlaubt ist, unter ehrlichen Leuten frey herum zu gehen.

Antipholis. Du selbst bist ein Schurke, wenn du mir dergleichen Schuld giebst. Ich will diesen Augenblick meine Ehre und meine Unschuld gegen dich beweisen, wenn du das Herz hast, Stand zu halten.

Kaufmann. Das hab ich; und fodre dich als einen Schurken heraus „ (Sie ziehen den Degen.)

Zweyter Auftritt.

Adriana. Luciana. Die Buhlerinn, und andre. Die Vorigen.

Adriana. Halten Sie ein! thun Sie ihm kein Leid! um Gottes willen, halten Sie ein! Er ist rasend. Ihr Leute, bemächtigt euch seiner; nehmt ihm den Degen weg; bindet auch den Dromio, und führt sie in mein Haus.

Dromio. Laufen Sie, Herr, laufen Sie! „ Um Gottes willen, flüchten Sie in ein Haus;

hier ist ein Kloster, denk' ich); hinein! oder wir sind verloren. (Sie laufen in das Kloster; bald hernach kömmt die Aebtißinn heraus.)

Aebtißinn. Seyd doch ruhig, ihr Leute; warum drängt ihr euch denn so zu?

Adriana. Um meinen armen verrückten Mann abzuholen. Lassen Sie uns hinein, damit wir ihn binden, und nach Hause führen, um ihn wieder zurechte zu bringen.

Aebtißinn. Ich merkt' es wohl, daß er nicht recht bey Sinnen seyn müsse.

Kaufmann. So ist mirs leid, daß ich gegen ihn gezogen habe.

Aebtißinn. Wie lange ist der arme Mann schon in diesem Zustande?

Adriana. Diese ganze Woche herdurch war er immer schwermüthig, finster und niedergeschlagen, und gar nicht, gar nicht mehr der Mann, der er sonst war. Aber bis diesen Nachmittag ist seine Krankheit nie bis zur völligen Wuth ausgebrochen.

Aebtißinn. Hat er etwa durch einen Schiffbruch großes Gut verlohren? Hat er vielleicht irgend einen geliebten Freund begraben? oder haben etwa seine Augen sein Herz zu einer unerlaubten Liebe verleitet? Eine Sünde, die bey jungen Männern, die ihren Augen die Freyheit gestatten, umher zu schweifen, nur allzu gewöhnlich ist. Welches von diesen drey Dingen ist die Ursache seiner Verrückung?

Adriana. Keins von allen; es müßte denn das letzte seyn, nämlich, irgend eine Liebe, die es veranlaßte, daß er oft ausser Hause war.

Aebtißinn. Sie hätten ihn darüber zur Rede stellen sollen.

Adriana. O! das hab ich auch gethan.

Aebtißinn. Ja; aber wohl nicht scharf genug.

Adriana. So scharf, als es der Wohlstand nur immer erlauben wollte.

Aebtißinn. Vermuthlich nur, wenn Sie mit ihm allein waren?

Adriana. Nein, auch vor andern Leuten.

Aebtißinn. Aber vielleicht nicht oft genug?

Adriana. O! es war der beständige Innhalt unsers Umgangs. Im Bette, schlief er nicht vor meinen Vorwürfen darüber; bey Tische, aß er nicht vor meinen Vorwürfen darüber; waren wir allein, so war es der Innhalt meiner Predigt; in Gesellschaft, stichelte ich sehr oft darauf; unaufhörlich sagt' ich ihm, es wäre schlecht und niederträchtig.

Aebtißinn. Und daher kam es, daß der Mann närrisch wurde. Das giftige Geschrey eines eifersüchtigen Weibes verwundet tödtlicher, als der Zahn eines tollen Hundes. Du gestehst, daß ihn deine Vorwürfe nicht haben schlafen lassen; daher kam es, daß sein Gehirn austrocknete. Du sagst, du habest ihm sein Essen mit deinen Vorwürfen gewürzt; unruhige Mahlzeiten verursachen üble Verdauung; daher am Ende das tobende Feuer des Fiebers; und was ist Fieber anders, als ein Anfall von Raserey? Du sagst, deine Vorwürfe haben ihn so gar in seinen Ergötzungsstunden verfolgt; wenn einem alle angenehme Zeitkürzung verwehrt wird, was kann anders daraus erfolgen, als finstre und trübe Schwermuth, die Blutsverwandte der schwarzen, trostlosen Verzweifelung, und in ihrem Gefolge ein ungeheures vergiftendes Heer von bleichen Krankheiten und Feinden des Lebens? In seiner Nahrung, in seinen Freuden, und in der das Leben erhaltenden Ruhe gestört

werden, ist schon genug, Menschen oder Vieh
toll zu machen. Es folgt also, daß es bloß
deine eifersüchtigen Grillen sind, die deinen
Mann um seinen Verstand gebracht haben.

Luciana. Sie that ihm niemals andre, als
sehr gelinde Vorstellungen; da er hingegen sich
rauh, mürrisch und wild betrug. Warum lei-
dest du diese Verweise so geduldig, Schwester?
Warum antwortest du nicht?

Adriana. Sie hat mich den Vorwürfen meines eignen Gewissens verrathen. Geht doch
hinein, ihr Leute, und bemächtigt euch seiner.

Aebtißinn. Nein, kein lebendiger Mensch un-
tersteh sich, in mein Haus einzudringen!

Adriana. So lassen Sie Ihre Bediente meinen Mann heraus bringen.

Aebtißinn. Auch das nicht. Er hat diesen
heiligen Ort zu seiner Freystatt gewählt, und
soll darinn vor euern Händen sicher seyn. Er
soll so lange drinnen bleiben, bis ich ihn wieder zurechte gebracht, oder alle meine Mühe
mit Versuchen verloren habe.

Adriana. Ich will meines Mannes schon
warten, ich will seine Verpflegerinn und Kran-

kenwärterinn seyn; das ist meine Pflicht. Ich will keine andre Wärterinn bey ihm leiden, als mich selbst. Lassen Sie mich ihn also mit mir nach Hause nehmen.

Aebtißinn. Seyn Sie ruhig; denn ich werde ihn ganz gewiß nicht eher fortlassen, bis ich meine bewährten Mittel an ihm versucht habe. Gesunde Säfte, Tränke, und heilige Fürbitten, werden ihn, wie ich hoffe, bald wieder herstellen. Es ist eine Pflicht der christlichen Liebe, die mein Ordensgelübde mir auflegt. Gehen Sie also weg, und lassen ihn hier bey mir.

Adriana. Ich werde nicht weggehen, und meinen Mann hier lassen. Auch schickt sichs sehr schlecht für die Heiligkeit Ihrer Würde, Mann und Frau von einander trennen zu wollen.

Aebtißinn. Sey ruhig und geh nur; du wirst ihn nicht bekommen.

Luciana. Beschwere dich beym Herzoge über diese Gewaltthätigkeit.

(Die Aebtißinn geht ab.)

Adriana. Komm mit mir. Ich will ihm zu Füssen fallen, und nicht eher aufstehen, bis meine Thränen und Bitten ihn bewogen haben, in eigner Person hieher zu kommen, und meinen Mann der Aebtißinn mit Gewalt abzunehmen.

Kaufmann. Ich seh an der Uhr, daß es bald fünfe seyn wird; ganz gewiß muß der Herzog in kurzem diesen Weg herkommen, zu dem melancholischen Thal hinter den Gräbern der Abtey hier, wo die zum Tode Verurtheilten pflegen hingerichtet zu werden.

Angelo. Warum das?

Kaufmann. Um einen Syrakusischen Kaufmann sterben zu sehen, der unglücklicher Weise, gegen die Gesetze dieser Stadt, hier eingelaufen ist, und deswegen den Kopf verlieren muß.

Angelo. Seht, da kommen sie schon; wir wollen doch die Hinrichtung mit ansehen.

Luciana. Thu einen Fußfall vor dem Herzog, ehe er an die Abtey kömmt.

Dritter Auftritt.

Der Herzog. Sein Gefolge. Aegeon, mit blossem Haupt. Der Nachrichter. Einige Gerichtsdiener.

Herzog. Noch einmal ruft es öffentlich aus: Wenn irgend ein Freund die Summe für ihn bezahlen will, so soll er nicht sterben. Das ist alles, was wir für ihn thun können.

Adriana. Gerechtigkeit, gnädigster Herr, gegen die Aebtißinn hier!

Herzog. Sie ist eine tugendhafte und ehrwürdige Frau; unmöglich hat sie dir Unrecht gethan.

Adriana. Erlauben Sie mir zu reden, gnädigster Herr. Antipholis, mein Mann, den ich auf Ihre vollgültige Empfehlung zum Herrn von meiner Person und von meinem Vermögen machte, bekam heute, an diesem unglücklichen Tage, einen so heftigen Anfall von Raserey, daß er in seiner Tollheit mit seinem eben so verrückten Sklaven durch die Strassen lief, und die Leute in der Stadt beunruhigte, indem er in die Häuser einfiel, und Ringe, Juwelen, und was ihm nur in der Wuth anständig war, mit sich nahm. Ich bemächtigte mich endlich seiner, ließ ihn binden, und nach Hause bringen, und gab mir indeß Mühe, den Schaden zu vergüten, den er hie und da in der Raserey angerichtet hatte. Allein er riß sich, ich weiß nicht wie, von denen wieder los, die ihn hü-

ten sollten; und hier begegneten er und sein tol=
ler Bedienter uns aufs neue, voller Wuth und
mit gezognen Degen, fielen uns an, und jag=
ten uns fort. Wie wir aber in verstärkter An=
zahl zurück kamen, um sie zu binden, flohen sie
in diese Abtey, und wir folgten ihnen. Und
nun schließt die Aebtißinn die Thür vor uns zu,
und will es weder leiden, daß wir ihn holen,
noch ihn zu uns heraus schicken, damit wir ihn
fortbringen können. Lassen Sie ihn also, gnä=
digster Herr, lassen Sie ihn auf ihren Befehl
herausgebracht, und zu seiner Wiederherstellung
nach Hause getragen werden.

Herzog. Dein Mann hat mir vor langer Zeit
schon im Kriege gute Dienste gethan, und ich
versprach dir, da du ihn heyrathetest, auf mein
fürstliches Wort, daß ich ihm allezeit so viel
Gnade und Gutes erweisen wollte, als ich nur
könnte. Geh doch Jemand von euch, und klo=
pfe an die Pforte an, und heisse die Aebtißinn
zu mir heraus kommen; ich will diese Sache
ausmachen, eh ich weiter gehe.

Vierter Auftritt.

Die Vorigen.   Ein Bote.

Bote. O Frau, Frau, geschwinde retten Sie sich! Mein Herr und sein Diener haben sich beyde losgerissen, haben die Mägde der Reihe nach herum geprügelt, und den Doktor gebunden. Sie haben ihm den Bart mit Feuerbränden abgesengt; *) und indem er loderte, gossen sie ganze Kübel voll Pfützenwasser über ihn her, um das Haar wieder zu löschen. Mein Herr predigt ihm Geduld; unterdessen zwickt ihn sein Diener mit einer Scheere, daß er närrisch werden möchte. Wird ihm nicht augen-

---

*) Dieser lächerliche Umstand steht hier nicht am unrechten Orte; weit sonderbarer ist es, ihn in einem Epischen Gedichte, mitten unter den schrecklichen Bildern der Schlacht und des Blutvergiessens zu finden, nämlich in der Aeneide, B. XII.

Obvius ambustum torrem Chorinæus ab ara
Corripit, & venienti Ebuso, plagamque ferenti
Occupat os flammis. Illi ingens barba reluxit,
Nidoremque ambusta dedit.

Steevens.

blicklich

blicklich Jemand zu Hülfe geschickt, so bin ich gewiß, sie werden den armen Teufelsbanner ums Leben bringen.

Adriana. Schweig, du alberner Kerl; dein Herr und sein Diener sind beyde hier. Es ist alles falsch, was du uns da erzählst.

Bote. Frau, bey meinem Leben, ich sagte Ihnen die Wahrheit. Kaum hab' ich Athem geholt, seitdem ich es mit meinen Augen gesehen habe. Er tobt entsetzlich über Sie, und schwört, wenn er Ihrer habhaft würde, so wollt' er Sie so versengen, daß Sie sich nicht mehr gleich sehen sollten. (Man hört hinter der Bühne ein Geschrey.) Sagt' ichs nicht? er läßt sich schon hören; geschwinde, fliehen Sie davon.

Herzog. Kommt, bleibt hier neben mir stehen, und fürchtet nichts. Gebt Acht, Wache!

Adriana. O weh! es ist mein Mann; ihr alle seyd Zeugen, daß er unsichtbar wieder herausgekommen ist. Eben itzt sahn wir ihn hier in die Abtey hinein flüchten; und nun ist er hier, ohne daß ein Mensch begreifen kann, wie das zugeht.

Fünfter Auftritt.

Die Vorigen. Antipholis und Dromio
von Ephesus.

Antipholis. Gerechtigkeit, gnädigster Herr! == o! laſſen Sie mir Gerechtigkeit angedeihen! == Um des Dienſtes willen, den ich dir einſt that, als ich in der Schlacht meinen Leib zu deinem Schilde machte, und die Wunden auffieng, die auf dich gezielt waren; um des Blutes willen, das ich damals verlor, um dein Leben zu retten, laß mir itzt Gerechtigkeit angedeihen!

Aegeon. Wenn die Furcht des Todes mich nicht blödſinnig macht, ſo ſeh ich hier meinen Sohn Antipholis und Dromio.

Antipholis. Gerechtigkeit, theurer Prinz, gegen dieſe Frau hier! die du ſelbſt mir zum Weibe gegeben haſt, und die mich auf den äuſſerſten Grad betrogen und beſchimpft hat! Die Beleidigung, die ich heute von ihr erlitten habe, überſteigt alles, was ſich nur gedenken läßt.

Herzog. Sage, worinn beſteht ſie; und du wirſt mich gerecht finden.

Antipholis. Heute, großer Herzog, schloß sie die Thüre vor mir zu, und schmauste indeß mit liederlichem Gesindel in meinem Hause.

Herzog. Ein schweres Vergehen! — Sage, Frau, thatst du das?

Adriana. Nein, gnädigster Herr. Ich selbst, er, und meine Schwester, haben diesen Mittag mit einander gegessen. Ich will ein Kind des Todes seyn, wenn das falsch ist! Er bürdet mir das alles auf.

Luciana. Nimmermehr will ich den Tag wiedersehen, noch in der Nacht wieder schlafen, wenn das nicht die reine Wahrheit ist, was sie Ihnen, gnädigster Herr, gesagt hat.

Angelo. Ueber die meyneidigen Weiber! — Sie haben beyde falsch geschworen; in dieser Anklage hat der verrückte Mann Recht.

Antipholis. Gnädigster Herr, ich weiß, was ich rede; ich bin weder betrunken, noch vor Zorn und Wuth verrückt, ob ich gleich auf eine Art beleidigt bin, die wohl einen noch gescheidtern Mann rasend machen könnte. Dieß Weib hier wollte mich diesen Mittag nicht ins Haus lassen. Wäre dieser Goldschmied nicht mit ihr

im Verständniß, so könnt' er es bezeugen; denn
er war damals bey mir; und hernach verließ
er mich, um eine Kette zu holen, die er mir
ins Stachelschwein zu bringen versprach, wo
Balthasar und ich diesen Mittag mit einander
aßen. Wie wir gegessen hatten, und er nicht
kam, gieng ich aus, um ihn aufzusuchen; ich
traf ihn auf der Straße an, und diesen Herrn
hier in seiner Gesellschaft. Hier schwur mich
dieser meyneidige Goldschmied zu Boden, ich
hätte die Kette wirklich schon von ihm bekommen, die ich doch, weiß Gott, nicht gesehen
habe; und deswegen ließ er mich durch einen
Gerichtsdiener in Verhaft nehmen. Ich be-
quemte mich, und schickte meinen Kerl nach
Hause, um Geld zu holen; er brachte mir aber
nichts. Darauf redete ich dem Gerichtsdiener
zu, daß er in Person mit mir in mein Haus
gehen möchte. Unterwegs begegnete uns meine
Frau, ihre Schwester und ein ganzes Pack ihrer nichtswürdigen Mitgenossen. Sie hatten einen gewissen Zwick bey sich, einen ausgehun-
gerten, dürren Spitzbuben, ein nacktes Gerip-
pe, einen Marktschreyer, der den Leuten wahr-

sagt, einen armseligen, hohlaugichten, starr-
blickenden Bettler, einen lebendigen Leichnam.
Dieser verwünschte Schurke, den sie als einen
Beschwörer mitgebracht hatten, gaffte mir in
die Augen, fühlte mir den Puls, *) und schrie, ich
sey besessen.   Sogleich fielen sie alle über mich
her, banden mich, führten mich nach Hause,
und liessen mich und meinen Knecht dort, beyde zusammen gebunden, in einem dunkeln und
dumpfigen Gewölbe liegen; bis ich, nachdem
ich meine Bande mit den Zähnen von einander
genagt, meine Freyheit wieder erhielt, und alsbald hieher zu Ihnen lief, gnädigster Herr.
Ich ersuche Sie inständig, verschaffen Sie mir
wegen dieser unerhörten Beschimpfungen und
Kränkungen hinlängliche Genugthuung.

Angelo. Gnädigster Herr, in so weit kann
ich ihm Zeugniß geben, daß er diesen Mittag
nicht zu Hause gegessen, und daß man ihn nicht
hat einlassen wollen.

---

*) Im Original steht noch; And with no-face, as
it were, out-facing me; wörtlich: " Er brachte
mich, so zu reden, mit keinem Gesicht um mein
Gesicht „ d. i. er brachte mich ausser Fassung.

Herzog. Aber hat er denn die Kette von dir bekommen, oder nicht?

Angelo. Er hat sie bekommen, gnädigster Herr; und als er hieher gelaufen kam, haben diese Leute hier gesehen, daß er die Kette am Halse trug.

Kaufmann. Ueberdieß kann ich darauf schwö= ren, daß ich Sie es mit diesen meinen Ohren habe bekennen hören, daß Sie die Kette von ihm bekommen, nachdem Sie vorher auf dem Markte das Gegentheil geschworen hatten. Ich zog deswegen auf Sie den Degen, und da ret= teten Sie sich hier in diese Abtey hier, aus der Sie, denk' ich, durch ein Wunderwerk wie= der heraus gekommen sind.

Antipholis. Ich bin niemals in dieser Ab= tey gewesen; auch hast du niemals deinen De= gen auf mich gezogen; auch hab' ich beym Him= mel! die Kette nie gesehen. Du beschuldigst mich alles dessen mit Unrecht.

Herzog. Was ist denn das für ein verwor= rener Handel? — Ich glaube, ihr habt alle aus Circe's Becher getrunken. Hättet ihr ihn in dieß Kloster getrieben, so würd' er drinnen

seyn; wär' er rasend, so würd' er seine Klage
nicht mit so kaltem Blute vorbringen. Du
sagst, er habe diesen Mittag zu Hause mit dir
gegessen; der Goldschmied hier widerspricht
das. — Was sagst denn du, guter Freund?

Dromio. Gnädigster Herr, er hat diesen
Mittag mit diesem Frauenzimmer hier im Stachelschwein gegessen.

Buhlerinn. Das that er; und da zog er mir
diesen Ring vom Finger.

Antipholis. Das ist wahr, gnädigster Herr;
diesen Ring bekam ich von ihr.

Herzog. Sahst du ihn hier in die Abtey
hinein gehen?

Buhlerinn. So gewiß, gnädigster Herr, als
ich itzt Ihre Durchlaucht vor mir sehe.

Herzog. Nun, das ist doch sonderbar. —
Geht, ruft die Aebtissin heraus; ich glaube,
ihr seyd alle bezaubert oder toll.

(Es geht Einer in die Abtey.)

Sechster Auftritt.

Aegeon. Großmächtigſter Herzog, verſtatten Sie mir, Ein Wort zu reden. Ich ſehe hier glücklicher Weiſe einen Freund, der mein Leben retten, und mein Löſegeld bezahlen wird.

Herzog. Rede frey, Syrakuſer, was du willſt.

Aegeon. Iſt ihr Name nicht Antipholis, mein Herr? Und iſt das nicht Ihr Sklave, Dromio?

Dromio. Vor einer Stunde, Herr, war ich ſein Sklave; *) aber, Dank ſey ihm, er zernagte meine Bande; nun bin ich Dromio, und ſein ungebundener Bediente.

Aegeon. Ich weiß gewiß, ihr werdet euch beyde an mich erinnern.

Dromio. An uns ſelbſt, Herr, erinnert uns Ihr Anblick; denn neulich waren wir eben ſo gebunden, wie Sie itzt ſind. Sie ſind doch wohl keiner von Zwicks Patienten? das ſind Sie doch nicht?

Aegeon. Warum ſiehſt du mich ſo fremde an? -- Du kennſt mich ſehr gut.

---

*) His *bond - man.*

Antipholis. Ich habe Sie, bis itzt, in meinem Leben nicht gesehen.

Aegeon. O! der Gram hat mich sehr verändert, seitdem du mich zulezt gesehen hast; und sorgvolle Stunden haben mit der entstellten Hand der Zeit ganz andre Züge in mein Gesicht geschrieben. Aber sage mir doch, kennst du nicht wenigstens meine Stimme?

Antipholis. Eben so wenig.

Aegeon. Du auch nicht, Dromio?

Dromio. Nein, meiner Treu, Herr, ich auch nicht.

Aegeon. Ich weiß gewiß, du kennst mich.

Dromio. Ich Herr? -- Aber ich weiß gewiß, ich kenne Sie nicht; und man mag Ihnen auch ableugnen, was man will, so sind Sie itzt verbunden, *) ihm zu glauben.

Aegeon. Meine Stimme nicht zu kennen! -- O! Alter, hast du denn in sieben kurzen Jahren meine arme Zunge so gebrochen, daß mein einziger Sohn hier ihren sorgenvollen Ton nicht mehr erkennt? Obgleich dieß mein graues Ge-

---

*) *Bound*, heißt: gebunden und verbunden.

sicht in den Schnee des saftverzehrenden Win-
ters gehüllt ist, und alle Gänge meines Bluts
zugefroren sind; so hat doch die Nacht meines
Lebens noch einige Erinnerung, meine ausge-
brannte Lampe noch einen schwachen Schim-
mer übrig, und meine tauben Ohren noch ein
wenig Gehör. Alle diese bejahrten Zeugen sagen mirs, ich kann nicht irren, du bist mein
Sohn Antipholis.

Antipholis. In meinem Leben hab' ich meinen Vater nie gesehen.

Aegeon. Und doch weißt du, daß es erst sieben Jahre sind, daß wir in der Bay von Syrakus von einander Abschied nahmen. Aber
vielleicht schämst du dich itzt, mein Sohn, mich
in meinem elenden Zustande für deinen Vater
zu erkennen.

Antipholis. Der Herzog, und alle in der
Stadt, die mich kennen, können mirs bezeugen,
daß es nicht so ist; ich habe Syrakus in meinem Leben nicht gesehen.

Herzog. Ich kann dir sagen, Syrakuser,
zwanzig Jahr bin ich des Antipholis Gönner
gewesen, und in dieser ganzen Zeit ist er nie-

mals nach Syrakus gekommen. Ich sehe, dein Alter und die Todesfurcht machen dich kindisch.

Siebenter Auftritt.

Die Vorigen. Die Aebtissinn. Antipholis und Dromio von Syrakus.

Aebtissinn. Gnädigster Herr, sehen Sie hier einen Mann, dem das größte Unrecht geschehen ist.

(Alle drängen sich, ihn zu sehen.)

Adriana. Was seh ich? ·· Betriegen mich meine Augen ? Ich sehe meinen Mann gedoppelt.

Herzog. Einer von diesen beyden Leuten ist der Genius des andern. Und wer von beyden ist der wirkliche Mensch, und welcher der Geist ? wer entzifert sie?

Dromio von Syrakus. Ich, Herr, bin Dromio; lassen Sie den da fortgehen.

Dromio von Ephesus. Ich bin Dromio, Herr, lassen Sie mich hier bleiben.

Antipholis von Syrakus. Bist du nicht Aegeon, mein Vater? oder bist du sein Geist?

Dromio von Syrakus. O! mein guter alter Herr! ·· wer hat ihn so gebunden?

Aebtiſſinn. Wer ihn auch ſo gebunden habe; ich will ſeine Bande löſen, und durch ſeine Freyheit einen Ehemann gewinnen. Sage doch, alter Aegeon, ob du der Mann biſt, der einſt eine Frau, Namens Aemilie hatte, die dir auf einmal zwey ſchöne Söhne gebar! O! wenn du eben dieſer Aegeon biſt, ſo rede, und rede zu eben dieſer Aemilie.

Herzog. Ha! hier fängt die Geſchichte, die er dieſen Morgen erzählte, ſich zu entwickeln an. Dieſe beyden Antipholiß, und dieſe beyden Dromio's ſind jene Brüder, die man nicht von einander unterſcheiden konnte. Zudem berufen ſie ſich auf ihren Schiffbruch. Hier ſind offenbar die Eltern dieſer Kinder, und der Zufall bringt ſie heute zuſammen.

Aegeon. Wenn ich nicht träume, ſo biſt du Aemilie; und biſt du das, ſo ſage mir, wo iſt der Sohn, der mit dir auf jenem unglücklichen Boote davon ſchwamm?

Aebtiſſinn. Er und ich, und der Zwilling Dromio, wurden alle von Epidamniern aufgefangen; allein bald darauf nahmen ihnen ſchlechte Fiſcher von Korinth meinen Sohn und

Dromio mit Gewalt ab, und mich liessen sie bey denen von Epidamnum. Was hernach aus ihnen geworden ist, kann ich nicht sagen; ich bin in diesen Zustand gerathen, worin Sie mich hier sehen.

Herzog. (Zum Antipholis von Syrakus.) Antipholis, du kamst ja anfänglich von Korinth hieher?

Antipholis von Syrakus. Ich nicht, gnädigster Herr; ich kam von Syrakus.

Herzog. Warte; tritt auf die Seite; ich verwechsle euch immer mit einander.

Antipholis von Ephesus. Ich kam von Korinth, gnädigster Herr.

Dromio von Ephesus. Und ich mit ihm.

Antipholis von Ephesus. Von dem berühmten Helden, dem Herzog Menaphon, Ihrem verehrungswerthen Oheim, ward ich in diese Stadt gebracht.

Adriana. Welcher von euch beyden hat denn diesen Mittag bey mir geessen?

Antipholis von Syrakus. Ich, meine werthe Adriana.

Adriana. Sie sind also nicht mein Mann?

Antipholis von Ephesus. Nein; da thu ich Einsage.

Antipholis von Syrakus. Das thu ich auch; ob Sie mich gleich so nennten, und dieß schöne Frauenzimmer, Ihre Schwester hier, mich Bruder hieß. Was ich Ihnen damals sagte, werde ich hoffentlich bestätigen können, wenn anders das, was ich sehe und höre, kein Traum ist.

Angelo. Das ist die Kette, mein Herr, die Sie von mir bekommen haben.

Antipholis von Syrakus. Ich glaube, ja, mein Herr; ich leugne es nicht.

Antipholis. Und Sie, mein Herr, setzten mich wegen dieser Kette in Verhaft.

Angelo. Ich glaube, ja mein Herr, ich leugne es nicht.

Adriana. Ich schickte Ihnen durch den Dromio Geld, um Sie wieder frey zu machen; aber ich glaube, er hat es Ihnen nicht gebracht.

Dromio von Ephesus. Nicht durch mich.

Antipholis von Syrakus. Diesen Beutel mit Dukaten erhielt ich von Ihnen, und Dromio, mein Sklave, brachte ihn mir. Ich se=

he, wir begegneten immer Einer des andern Bedienten; man hielt ihn für mich, und mich für ihn; und daraus entstanden alle diese Irrungen.

Antipholis von Ephesus. Diese Dukaten verpfände ich für meinen Vater hier.

Herzog Das brauchts nicht; dein Vater soll beym Leben bleiben.

Buhlerinn. Mein Herr, ich muß diesen Diamant wieder haben.

Antipholis von Ephesus. Da, nimm ihn hin; und großen Dank für meine gute Bewirthung.

Aebtissinn. Gnädigster Herzog, geruhen Sie doch, mit uns hier in die Abtey zu gehen, und die ausführliche Geschichte aller unsrer Schicksale anzuhören. Und ihr alle hier, die ihr durch diesen sympathetischen Irrthum Eines Tages Unrecht erlitten habt, kommt, und leistet uns Gesellschaft; so sollt ihr völlige Befriedigung erhalten. Fünf und zwanzig Jahr, meine Söhne, bin ich mit euch in Kindesnöthen gewesen; und erst in dieser glücklichen Stunde bin ich meiner schweren Bürde entbunden. Der

Herzog, mein Mann, meine beyden Kinder, und ihr, die Kalender ihrer Geburt, sollen alle mit mir zu einem Gevatternschmaus kommen, und bey mir bleiben. Nach so langem Kummer gehört sich solche festliche Freude. *)

Herzog. Von Herzen gern will ich euer fröhlicher Gast seyn.

(Sie gehen ab.)

Achter Auftritt.

Die beyden Antipholis, und die beyden Dromio's, die da geblieben sind.

Dromio von Syrakus. Herr, soll ich Ihre Sachen von dem Schiffe wieder abholen?

Antipholis von Ephesus. Was für Sachen von mir hast du denn eingeschifft, Dromio?

Dromio von Syrakus. Ihre Waaren, Herr, die in unserm Gasthofe zum Centaur lagen.

Antipholis von Syrakus. Er redet mit mir; ich bin dein Herr, Dromio. Komm, geh

---

*) Nach der Leseart, die Johnson vorschlägt: After so long grief, such *festivity*.

nur

nur mit uns; wir wollen dafür hernach schon sorgen. Umarme hier deinen Bruder, und freut euch mit einander.

Dromio von Syrakus. Es ist da in deines Herrn Hause eine gewisse fette Freundinn, die mich heute beym Essen in der Küche für dich ansah; sie wird nun meine Schwester seyn; nicht meine Frau.

Dromio von Ephesus. Mich dünkt, du bist mein Spiegel, nicht mein Bruder; ich seh an dir, daß ich ein hübscher junger Kerl bin. Willst du mit ins Haus, und zusehen, wie sie sich lustig machen?

Dromio von Syrakus. Ich geh nicht zuerst; du bist ja mein älterer Bruder.

Dromio von Ephesus. Das ist noch die Frage; wie willst du das beweisen?

Dromio von Syrakus. Wir wollen Halme ziehen, wer der älteste ist; bis dahin, geh du nur voran.

Dromio von Ephesus. Nein, so soll es seyn. (Er schlingt den Arm um ihn.) Wir kamen zugleich als Brüder mit einander auf die Welt, und Hand in Hand wollen wir auch neben einander hinein gehen.

(Sie gehen ab.)

Kritischer Anhang

zum

Siebenten Bande

des

Deutschen Shakespear.

U 2

I.

Ueber die Kunst,
eine Widerbellerinn zu zähmen.

Es bleibt eine, nach vielen Untersuchungen
der Kunſtrichter, nicht völlig entſchiedne
Frage, ob Shakeſpeare wirklich Verfaſſer dieſes Luſtſpiels ſey, oder ob er an demſelben nur
den Antheil eines Verbeſſerers habe. So viel
iſt gewiß, daß es ein altes anonymiſches Stück
giebt: *A pleaſant conceited hiſtory, called,
The Taming of a Shrew -- ſundry times
acted by the carl of Pembroke his ſervants.*
1607. 4. Pope führt daſſelbe mit in ſeinem
Verzeichniſſe an; aber Schade, daß nur er
allein von allen Kunſtrichtern, die ſich mit
Shakeſpeare's Stücken kritiſch beſchäftigt haben, dieß alte Stück wirklich in Händen gehabt hat, und daß es auch nicht einmal in
Dr. Warburton's Hände gekommen zu ſeyn
ſcheint, der alle die übrigen Stücke erbte, von

denen sein Freund Meldung thut. Steevens,
dieser so sorgfältige und eifrige Forscher nach
allem, was unsern Dichter angeht, hat es,
aller angewandten Mühe ungeachtet, nicht zu
Gesichte bekommen können. Es bleibt also
sehr ungewiß, ob überall, oder wie viel Shakespeare an demselben Theil gehabt habe; und
man kann sich an nichts weiter, als an innre
Gründe halten, die aus der Manier und dem
Werthe des Stücks entscheiden, ob es ihm bey-
zulegen oder abzusprechen sey.

Aber man weiß schon, wie selten dergleichen
Gründe, die auf dem Gefühl und Urtheil eines jeden einzelnen Kenners beruhen, zur Ent-
scheidung hinreichen, wie viel willkührliches und
unbestimmtes dabey übrig bleibt; vollends wenn
das Werk, wovon die Rede ist, kein so charack-
teristisches Gepräge, keine so eigenthümliche Züge
hat, die den Meister, mit Ausschliessung aller
übrigen, verrathen;. oder wenn ihm diese nicht
so durchaus fehlen, daß man es sicher allen
übrigen, nur nicht diesem Meister, beylegen
kann. Alsdann ist freylich der einzige Ausweg,
ihm nur die hervorstehenden Schönheiten bey-

zulegen, ihn nur für den Ausbesserer einer fremden Arbeit zu halten; aber auch das darf man,
beym Mangel historischer Umstände, doch nur
bloß vermuthen.

Man wird sich daher nicht sehr wundern,
zwey so einsichtvolle Kunstrichter, wie Farmer
und Steevens, in ihrem Urtheile über die
Aechtheit dieses Schauspiels, im Widerspruch
zu finden. Der erstere glaubt, *) es sey nicht
ursprünglich von Shakespeare, sondern nur
von ihm für die Bühne neu eingerichtet, und
mit der Einleitung, und einigen andern gele-
gentlichen Verbesserungen, besonders in der
Rolle des Petruchio, vermehrt. Ihm dünkt
es augenscheinlich zu seyn, daß die Einleitung
und das Stück selbst entweder von ganz ver-
schiedner Hand, oder lange nach einander geschrieben seyn müssen. Jene, sagt er, ist in unsers Dichters bester Manier, und dieses grossen-
theils in seiner schlechtesten, oder gar noch unter
derselben. Dr. Warburton, fährt er fort,
erklärt es für ganz gewiß unächt; und wenn

---

*) Essay on Shakespeare's Learning. p. 66.

man annehmen will, daß Shakespeare Ver=
faſſer davon iſt, ſo müßte es eine ſeiner erſten
Arbeiten geweſen ſeyn; indeß erwähnt es Me=
res doch nicht in dem Verzeichniſſe ſeiner Wer=
ke, im Jahr 1598. Farmer glaubt daher,
das oben gedachte alte Stück ſey von fremder
Hand geweſen, und nur vom Shakeſpeare,
als Aufſeher des Theaters, mehr des Vortheils
als der Ehre wegen, zur Aufführung bequemer
gemacht.

Steevens meynt dagegen, Shakeſpeare's
Genie ſey faſt in keiner Scene dieſes Schau=
ſpiels zu verkennen, beſonders leuchte es aus
den Scenen zwiſchen Katharinen und Petruchio
am hellſten hervor; von dem alten Stücke ha=
be er wahrſcheinlich nur den Plan beybehalten,
vielleicht ſelbſt die ganze Folgen der Scenen;
den Dialog aber neu umgearbeitet, und nicht
vielmehr von dem alten beybehalten, als we=
nige Zeilen, die ihm der Erhaltung würdig
ſchienen, oder zu deren Aenderung er nicht Zeit
genug hatte.

Ein ſonderbarer Umſtand bey dieſem Stücke
iſt die ſogenannte Einleitung, eine Art von

Prolog, dergleichen sich sonst bey keinem der Shakespearschen Stücke findet. Der Innhalt derselben ist ein Vorfall, der in den damaligen Zeiten sehr gangbar seyn mochte, und den Goulart *) als eine wahre Geschichte unter folgenden Umständen erzählt:

„Philipp der Gute, Herzog von Burgund, **) war mit seinem Hofe zu Brüssel, und gieng einmal Abends nach Tafel durch die Gassen der Stadt, von einigen seiner vertrautesten Hofleute begleitet. Hier fand er einen Handwerker, der sehr betrunken war, der Länge nach auf dem Pflaster ausgestreckt, und im tiefen Schlafe liegen. Es gefiel dem Für-

---

*) Thresor d'Histoires admirables & memorables de nostre temps. In der Ausgabe, (Col. 1610. 14. 4. Vol. 8.) die ich vor mir habe, steht diese Erzählung Vol. I. p. 502. unter der Aufschrift: *Vanité du monde magnifiquement representée.*

**) Der bekannte Christian Weise brauchte diese Geschichte zum Stopf einer Komödie: Von dem träumenden Bauer am Hofe *Philippi Boni* in Burgundien. Sie steht in seinen Neuen Proben von der vertrauten Redekunst. 1700. 8.

sten, an diesem Handwerker eine Probe von
der Eitelkeit unsers Lebens zu geben, worüber
er vorher mit seinen Freunden gesprochen hat=
te. Er ließ also diesen Schläfer in seinen Pal=
last bringen, ließ ihn auf eins seiner prächtig=
sten Bette legen, ihm eine kostbare Schlafmü=
ße aufsetzen, sein schmutziges Hembe ausziehen,
und ein andres von der feinsten Leinwand an=
legen. Als dieser Mensch seinen Rausch aus=
geschlafen hatte, und anfieng aufzuwachen,
traten Edelknaben und Kammerdiener des Her=
zogs um sein Bette, zogen die Vorhänge weg,
machten öftere tiefe Verbeugungen, und frag=
ten ihn mit entblößtem Haupte, ob es ihm ge=
fällig wäre, aufzustehen, und was er heute
für Kleider anziehen wollte. Man bringt ihm
sehr kostbare Kleider. Er erstaunt über alle
diese Komplimente, weiß nicht, ob er wacht
oder träumt, und läßt sich ankleiden und aus
dem Zimmer führen. Hier wird er von lauter
vornehmen Herren empfangen, und in die Mes=
se geführt, wo ihm alle Ehre bezeugt wird,
die sonst nur dem Herzoge geschah. Aus der
Messe führt man ihn wieder aufs Schloß; er

wäscht die Hände und setzt sich an eine reichbe-
setzte Tafel. Nach Endigung derselben läßt der
Oberkämmerer Karten und eine Menge Geld
herbringen. Der eingebildete Herzog spielt mit
den Vornehmsten vom Hofe. Darauf führt
man ihn in den Garten, hernach auf die Jagd,
und endlich wieder in den Pallast zu einer
herrlichen Abendmahlzeit. Es wird Musik gemacht, und getanzt, hernach eine lustige Komödie aufgeführt, und endlich dem neuen
Prinzen wiederum so viel feiner und starker
Wein gegeben, daß er betrunken wird, und
feste einschläft. Itzt werden ihm alle seine
herrlichen Kleider wieder ausgezogen, seine Lumpen wieder angelegt; und man bringt ihn eben
dahin, wo man ihn den Abend vorher gefunden hat. Am Morgen erwacht er, erinnert
sich dessen, was mit ihm vorgegangen ist, und
weiß nicht, ob er es wirklich erlebt, oder ob
es ihm nur geträumt hat.„

Goulart ist von einem gewissen Eduard
Grimestone ins Englische übersetzt; Capell
besitzt diese Uebersetzung in einer Ausgabe von
1607; es kann aber leicht noch eine ältere da

gewesen seyn. Man findet eben diese Geschichte ‚auch in *Burton's* Anatomy of Melancholy *),
wovon die zweyte Auflage 1624. fol. gedruckt
ist. Endlich ist sie auch der Innhalt einer alten Ballade: *The frolickfome Duke, or the
Tinker's Good Fortune* **, deren eigentliches
Alter sich aber nicht mit Gewißheit angeben
läßt. Diese Ballade ist in einem sehr glücklichen Tone abgefaßt, und läßt am Ende doch
den armen Kesselflicker für den Spott, den man
mit ihm getrieben, nicht unbelohnt; der Herzog schenkt ihm ein neues Kleid, fünf hundert
Pfund, und zehen Morgen Landes, und
macht sein Weib zur Kammerfrau der Herzoginn.

---

*) Aus diesem Buche liefert sie Percy in den Re-
liques of anc. Poetry, Vol. I. p. 238; und führt
zugleich *Ponti Heutcri* Hift. rer. Burgundicar. und
Ludov. Vives in Epp. an. Bey dem letztern finde
ich wenigstens in der Sammlung seiner Briefe nichts
davon, die mit den Briefen des Erasmus, Me-
lanchthon und Morus, Lond. 1642. Fol. gedruckt
find.

**) S. die eben angeführten Reliques, Vol. I. p.
239.

Wir kommen nun auf das Schauspiel selbst. Der Innhalt desselben scheint gleichfalls aus irgend einer, vermuthlich Italiänischen, Novelle hergenommen zu seyn, ob man dieselbe gleich bisher noch nicht entdeckt hat. Die Episode, welche Lucenti'os und Bianca's Liebe enthält, und mit dem Hauptinnhalte des Stücks so meisterhaft verflochten ist, nahm der Dichter wahrscheinlich aus der Komödie des Ariosto, *Gli Soppositi*, die von George Gascoigne ins Englische übersetzt, und im Jahre 1566. aufgeführt war. *) Hier wechseln gleichfalls der junge Herr und sein Bedienter ihre Kleider und Charactere; suchen gleichfalls einen

---

*) *Supposes*, a translation from *Ariosto's I Suppossiti*. Gascoigne's Werke sind unter folgendem sonderbaren Titel gesammelt: A hundreth sundrie Flowers bounde up in one small Poesie. Gathered partly (by translation) in the fine outlandish Gardins of *Euripides*, *Ouid*, *Petrarke*, *Ariosto* and others, and partly by inuention, out of our owne fruitefull Orchardes in *Englande*; yelding sundrie sweete sauours of Tragical, Comical and Moral Discourses, bothe pleasaunt and profitable to the well smellyng noses of learned Readers. Ohne Jahrzahl. 4.

alten reichen Liebhaber zu verdrängen, und brauchen einen Fremden aus Siena dazu, die Rolle des Vaters zu spielen, den der Bediente durch einen ähnlichen Vorwand, daß keiner aus Siena sich bey Lebensgefahr in Ferrara aufhalten dürfe, dazu überredet. *)

Der Hauptinnhalt des Stücks wird, nach einigen Umständen, in der bekannten Wochen-schrift, *The Tatler* **), als eine neuerliche Ge-schichte, die in Licolnshire vorgefallen sey, erzählt; und Johnson wundert sich mit Recht darüber, daß der Verfasser nicht dabey seine Quelle nannte, und sich entweder von einem Dritten hintergehen ließ, oder seine Leser damit hinter-gehen wollte.

Ich füge diesen kritischen Nachrichten, die ich größtentheils der Nachweisung der Englischen Kunstrichter verdanke, eine andre bey, welche

---

*) Farmer sagt [Essay p. 65.] auch der Name Petruchio sey daher entlehnt; ich finde ihn aber in dem ganzen Stücke nicht.

**) Vol. IV. No. 231.

dieſes Schauſpiel betrift, und wofür ich bloß einem glücklichen Zufalle Dank ſchuldig bin. Ich blätterte nämlich, einer andern Nachſu-chung wegen, in Gottſcheds Nöthigem Vor-rath zur Geſchichte der deutſchen Dramati-ſchen Dichtkunſt *) und traf daſelbſt S. 207. auf folgenden Titel:

„Kunſt über alle Künſte, ein bös Weib gut zu machen. Vormals von einem Ita-liäniſchen Cavalier practicirt; jetzo aber von einem Teutſchen Edelmann glücklich nach-geahmet, und in einem ſehr luſtigen Poſ-ſenvollen Freuden-Spiele fürgeſtellt. Sammt angehängtem ſingenden Poſſen = Spiele, worinn die unnöthige Eiferſucht eines Man-nes artig durchgezogen wird. Rappers-dorf, in 12. „

---

*) Ich finde in dieſem Verzeichniſſe S. 210. noch eines andern Schauſpiels erwähnt: Die wunder-bare Heyrath *Petruvio* mit der böſen Catharine ..auf dem Zittauiſchen Schauplatz vorgeſtellt. (im J. 1658.) welches aber, der Bezeichnung nach, in der Gottſchediſchen Sammlung nicht vorhanden war, und deſſen ich bisher nicht habhaft geworden bin.

Die Worte: „vormals von einem Italiänischen Cavalier praktisirt„ erregten bey mir Auf-
merksamkeit, und Ahndung eines ähnlichen Innhalts mit *The Taming of the Shrew*, dessen
Uebersetzung ich eben unter Händen hatte. Ich
wußte, daß die Gottschedische Sammlung Deut-
scher Schauspiele in die Handbibliothek der
Durchlauchtigsten Herzoginn Regentinn von
Sachsen-Weimar, dieser erhabenen Beschütze-
rinn der Deutschen Bühne, gekommen war,
und da es sich fand, daß der neuliche traurige
Schloßbrand, der auch einen Theil dieser
Sammlung angriff, diese kleine Brochüre ver-
schont hatte, so erhielt ich die gnädigste Erlaubniß, daß mir dieselbe übersandt werden
dürfte. Ich vermuthete höchstens, wenn meine
Erwartung einträfe, nur ein Lustspiel ähnlichen
Innhalts zu finden; aber zu meiner großen
Verwunderung fand ich weit mehr, nämlich
ein Stück, worinn nicht nur die nämliche Fabel zum Grunde liegt, mit der nämlichen Episode verwebt, sondern, welches auch die nämliche Ausführung nicht bloß im Ganzen, sondern in einzelnen Scenen, sogar in Sprache

und

und Ausdrücken hat, so, daß ganze Tiraden des Englischen und Deutschen Stücks wörtlich mit einander übereinstimmen. Kurz, es scheint mir ausgemacht, daß beyde Verfasser entweder einerley Original kopirt, und genau kopirt haben müssen, oder daß der Deutsche Verfasser das Shakespearische Stück zur Grundlage des seinigen gemacht, und oft wörtlich aus demselben übersetzt habe. Doch davon hernach; itzt nur erst einige auffallende Proben dieser Aehnlichkeit.

Man vergleiche folgende Scene mit der fünften des ersten Akts beym Shakespeare. Petruchio heißt hier Hartmann Dollfelber, und Grumio, Wurmbrand.

„Hartman. Wann mir recht ist, so ist dieses Herrn Alfons Behausung. Du, schlag einmal an.

Wurmbrand. Was schlag? Wenn, was soll ich schlagen? Sehe ich doch niemand. Hat euch ja auch niemand leid gethan, den ich schlagen müßte.

Hartman. Schelm, ich sage, schlag an, und schlag nur stark an.

Wurmbrand. Dieses ist abermal eine Ursach, promote, vom Jauer, meinen Buckel auf schlägen zu beschweren. Soll ich euch schlagen? Da behüte mich St. Niklas für.

Hartman. Narr, ich sage dir, da schlag mir an, und stark genug, oder ich will dir deinen schelmischen Kopf zerschlagen.

Wurmbrand. Ich gedachte wohl, das Lied würde in solchem Thon aushalten. Mein Herr hat gewiß einmal Lärm in seinem Kopfe, und haben ihm die Hornüssen das Gehirn zerwühlet. Ich soll ihn schlagen? Der Teufel schlage ihn. Ja, wann es nicht über mich ausgienge.

Hartman. Ich sehe wohl, die Glocke will nicht läuten, ich ziehe denn den Schwengel. Ich will dir die Ohren recken, und sehen ob du kannst fa, sol, la, singen. (Er ziehet ihn bey den Ohren hin und her.)

Wurmbrand. Mordio, Mordio, Lerm in allen Gassen. Helfio, Helfio! Mein Herr ist dem Verstand entlaufen, und will sich bey mir aufhalten.

Hartman. Leichtfertiger Vogel, willtu nun singen?
u. s. f. **

Ferner, folgenden Monolog dieses Hartmans mit
dem, welchen Petruchio zu Ende der dritten Scene
des zweyten Aufzugs hält, und seine, darauf folgende
erste Unterredung mit Katharinen:

„Hartman. Jetzt wird es mir bald gelten. Ich bin
bereit auf alle Fälle. Wird sie, ihrer löblichen Gewohnheit nach, schelten und rasen, so will ich ihre An-
muth erheben, und ihre liebliche Stimme der Nachtigall künstlichen Gesange fürziehen. Wird sie brummen
und murren, will ich ihre Holdseligkeit desto mehr loben. Sehe sie schon so saur und enterbißig aus, als
alle Furien und des Teufels Mutter, will ich ihr schön
freundlich und klar Angesicht über der Sonnen hellen
Glanz erheben, und es den lieblichen Rosen und Lilien
vergleichen, wann sie von dem reinen Thau abgewa-
schen seynd. Sollte sie vorsetzlich gar stumm seyn,
und mich keines Worts würdigen, will ich alle Beredsamkeit aus beyden Hosensäcken zusammen suchen, und
ihre Beredsamkeit über alle Beredsamkeit rühmen. Wird
sie aber mit schmähen und fluchen mir einen schändli-
chen Abschied zumuthen, werde ich mich gehorsam
bedanken, als ob sie mich zum besten Banquet einge-

laden. Wegert sie sich ganz und gar, mich der geringsten Gunst zu würdigen, will ich den Tag und Stunde, als schon mit ihrem Willen angesetzet, wünschen, in dem wir zur Kirch und ins Bette gehen sollen. -- -- Aber hier kömmt sie -- Nun ein frisch Herz. Guten Morgen, Madame Trine, dann so ist, dem Bericht nach, euer Name.

Catharina. Euer Hasenkopf hat wohl gehöret, ob Ihr schon ziemlich harthörig seyd. Verständige nennen mich sonst Catharina.

Hartman. Ihr schneidet euch, Jungfer Trine, und zwar mit dem großen Messer. Sie heißen euch schlechtweg, wie Matz, Trine, und zwar zum öftern, die böse Trine, die zänkische Trine. Aber nu, du holdseliger Auszug aller Trinen in der Welt, du lieblichste Trine aller tugendhaften Trinen, vortreflichste, wohlgezierte Trine, gesegnet seyn alle lobwürdigen Trinen um deinetwillen, du nie genug gepriesene Trine. Weil ich deiner Schönheit Sanftmuth, deine jungfräuliche übergroße Schamhaftigkeit, Zucht und Ehrbarkeit, benebens andern löblichen, dir sonderlich wohl anständigen Tugenden, wovon ich doch nur einen Schatten, gegen dem Wesen selbst, gehöret, weit und breit vernommen, bin ich durch göttliche Fürsehung hieher bewogen worden, um dich für mein eigen Fleisch und Blut, mein allerliebstes Weib zu freyen.

Catharina. In ganz richter Zeit *) seyd ihr durch eure wurmstichichte Grillen hieher bewogen worden. Lasset euch nur den Gecken, so euch hieher bewogen, wiederum hinweg bewegen. Ich gedachte alsobald, daß ihr ein Bewegling wäret.

Hartman. Was ist dann das für ein Thier, ein Bewegling?

Catharina. Ein solcher Stuhl, den man hin und her beweget.

Hartman. Du hasts wohl getroffen; komm dann her, und sitze auf mir.

Catharina. Die Jungfernbank ist nicht sauber. Esel seynd gewohnt, was anders zu tragen, wie ihr seyd.

Hartman. Frauen seynd geschaffen, uns zu tragen; und so seyd ihr.

----

*) Diese wörtliche Verdeutschung des Englischen Ausdrucks: in good time, das gleich folgende Spiel mit dem Worte moveable, welches sehr gut Bewegling gegeben wird, und mehrere Stellen dieser Art, sind wenigstens sehr wahrscheinliche Gründe für die Vermuthung, daß das deutsche Stück eine Nachahmung des Englischen sey.

Catharina. Nicht aber solche mausköpfige Hallunken, wie ihr seyd.

Hartman. Ey, laß uns dieses abschneiden. Liebste Catharina, ich will deinen schönen Leib nicht beschweren; ich weiß, daß du jung und zart bist.

Catharina. Allzu zart, ein solch grobes Schwein zu tragen.

Hartman. Brumme doch nicht zu viel, du Wespe, du bist allezeit zornig.

Catharina. Bin ich eine Wespe, warum hütet ihr euch nicht für meinem Stachel?

Hartman. Ich weiß ein gut Mittel hierzu, man muß ihn ausziehen.

Catharina. Ja, wenn der Narr wüßte, wo er säße.

Hartman. Wer weiß dieses nicht? In ihrem Schwanze.

Catharina. O alberer Tropf, das kam etwas jung davon, in ihrer Zunge.

Hartman. Ha, ha, du redest die Wahrheit in deiner Zunge.

Catharina. Ich halte, in eurer, weil ihr solche abgeschmackte Possen, der ich schon lange müde gewesen, fürbringet.

Hartman. Schönste Catharina, scherze nicht länger mit deinem Diener. Ich weiß doch, daß es dein Ernst nicht ist; dann deine angeborne Freundlichkeit durch die angenommene Bosheit herdurch scheinet.

Catharina. Ich bin dieser Würmerey schon satt und müde; wendet solchen unnützen Wind an anderm Orte an. Hier fruchtet er nichts. (Sie will weggehen.)

Hartman. Mein liebste Jungfer und Herzensschatz, ihr müsset so nicht von eurem Liebsten gehen. Ich bin, als ein Edelmann, mehr Ehre werth.

Catharina. Solchen Adel will ich mit dieser Maultasche probiren.

Hartman. Ihr seyd hurtig und beherzt. Ich schwöre euch aber, ich klopfe euch wieder, wofern ihr dieses noch einmal waget.

Catharina. So würdet ihr euer Wapen verlieren, weil ihr ein Frauenzimmer schläget, und wenn euer Wapen fort, seyd ihr auch ein schlechter Edelmann.

Hartman. Du schliessest wohl; bist aber ein allzu-
schöner Kerkermeister. Holdseligste Catharina, mahle
doch mein Wapen in das Buch deiner Gunst.

Catharina. Was ist denn euer Wapen? ein Hanen-
kamm?

Hartman. Nein, liebstes Kind, ein Hane, ohne
Kampf, wenn die tugendhafte Catharina meine Henne
seyn will.

Catharina. O mein guter Herr, ihr seyd kein Hane
für mich. Ihr krähet natürlich wie eine Eule.

Hartman. Nein kamm, schönste Katharina; ver-
dunkele die Freundlichkeit deines lieben Gesichts nicht
mit saur sehen.

Catharina. Es ist ja meine Weise, wenn mir ein Aff
fürkömmt.

Hartman. Wie? dann hast du ja keine Ursach; hier
ist ja kein Aff.

Catharina. Freylich, ja, es ist, es ist.

Hartman. *(siehet sich um.)* Ich bin ja nicht blind, so
zeige mir ihn doch.

Catharina. Hätte ich einen Spiegel, so wäre es leichte Mühe.

Hartman. Vielleicht sollte mein Angesicht darin fürstellen?

Catharina. Ihr habts gerathen. Oder hats euch jemand gesagt.

Hartman. Nun, bey St. Velten, ich bin fast zu iung für euch.

Catharina. Gleichwohl stellet ihr euch ziemlich fantastisch.

Hartman. Es geschiehet alles, euch zu vergnügen.

Catharina. Ich achte es aber nicht. u. s. f. „ ‒ ‒

Nur noch Eine Probe dieser Art, und dann genug, ob ich gleich ihrer weit mehr geben könnte. Man vergleiche den Schluß des vierten Aufzugs mit folgender Scene.

„Hartman. Nun wollen wir den alten Herrn Theobald wacker überfallen. Wie scheinet der Mond so hell, wir haben gewiß voll Licht.

Catharina. Der Mond? Ey, Schatz, es ist ja die Sonne.

Hartman. Was Sonne? Soll ich wieder nicht recht sehen? Wurmbrand, die Pferde aus dem Wirthshause!

Wurmbrand. Das hol der Teufel!

Hartman. Wir müssen bey diesem Mondesschein wieder zurücke, welcher so gewiß scheinet, als meines Vaters Sohn in meinen Hosen steckt.

Alfons. Sie sage doch, wie er will. Sie weiß ja seinen Sinn.

Catharina. Nun, so bleibe er doch bey diesem Mondesschein hier.

Hartman. Ich sage es noch einmal, es ist der Mond.

Catharina. Ich sehe es nun selbst, daß es nicht anders ist.

Hartman. Nun irrest du dich doch; es ist ja die gesegnete Sonne.

Catharina. Gott lasse es dann dieselbige seyn. Ich bin wohl zufrieden, lasset es ein Wachslicht, Stern, Fackel, oder was ihr wollet, seyn.

Alfons. Der Bruder kann nun gemächlich die Waffen niederlegen, das Feld ist schon erhalten.

Hartman. So muß der Strom laufen. Aber was ist hier? Guten Morgen, meine schönste Jungfer, wie so allein?

Alfons. Ich verstehe den Herrn nicht.

Hartman. Sage mir, liebste Catharina, hastu dein Lebtag eine so schöne Jungfer gesehen? -- Mein Schatz, gehe doch hin, und grüsse diese schöne Jungfer mit einem Kusse.

Catharina. Ich sehe doch nichts Jungferliches.

Hartman. Was widerstrebest du mir in allem?

Catharina. Er gebe sich doch zufrieden, mein Schatz. Ich will es glauben, daß der alte Herr ein' schöne Jungfer ist; und drum, schönste Jungfrau, nehmet diesen Kuß von einer unbekannten Freundinn an.

Alfons. Der Bruder lasse doch die Possen.

Hartman. Ich weiß nicht, ob du oder ich närrisch bin? Dieser ist ja ein alter Herr, welchen du für eine Jungfer hältest, liebster Schatz.

Catharina. Dieses sehe ich iezt erst. Mein Herr verzeihe meinem Irrthum; die in den Mond verwan-

delten Sonnenstrahlen haben mein Gesicht so verblen-
det, daß ich, was weiß oder schwarz, nicht erkennen
kann. u. s. f.

Und nun, wofür soll man dieß alte
Schauspiel halten? – Ich wünschte sehr, diese
Frage entscheidend beantworten zu können, und
desto unangenehmer ist es mir, so wenig histo-
rische Aufklärung darüber zu finden. Selbst
die Zeit, wenn es gedruckt ist, kann ich nicht
mit Gewißheit angeben, obgleich Gottsched es
in seinem Verzeichnisse unter das Jahr 1653
bringt; aber von dem Titelblatte dieses Exem-
plars, das auch das seinige war, ist unten ein
Winkel abgerissen, den der Buchbinder mit
weissem Papier ausgefüllt hat, wo aber doch
vermuthlich, ehe Gottsched es umbinden ließ,
die Jahrzahl stand, weil ich sonst nicht sehe,
wie er sie so bestimmt hätte angeben können.
Alles, was der Verfasser selbst von seinem
Stücke sagt, ist folgender am Schluß ange-
hängter Bericht:

„Günstgeneigter Leser. Von diesem Freu=
denspiele kann ich sagen, daß es eines andern,
und doch auch mein seye. Eines andern ist
es, weil es nicht allein schon oft von Comö=
dianten auf dem Schauplatz fürgestellet wor=
den, sondern auch die Erfindung, alten Na=
men und Redensarten, deme, so es zuvor
angesehen und gehöret, zeigen, daß es
von Italiänischem Ursprunge. Mein kann
ich es nennen, dieweil ich solches, wegen
seiner artigen Manier, gefasset, und aus
meinem Kopfe, wie es mir gefallen, geän=
dert, und hingeschrieben, nachdem es die
geschwinden Einfälle ohne Kopfbrechen, ge=
geben."

Will man die Worte: Daß es von Ita=
liänischem Ursprunge, von einem Original
verstehen, nach welchem dieß Stück verfertigt
wäre, so müßte man annehmen, es sey eine
alte Italiänische Komödie, nicht nur dieses
Innhalts, sondern auch von der nämlichen Aus=
führung und Einkleidung da gewesen, von wel=
cher beydes das Englische und Deutsche Schau=

spiel freye Nachahmungen, und stellenweise
wörtliche Uebersetzungen wären. In diesem Falle, der mir doch nicht so sehr wahrscheinlich
dünkt, hätte man desto mehr Recht, wenn man
den Antheil Shakespeare's an diesem Stücke
für sehr geringe hielte, da der Mangel seiner
Kenntniß des Italiänischen wohl erwiesen genug
ist, und so hätte ein andrer vor ihm das Stück
übersetzt; er selbst hingegen vielleicht nicht viel
mehr, als den Prolog hinzugethan. Von dem
deutschen Verfasser wäre es freylich wahr-
scheinlicher, daß er ein Italiänisches Original
vor sich gehabt habe, da diese Sprache zu den
damaligen Zeiten in Deutschland weit bekann-
ter war, als die Englische. *) Es käme nur

____

*) Man hat Englische Comödien und Tragö-
dien, von welchen der erste Theil im J. 1624, und
der zweyte 1630 gedruckt ist, und die, dem Titel nach,
von den Engländern in Deutschland agirt sind.
Weiter giebt aber auch die Vorrede beyder Theile über
diese Schauspieler kein Licht; ich finde auch sonst keine Nachricht von ihnen; indeß läßt es sich wenigstens
vermuthen, daß einer dieser Leute der Uebersetzer oder

darauf an, ein solches Italiänisches Stück auf-
zufinden. *) Denn daß die Fabel selbst Italiänischen Ursprungs, und aus irgend einer
Novelle genommen sey, ist, wie ich schon
oben bemerkte, höchst wahrscheinlich; aber dieser Umstand thut wenig dazu, eine so genaue
Zusammenstimmung begreiflich zu machen.

Nachahmer Shakespeare's habe seyn können, wiewohl die Stücke dieser Sammlung von der schlechtesten
Art sind, selbst die Tragödie von Titus Androni-
kus nicht ausgenommen, die mit der Shakespearschen
fast nichts gemein hat, als die häufigen Ermordun-
gen. Doch, davon zu seiner Zeit.

*) Unter den Titeln Italiänischer Lustspiele beym
Riccoboni und in der Dramaturgie des Leone
Alacci finde ich keinen, den ich mit einiger Wahrscheinlichkeit für den Titel eines solchen Stücks halten könnte; es müßte denn etwa, woran ich doch sehr
zweifle, die *Catrira*, Atto Scenico rusticale di *Fran-
cesco Berni* seyn, die mir nie zu Gesichte gekommen
ist, und von der ich beym Fontanini und Crescem-
beni keine zulängliche weitere Nachricht finde.

Wenn ich indeß mein Gefühl zu Rathe ziehe, so glaube ich doch immer noch in dem Englischen Stücke sichre und redende Merkmale des Shakespearischen Genies wahrzunehmen, *) und in dem Deutschen Redensarten und Wendungen zu entdecken, die mir einen Uebersetzer aus dem

---

*) Und gerade solche Stellen sind auch im Deutschen da: Man vergleiche z. B. folgende Worte Hartmanns mit der nämlichen Rede des Petruchio im sechsten Auftritte des ersten Akts: „Was achte ich einer Jungfrauen scheltende Stimme? Hat mich auch wohl das Brüllen, Heulen und Brummen der Löwen, Bären und Wölfe je erschreckt? Habe ich nicht die brausende See gesehen, ihre grausamen Wellen über meinen Kopf werfen, und ihren ungeheuren Rachen aufsperren, mich zu verschlingen? Die Feuerspeyende Karthaunen und des Himmels Artillerie, der Donner, haben mich nie durch ihr Krachen und Prellen zur Furcht gebracht, und sollte ich nun eine weibliche Stimme für erschrecklich achten, die nicht einen lautern Knall giebt, als eine Nuß, so ins Feuer geworfen wird? Weg mit euch! erschrecket Jungen mit Blasen, bey Männern ist es vergebens."

Englischen sehr deutlich zu verrathen scheinen. Warum der Mann das verheelte, und sich des damals so seltnen Verdienstes, aus der Englischen Sprache zu übersetzen, völlig begab, kann ich dann freylich nicht erklären. Vielleicht löst mir ein zweyter glücklicher Zufall, oder die Beyhülfe solcher Gelehrten, denen ein literarischer Umstand, wie dieser, nicht gleichgültig dünkt, diese Räthsel auf.

Endlich muß ich noch eines Schauspiels von Beaumont und Fletcher, *) *The Woman's Prize, or the Tamer tam'd*, erwähnen, welches man als eine Fortsetzung des *Taming of the Shrew* ansehen kann. Petruchio hat nämlich nach Katharinens Tode eine zweyte Frau, Maria geheyrathet, die vor der Heyrath fromm und nachgebend war, nun aber es darauf anlegt, ihren Mann von seiner stürmischen Denkungsart zurückzubringen. Sie versagt ihm alle Beweise der Zärtlichkeit, allen vertrauten Umgang, und verspottet alle die Mittel, die

---

*) *Works*, (ed. Lond. 1711. 8.) Vol. VI. p. 2 913.

er anwendet, ihren Eigensinn zu überwinden. Selbst sein vermeynter Tod rührt sie nicht; sie hält ihm über seinem Sarge eine nicht schmei= chelhafte Leichenrede. Petruchio kann es nicht länger drinnen aushalten, und da er hervor= kömmt, wird Maria .. man sieht nicht ge= nug, warum; vermuthlich des fünften Akts wegen .. auf einmal ungestimmt, und gelobt ihrem Manne, den sie nun geschmeidig genug glaubt, die zärtlichste Liebe. Das Stück hat übrigens eine doppelte Intrigue, und, ausser einigen einzelnen schönen Stellen, wenig Ver= dienst.

Auch hat' der Schauspieler, John Lacy, ein Günstling Karls II. das Shakespearische Schauspiel, mit einigen Veränderungen; unter dem Titel: *Sawney the Scot*, mit Beyfall wieder auf die Bühne gebracht; es ist im J. 1698. in Quart gedruckt.

II.

Ueber

die Komödie der Irrungen.

Bey keinem Shakespearschen Stücke läßt sich die Quelle, woraus er geschöpft hat, mit solcher Gewißheit angeben, als bey dem gegenwärtigen. Jeder Leser, dem Plautus nicht fremd ist, wird sie bald errathen haben; es sind nämlich die Menächmen dieses komischen Dichters, aus denen man hier den Hauptinnhalt, vielerley Verschränkungen des Knotens, und eine Menge kleiner Nebenumstände wieder findet. Man glaube indeß nicht, daß dieß einen Beweis für Shakespeare's klaßische Gelehrsamkeit abgeben könne. Er kannte das Stück des Plautus, eben so, wie manche andre Werke des Alterthums, bloß aus einer

Uebersetzung ins Englische, die schon im Jahre 1595 in Quart, von einem *W. W.* den Far-mer *) für William Warner hält, herausge-

---

*) Essay, p. 63. -- Beym Hall und Holings-hed geschieht einer artigen Komödie des Plau-tus Erwähnung, die schon im Jahre 1520. zu Green-wich vor dem König und der Königinn gespielt seyn soll. Man hat auch diese für die Menächmen ge-halten; und Riccoboni macht den Engländern ein großes Kompliment darüber, daß sie gleich beym Anfang ihrer Bühne so gute Stücke gehabt haben: al-lein, zum Unglück, nennt Cavendish in Wolsey's Leben, dieß Stück ein trefliches Lateinisches Zwi-schenspiel. Um eben diese Zeit, setzt Farmer hinzu, wurde es auch Deutsch zu Nürnberg von dem be-rühmten Schuster Hans Sachs (er schreibt ihn *Hans-Sach*) aufs Theater gebracht -- Mit dieser Anekdote, die sich, der Himmel weiß wie, nach England hin ver-lor, hat es seine Richtigkeit. Man findet in Hans Sachsens Gedichten (Nürnberger Ausg. v. 1590. Andres Buch Th. 2. Bl. 19.) Ein Comedi Plauti mit X. Personen, heißt Monechmo, vnd hat V. Actus. Am Ende steht die Jahrzahl 1548 -- Ver-muthlich bediente sich Hans Sachs der Uebersetzung der Menächmen von einem Albrecht von Eybe, welche ich der Ausgabe v. J. 1550. des Buchs, Schimpf

geben wurde. Diese Ueberſetzung, die auch ei=
nige beſonders bezeichnete Zuſätze ihres Verfaſ=
ſers hat, ſoll in Proſe, und für die damali=
gen Zeiten noch ganz erträglich ſeyn; doch
machte ſich Shakeſpeare nur die Haupthand=
lung derſelben zu Nutze. Den Innhalt hat die=
ſer alte Ueberſetzer in Verſen vorangeſetzt;
und Capell und Steevens glauben, daß der
Schluß deſſelben:

Much pleaſant *error*, ere they meete toge=
ther. Vielleicht den Titel des Shakeſpearſchen
Stücks (The Comedy of *Errors*) veranlaßt
habe. *)

---

und Ernſt, beygedruckt finde, die aber vermuthlich
ſchon vorher gedruckt war, ob man ſie gleich bey der
Ausgabe des gedachten Buchs von 1534 noch nicht
antrift. Denn einige Namen der Perſonen treffen in
beyden überein, und von Eybe ſagt ausdrücklich, er
habe dieſelben ſo umgetauft.

*) So ſagt auch der Ehrnhold, oder Vorredner,
in dem gedachten Stücke beym Hans Sachs:

Ueber die Aehnlichkeit und Abweichungen der Menächmen und der Komödie der Irrungen hat die Lenox *) eine umständliche Vergleichung angestellt, und in dieser Absicht eine Ueberſetzung des ganzen Plautiniſchen Stücks vorausgeschickt, welche ſie aus dem Franzöſiſchen des Gueudeville gemacht hat. Bey ihrer Kritik über das Shakeſpearſche Stück verfährt ſie wieder eben ſo partheyiſch, wie ſonſt, und man ſieht auch hier den Geiſt der Tadelſucht und des Widerſpruchs, der in dem ganzen Werke herrſcht. Bey dem Engliſchen Dichter ſoll das alles Abſicht und Kunſt ſcheinen, was bey dem Römiſchen lauter Zufall zu ſeyn ſcheint. Freylich hat der erſtere vielleicht in keinem ſeiner Schauſpiele ſo viel Kunſt gezeigt,

-- in dieſer Stadt
Sich zwiſchen ihn begeben hat
So wunderbar Irrung zu endt,
Weil man kein vor dem andern kendt;

*) Shakeſpeare illuſtrated. Vol. II. p. 219.

als in dem gegenwärtigen, aber sie dünkt mir
auch so meisterhaft angewandt zu seyn, daß
es dadurch ein wahres Muster eines Intriguen-
stücks geworden ist. Die Grundlage hat allerdings viel Unwahrscheinlichkeit; aber das hat sie
auch beym Plautus; und wie leicht lassen
wir uns bis zu der Voraussetzung täuschen,
daß solch ein Fall wohl wahr seyn, daß es
wohl zwey so gar ähnliche, so leicht zu ver-
wechselnde Brüder geben könne. Shakespeare
treibt freylich diese Voraussetzung weiter, indem er seinen Fall verdoppelt, und den beyden Zwillingsbrüdern zwey eben so ähnliche
Zwillinge zu Bedienten giebt; allein ich denke,
wir verzeihen es ihm gern, daß er so viel
Leichtgläubigkeit und Täuschung von uns verlangt, so bald wir sehen, wie vortheilhaft er
diesen Umstand zu nutzen, wie viel Belustigung
für Zuschauer und Leser er aus demselben her-
auszuziehen weiß. Dazu kömmt, daß die Fabel dieses Stückes, bey allen ihren Verwicke-
lungen, nicht die geringste Verworrenheit hat,
daß, alles auf die glücklichste Art mit einander verflochten, und so aus einander losge-

wickelt iſt, wie man es ſelten in Schauſpielen
dieſer Art antreffen wird, deren Verfaſſer ſo
leicht ins Unzuſammenhängende, Unnatürliche
und Gewaltſame verfallen.

Dr. Warburton ſpricht in der Klaßifikation
der Shakeſpearſchen Schauſpiele, welche er
ſeiner Ausgabe voraus geſchickt hat, unſerm
Dichter die Irrungen ab, ohne einen Grund
davon anzugeben, und behauptet mit der ihm
gewöhnlichen Zuverſichtlichkeit, ſie ſeyen gewiß
nicht von Shakeſpeare. Es war wohl, wie
ein einſichtsvoller Kunſtrichter *) vermuthet, die
Verſchiedenheit der Manier und das hie und
da Tadelhafte der Diktion, was ihn zu dieſem
Urtheile bewog. Allein wie dieſer Kunſtrichter
mit Recht ſagt, „Shakeſpeare iſt ſich in ſei-
„nen verwandelten Werken nie ganz ähnlich;

*) Schleswigiſche Literaturbriefe, B. I. S.
293 -- Man findet daſelbſt S. 286 ff. die wichtigſten
Situationen der Irrungen ausgezogen.

„ die ausserordentliche Fruchtbarkeit seines Kopfs
„ hilft ihm mehr, als irgend eine merkwürdige
„ Delikatesse seines Geschmacks, den Abweg
„ vermeiden, der unter dem Worte Manier
„ einen sehr bestimmten Tadel andeutet. „ Er
zeigt gleich darauf aus Beyspielen, wie wenig
überhaupt den Kunstrichtern zu trauen sey,
wenn sie, ohne irgend eine wichtige Autorität
für sich zu haben, den Verfasser eines alten
Drama, bloß aus der Manier hervorsuchen
wollen.

Wer übrigens nur einigermassen mit der
theatralischen Geschichte bekannt ist, der weiß
wie oft die dramatischen Dichter aller Natio-
nen sich die Hauptidee des Plautischen Stücks
zu Nutze gemacht, und Intriguenstücke darauf
gegründet haben. *)

---

*) Der Verf. der angeführten Briefe erwähnt der
Calandra des Bibiena, und eines Entwurfs vom

ältern **Riccoboni**, L'Imposteur malgré lui, als ähnlicher Subjekte. Man findet von der ersten einen Auszug in Lessings theatral. Biblioth. 2. St. S. 241. ff. u. den letztern eben das. 4. St. S. 145.

Ende des Siebenten Bandes.

* 9 7 8 3 7 4 3 6 4 3 4 8 2 *